KJB

Anja Habschick ist Architektin und lebt mit Familie und Hund in Witten. Sie liebt Kinderbücher und hat sich in den Kopf gesetzt, selbst welche zu schreiben.

Lucy Longfinger – einfach unfassbar! ist ihre erste Kinderbuchreihe. Und wenn Lucy ihr nicht das Laptop klaut, werden es noch mehr.

Weitere Informationen zum Kinder- und Jugendbuchprogramm der S. Fischer Verlage finden Sie unter
www.fischerverlage.de

ANJA HABSCHICK

Lucy LONGFINGER

– einfach unfassbar!

Explosive Entdeckung

KJB

Alle Abenteuer von Lucy Longfinger – einfach unfassbar!:
Band 1: Gefährliche Geburtstagsgrüße
Band 2: Explosive Entdeckung
Band 3: Tödliche Täuschung (Frühjahr 2022)
Serie bei Antolin gelistet

Aus Verantwortung für die Umwelt hat sich der Fischer Kinder- und Jugendbuch Verlag zu einer nachhaltigen Buchproduktion verpflichtet. Der bewusste Umgang mit unseren Ressourcen, der Schutz unseres Klimas und der Natur gehören zu unseren obersten Unternehmenszielen.

Gemeinsam mit unseren Partnern und Lieferanten setzen wir uns für eine klimaneutrale Buchproduktion ein, die den Erwerb von Klimazertifikaten zur Kompensation des CO_2-Ausstoßes einschließt.

Weitere Informationen finden Sie unter: www.klimaneutralerverlag.de

MIX
Papier aus verantwortungsvollen Quellen
FSC® C083411

Erschienen bei FISCHER KJB

Hedderichstr. 114, D-60596 Frankfurt am Main
Lektorat: Julia Hanauer
Umschlaggestaltung und -abbildung: Maximilian Meinzold
Satz: Dörlemann Satz, Lemförde
Druck und Bindung: CPI books GbmH, Leck
Printed in Germany
ISBN 978-3-7373-4243-8

Inhalt

Für meine Eltern und meine Schwester

In einem verlassenen Labor auf einer kleinen Insel, Kalifornien

Klick. Der Mann mit der schwarzen Strumpfmaske und den schwarzen Handschuhen zog den USB-Stick aus dem Rechner. Es hatte nicht lange gedauert, den Code zu knacken. Er war schlau, sehr schlau. Jetzt konnte er sich endlich den zweiten Teil holen. Und dann kam der letzte Schritt. Der Schritt zu einer unendlich großen Macht. Und die kleine Gaunerin würde ihm helfen. Und wenn nicht … Nein – diese Option gab es nicht!

Kapitel 1
Eine widerspenstige Krähe

Lucy trug die Einnahmen der letzten Woche ins grüne Buch ein und pfiff dabei vor sich hin. Es war der erste Tag der Herbstferien. Ratto, der fiese Gangsterboss und Feind der Familie Longfinger, saß endlich im Gefängnis. Und Toni Morelli durfte nach der Kodexänderung jetzt ganz offiziell Lucys Freund sein! Alles super paletti!

So, fertig. Sie machte eine schwungvolle Drehung mit dem Schreibtischstuhl. Blieb noch eine letzte Aufgabe, bevor sie endlich zur Eisdiele flitzen konnte, um mit Toni Pläne für die Ferien zu machen! Leider war diese Aufgabe nicht so schnell erledigt wie das Eintragen der Einnahmen. Denn Lucy musste Miss McPie den neuen Punkt 4 im Kodex beibringen. Der lautete nun endlich nicht mehr: *Keine Freunde außerhalb der Familie*, sondern: *Freunde der Familie müssen schweigen wie ein Grab*. Lucy war zufrieden mit dem neuen Punkt. Und auch stolz auf sich, dass sie ihre Eltern und das Longfinger-Gremium davon überzeugt hatte, dass Freunde auch für Gauner wichtig waren. Als sie aufstand, fiel ihr Blick auf die leeren Chips- und Weingummitüten.

Gestern Abend hatten sie und Toni sich einen gemütlichen Filmabend zum Ferienstart gemacht. Aber aufräumen in den Ferien? Nö!

»Jetzt zu dir!« Lucy baute sich vor der Krähe auf, die sie samt Stange hoch in ihr Zimmer geschleppt hatte.

Sie hob den Zeigefinger. »Pass auf. Punkt 4. Freunde außerhalb der Familie …«

»Punkt 4. Keine Freunde außerhalb der Familie!«, krähte Miss McPie. »Nicht *keine* Freunde«, verbesserte Lucy die Krähe. Sie sprach jedes Wort besonders langsam und deutlich aus. »Freunde außerhalb der Familie müssen schweigen wie ein Grab.«

»Punkt 4«, rief Miss McPie. »Ein Grab schweigt außerhalb für die Familie! Obacht!«

Lucy verdrehte genervt die Augen. Warum hatte sie nicht früher damit begonnen? Ihr Vater hatte nach der Kodexänderung gesagt, dass es ihre Aufgabe war, der Krähe den neuen Punkt beizubringen. Und sie selbst hatte in ihrer Freude versprochen, das bis zu den nächsten Ferien zu erledigen.

Lucy wurde etwas lauter: »Noch einmal. Punkt 4. Freunde außerhalb der Familie …« Sie tippte die Krähe mit dem Zeigefinger an. »Jetzt du!«

»Freunde … schweigen im Grab!«, krähte Miss McPie und steckte den Kopf unter den Flügel. Lucy stöhnte. Wie hatte ihr Großvater das damals bloß geschafft, der Krähe sämtliche Regeln des Longfinger-Kodex einzutrichtern?

Nach einem weiteren Fehlversuch entschied Lucy, dass es für heute reichte. *Entscheide schnell! Hast du dich entschieden, ist der Fisch schon halb geputzt!* Punkt 18 im Kodex war ein ziemlich vernünftiger Punkt. Morgen würde es bestimmt klappen.

»Lucy!« Das war ihr Vater, seine Stimme kam von unten. »Kommst du mal?« Gerade jetzt, wo sie doch loswollte! Lucy schnappte sich ihre schwarze Lederjacke vom Bett, packte die Stange samt Krähe und trug sie die Treppe hinunter in die Küche.

Ihr Vater schob einen vergilbten Plan unter seine Zeitung, als Lucy hereinkam. Aus manchen Sachen hielten ihre Eltern sie noch raus, auch wenn sie die Geschäfte der Familie mal übernehmen sollte.

»Du hast mit der Krähe geübt?«, fragte er. »Lass mal hören, wie weit ihr gekommen seid.«

»Tja … sie hat einen schlechten Tag«, murmelte Lucy.

Ihr Vater zog die Augenbrauen hoch. »So, so, einen schlechten Tag. Lüg mich nicht an, Lucy Longfinger.«

»Obacht!«, krähte Miss McPie. »Ein Longfinger muss lügen, dass sich die Balken biegen. Nur nicht innerhalb der Familie!«

»Das hört sich für mich nicht nach einem schlechten Tag an«, sagte ihr Vater. »Eher danach, dass du es nicht geschafft hast, ihr den neuen Punkt beizubringen.«

Lucy seufzte. »Ja … Aber ich will trotzdem zu Toni in die Eisdiele!« Sie schielte zu ihrem Vater. »Ich mach das noch, versprochen.«

»Weiß ich doch.« Ihr Vater zwinkerte ihr zu. »Nur denk daran: Man muss sein Wort halten.«

»Klar.« Lucy nickte. »Und was wolltest du?« Sie trippelte ungeduldig auf und ab.

»Setz dich mal«, sagte ihr Vater.

Oje! Lucy verzog das Gesicht. Sie wollte doch los! »Ne, ich hab's echt eilig.«

Ihr Vater nahm die Nickelbrille ab und rieb sich die Augen. »Was habt ihr denn so Wichtiges vor?«

»Ferienpläne machen«, sagte Lucy und wusste im selben Moment, was ihr Vater sagen würde.

»Ein Gauner hat keine Ferien«, brummelte er.

»Ja, ja, aber ein paar freie Tage hab ich mir echt verdient!«, rief Lucy. »Und jetzt sag schon!«

Ihr Vater kratzte sich am Bart. »Du kennst doch deine Großcousine Savanna aus Texas, oder?«

Lucy zuckte mit den Schultern. »Ich hab sie nur einmal gesehen, und da war ich noch klein.«

»Jedenfalls, jetzt ist sie schon fünfzehn.«

»Aha«, sagte Lucy.

Ihr Vater fuhr fort: »Sie will nach Mable Beach kommen und eine Kiste alter Erinnerungsstücke unserer Familie abholen.«

»Warum denn das?«, fragte Lucy. Ein komisches Gefühl machte sich in ihrem Bauch breit.

»Ihre Familie hat in Texas ein kleines Longfinger-Museum aufgebaut und will die Erbstücke dort ausstellen. Natürlich nur familienintern.« Ihr Vater schmunzelte.

»Sie wollen ja nicht die Polizei auf die Longfingers aufmerksam machen.«

»Und was hat das mit mir zu tun?« Das Kribbeln in Lucys Bauch wurde stärker.

»Sie kommt morgen«, sagte ihr Vater. »Und sie will nicht nur die Kiste abholen. Sie will auch ein paar Ferientage mit dir verbringen.«

»Mit mir?«, rief Lucy entsetzt. »Ich hab aber keine Zeit für irgendwelche Cousinen! Ich hab Ferien!«

»Lucy!«, ermahnte ihr Vater sie. »Savanna freut sich so, dich endlich mal kennenzulernen.«

»Ich will sie aber nicht kennenlernen!«, rief Lucy. »Sag ihr ab, bitte!«

Ihr Vater schüttelte den Kopf. »Aber sie kann doch mitkommen, wenn du was unternimmst. Und es ist auch alles schon besprochen. Sie nimmt den Schnellzug. Morgen früh ist sie da.«

»Das ist gemein! Ihr hättet mich fragen müssen!«, rief Lucy.

»Savanna gehört zur Familie. Ich erwarte, dass du nett zu ihr bist! Und wenn du gleich von diesem Toni zurückkommst, dann richte bitte das Turmzimmer für Savanna her. Das wurde lange nicht mehr benutzt. Deine Mutter und ich sind spät zurück heute Abend.«

»Ja, ja. Ihr habt mal wieder keine Zeit!«, grummelte Lucy. »Aber ich, oder was?« Sie drehte sich um und lief aus der Küche.

Von diesem Toni hatte ihr Vater gesagt. Wann akzeptierte er die Freundschaft endlich?

Die fünf Stufen vor der Haustür nahm sie mit einem einzigen Satz. Sie schnappte sich ihr Rad und raste die steile Straße hinunter auf den blauen Pazifik zu. Ein Fußgänger schimpfte hinter ihr her.

Lucy warf ihr Rad vor der Eisdiele *Morelli* neben den Fahrradständer und schielte auf die Uhr. Nicht mal sieben Minuten. Rekordzeit!

Ihr Freund Toni Morelli stand hinter der Theke und erklärte der Aushilfe gerade die neue Sahnespritze. Lucy kannte den Jungen mit den schwarzen Haaren. Er hieß Crick und war Student.

Toni blickte auf und schob sich die Locken aus dem Gesicht. Seine Haut sah noch gebräunter aus als sonst, und seine dunklen Augen strahlten. An den nackten Füßen trug er seine Flip-Flops mit Ananasmuster.

»Du hast es aber eilig, mich zu sehen!« Er klatschte in die Hände. »Mango mit Chili, drei Kugeln?«

»Ja, aber ich bin echt sauer!«

»Auf mich?« Toni riss die Augen auf. »Was hab ich denn jetzt schon wieder gemacht? Hey, du meinst doch nicht etwa wegen dem Film gestern Abend? Ich hätte ja auch den anderen mit dir geschaut, aber du hast doch gesagt, dass wir …«

»Toni! Halt mal die Luft an! Es ist nicht wegen dir.«

Toni atmete erleichtert aus. »Puh, da bin ich aber

echt froh!« Er kam mit zwei Eisbechern hinter der Theke hervor und tanzte zu einem der Tische. Lucy musste über seinen Hüftschwung lachen. Sie ließ sich auf einen Stuhl plumpsen und zog ihren Eisbecher zu sich rüber. »Stell dir vor! Meine Großcousine aus Texas kommt morgen! Sie will mit mir ein paar Ferientage verbringen. Und meine Eltern haben ihr einfach zugesagt, ohne mich zu fragen!«

»Ja, und? Was ist daran so schlimm?«, fragte Toni.

»So *schlimm*? Ich dachte, *wir beide* wollten zusammen was unternehmen.«

»Können wir doch auch. Dann kommt sie halt mit. Bestimmt ist sie ganz nett.« Toni zwinkerte Lucy zu. »Sie ist schließlich eine Longfinger!«

»Mitkommen? Geht's noch?«, rief Lucy und starrte Toni entgeistert an. Jetzt redete er schon so wie ihr Vater. »Aber ich hab keine Lust, die Ferien zu dritt zu verbringen!« Lucy schob den noch halbvollen Eisbecher von sich weg. »Und ich soll auch noch das Turmzimmer für sie putzen!«

»Turmzimmer! Wie romantisch!«, rief Toni. »Da wäre ich auch gerne euer Gast, das ist bestimmt …«

»Mensch, Toni. Ich hab einfach keine Lust auf die!«

»Reg dich doch nicht auf!«, sagte Toni. »Lass uns lieber überlegen, was wir morgen machen.«

»Morgen? Wir brauchen einen Plan für alle Tage«, brummte Lucy.

»Och ne!«, maulte Toni. »Doch nicht Ferien nach

Stundenplan! Lass uns spontan entscheiden, was wir wann machen.«

»Nö«, sagte Lucy. »Wir machen einen Plan für jeden Tag.«

»Du bist ja nur sauer wegen deiner Cousine«, murrte Toni. Er zwinkerte Lucy zu. »Kommt die Cousine, sind sie hin, deine schönen Termine.«

»Großcousine«, sagte Lucy, musste aber grinsen. Er hatte ja recht. Sie war schlecht gelaunt deswegen. »Okay«, räumte sie ein, »wir machen einen Plan für jeden zweiten Tag, und an den anderen unternehmen wir was spontan.«

Toni strahlte schon wieder. »Morgen machen wir den Ausflug ins Aquarium. Nach Plan natürlich.« Er stieß Lucy an. »Komm schon, ich will schon so lange mal wieder ins Aquarium!«

»Morgen geht nicht«, brummte Lucy. »Da kommt Savanna an. Mein Vater will, dass wir sie begrüßen und so.«

»Savanna? Das ist aber ein schöner Name«, rief Toni.

»Der Name ist doch völlig unwichtig!« Lucy kramte in ihrer Hosentasche und legte Geld auf den Tisch. »Ich muss los. Hab noch was zu tun.«

Toni verdrehte die Augen. »Dein Geld kannst du behalten. Das geht aufs Haus.« Er zwinkerte Lucy zu. »Gute Freunde essen hier umsonst, schon vergessen?«

Als Lucy die Haustür aufschloss und den Alarm ausstellte, kam Cash ihr verschlafen aus dem Wohnzimmer entgegengetrottet.

»Hallo, mein Großer«, begrüßte Lucy ihn. »Sag nicht, du warst auf der Couch!«

Cash legte den Kopf schief.

»Tja«, sagte Lucy, »was lassen sie uns auch so oft alleine.« Sie streichelte sein schokobraunes Zottelfell, und wie immer ging es ihr gleich besser. Auf dem Küchentisch lag ein Zettel ihrer Mutter.

Denk bitte an das Turmzimmer! Dafür darfst du dir morgen auch was zum Abendessen wünschen!

Kuss Mum

Lucy zog eine Schnute. Aber sie war immer froh, wenn es nichts Fischiges oder Krabbeliges gab! Sie würde sich was ganz Leckeres wünschen. Vielleicht einfach mal Spaghetti Bolognese. Hmm!

Seufzend schleppte Lucy den Staubsauger und frische Bettwäsche die schmale Treppe hoch ins Turmzimmer. *Verschiebe nicht auf morgen, was du heute kannst besorgen.* Punkt 19 im Kodex und ein allseits bekanntes Sprichwort. Allerdings hielt sie sich nicht immer dran …

Als Lucy die Tür öffnete, musste sie dreimal hintereinander niesen.

Millionen Staubkörnchen tanzten in den Sonnenstrahlen, die durch die vielen kleinen Fenster hereinfielen. In den alten Holzboden war in der Mitte ein zweifarbiges Mosaik eingelassen, das sechseckig war wie das Turmzimmer selbst. An der Wand stand eine alte Standuhr, die einmal dem dritten Earl of Wichester gehört hatte. Lucy trat an ein Fenster und schaute hinaus. Wow! Was für eine Aussicht! Die hatte sie gar nicht so schön in Erinnerung. Sie konnte weit hinüber ins St.-Vincent-Viertel mit der kleinen Kirche sehen. Warum war *sie* nicht schon längst ins Turmzimmer gezogen? Als kleines Kind hatte sie das nicht gewollt, weil es weiter weg von ihren Eltern gewesen war – aber jetzt wäre es doch cool! Sie schaute sich zu dem gemütlichen Kojenbett um. Darin würde sie schlafen wie ein Murmeltier. Und sie hätte sogar ihr eigenes Bad hier oben. Hinter einer Holzwand gab es ein kleines Waschbecken und eine Badewanne mit verschnörkelten Füßen. Lucy sah sich schon im warmen Wasser liegen und lesen. Um sie herum türmten sich duftende Schaumberge …

Sie bezog das Bett und kam sich vor wie ein Zimmermädchen in einem Hotel. Dann machte sie sich Musik an, saugte einmal in der Zimmermitte im Kreis, ließ den Wasserhahn am Waschbecken kurz laufen und wischte flüchtig über den goldenen Rahmen, in dem ein vergilbtes Exemplar des Longfinger-Kodex an der Wand hing. Es war natürlich noch die alte Version … aber für Savanna reichte die ja.

So, genug geputzt. Aber Moment … etwas fehlte noch! Grinsend sprang Lucy die Treppe zu ihrem Zimmer hinunter. Sie griff in den Käfig und zog vorsichtig eine ihrer sieben Mäuse heraus. Betty (benannt nach einer von

Lucys berüchtigten Vorfahrinnen) war die Älteste ihrer kleinen Mäusefamilie. Und sie liebte Bettdeckenhöhlen!

Mit der Maus in der Hand lief Lucy hoch ins Turmzimmer und setzte Betty unter Savannas Bettdecke.

»Bleib!«, flüsterte sie der kleinen Maus zu und strich ihr noch einmal über das weiche Fell. Lucy übte oft mit Cash und den Mäusen. Und diesen Befehl würde Betty gern befolgen. Sollte ihre Großcousine doch kommen. Mal sehen, ob Savanna cool drauf war – oder eine Zicke mit Angst vor Mäusen!

KAPITEL 2

Blöder Kodex!

Lucy und ihre Eltern frühstückten gemeinsam. An jedem anderen Tag hätte Lucy sich riesig gefreut. Aber sie wusste ganz genau, warum ihr Vater sie geweckt hatte: *weil Savanna gleich kam.*

»Savanna, Savanna, Savanna«, murmelte Lucy, als sie sich das Brötchen extradick mit Schokocreme bestrich. Seit Rattos Ultimatum im Sommer hasste sie Knäckebrot mit Honig, ihr früheres Lieblingsfrühstück. Rein zufällig waren genauso viele Knäckebrotscheiben in der Packung gewesen wie verbleibende Tage bis zum Ablauf des Ultimatums, und Lucy hatte diese Tage in Knäckebrotscheiben heruntergezählt. Knäckebrot? Nie wieder!

Lucy drehte sich zu der Krähe um, die auf ihrer Stange saß. Sie hob den Zeigefinger. »Punkt 4. Freunde außerhalb der Familie müssen schweigen wie ein Grab.«

»Punkt 4. Außerhalb der Familie schweigt ein Grab!«, krähte Miss McPie.

»So schwer ist das doch nicht!« Lucy stopfte sich das halbe Brötchen auf einmal in den Mund. »Scho macht esch keinen Schpasch«, murmelte sie mit vollem Mund.

»Versuch es später noch mal in Ruhe«, schlug Lucys Mutter vor.

»Hört euch das mal an!« Ihr Vater schlug mit der Hand auf die aufgeschlagene Zeitung. »Die wollen tatsächlich mit dem großen Bauprojekt beginnen, das Masso auf dem Gangstertreffen vorgestellt hat. Im Diamond-Creek-Sumpf! So eine Sauerei! Das ist doch alles Naturschutzgebiet da!«

»Bald nicht mehr.« Lucys Mutter zuckte mit den Schultern. »Sie haben es irgendwie geschafft, dass das geändert wurde. Masso halt. Für Ratto boxt dieser schmierige Anwalt alles durch.« Lucy ballte die Fäuste. Ratto, dieser Mistkerl! Selbst aus dem Knast schaffte er es, Menschen und Tieren zu schaden. Sie brauchte eine Idee, wie sie das Bauprojekt verhindern konnte!

»Wo ist eigentlich Massos Büro?«, fragte Lucy, doch in diesem Moment klingelte es an der Tür, lang und stürmisch. Sofort ging der Alarm los, das feine Summen, das Lucy wohl bis an ihr Lebensende an Scirpone und Froschauge in ihrem Flur erinnern würde. Rattos Handlanger hatten sie damals ganz schön überrumpelt.

»Victor!«, rief ihre Mutter. »Du wolltest den Alarm doch ausstellen!«

Lucys Eltern sprangen auf und eilten zur Tür. Lucy blieb sitzen und zählte die Sekunden runter. … einundzwanzig, zweiundzwanzig. Jetzt war die Falltür im

Wohnzimmer wieder zu, und das Klavier wieder darüber gerollt. *Klick.* Auch die Türen ließen sich jetzt wieder öffnen.

»Lucy!«, rief ihr Vater aus dem Flur. »Wo bleibst du denn?«

Seufzend stand Lucy auf. Es klingelte ein zweites Mal. Dem Klingeln nach musste ihre Großcousine wild, laut und ungeduldig sein.

Die Türkamera zeigte ein Mädchen mit langer roter Lockenmähne, das die geschlossene Haustür anstrahlte. Lucys Vater hakte die Kette aus.

»Obacht!«, krähte Miss McPie aus der Küche. »Lass niemanden rein, der nicht Longfinger heißt oder sich für einen Longfinger das Ohr abschneiden ließe. Punkt 12 im Longfinger-Kodex!«

»Ist ja eine Longfinger!«, rief Lucys Mutter zurück.

Ihr Vater öffnete die Tür.

Lucy zog die Augenbrauen hoch. Die sollte erst fünfzehn sein? Savanna warf ihre rote Lockenmähne über die Schultern. Sie hatte lange rote Fingernägel! Dabei sagte der Kodex in Punkt 20: *Ein Longfinger trägt die Fingernägel stets ganz kurz.*

Die hellgrüne Häkelmütze und der dünne grüne Schal passten perfekt zu ihrer leicht gebräunten Haut und den grünen Augen, das musste Lucy zugeben. Und die Cowboystiefel waren echt cool. Über ihrer Schulter hing ein grüner Rucksack, und ein riesiger Koffer stand neben ihr. Alles in allem ziemlich besorgniserregend.

»Hi guys! Da bin ich schon!«, rief das texanische Feuer mit ziemlich tiefer Stimme.

»Willkommen in der Villa Longfinger«, sagte ihr Vater und streckte die Hand aus. »Coole Stiefel!«

Lucy trat einen Schritt zurück.

»Du bist ja eine junge Dame geworden!« Lucys Mutter zog Savanna in den Flur. »Lass dich mal ansehen!«

»Lucy, stimmt's?« Savanna strahlte Lucy an.

»Hi, was geht«, sagte Lucy.

»Lass mich raten. Du bist jetzt schon zwölf, oder?«, erwiderte Savanna.

Zwölf? Lucy war dreizehn! Und sah nicht aus wie zwölf! Sie machte eine Kaugummiblase und ließ sie platzen.

»Lucy ist schon dreizehn«, sagte ihre Mutter.

»Ach, ja, dein Koffer«, rief Lucy Vater. Er zog den riesigen Koffer herein. »Ist der schwer. Willst du drei Monate bleiben?«

Savanna lachte. »Das würde ich wirklich gerne, glaubt mir!«

Lucy verdrehte die Augen.

Lucys Mutter lächelte Savanna an. »Wir haben das Turmzimmer für dich hergerichtet. Lucy, sei so nett und zeig es ihr. Victor, kannst du den Koffer hochtragen? Dann kann Savanna sich kurz frisch machen, wenn sie möchte, und dann trinken wir einen Kakao zusammen und reden erst mal.«

Wir haben das Turmzimmer hergerichtet? Das hatte

sie doch ganz alleine gemacht! Lucy ging vor. Sie spürte, wie Savanna hinter ihr die Treppe hochtänzelte.

»Wow, die Villa ist ja noch aufregender, als ich dachte!«, rief sie. Sie beugte sich über das Geländer, sie starrte hoch an die Decke, und dann zeigte sie auf die vielen Gemälde an den Wänden. »Sind das alles Longfinger? Klar, was denn sonst, oder?«

Ganz oben drückte Lucy die Klinke zum Turmzimmer herunter und stieß die Tür auf. Mann, warum hatte sie das Zimmer nicht längst schon in Beschlag genommen!

»Einmal einchecken, bitte«, sagte sie.

»Dafür, dass du noch so klein bist, bist du echt witzig!« Savanna drängte Lucy zur Seite. »Wow!«, rief sie. »Wie in einem Ritterturm! Diese kleinen Fenster! Und was für ein süßes Bett! Mit Vorhang! Wie in einem Leuchtturm!«

Lucy knurrte. Sobald Savanna weg war, würde *sie* ins Turmzimmer ziehen, ganz sicher!

»Lucy, hilf mir doch mal!« Ihr Vater stand auf der steilen Treppe, hinter sich den riesigen Koffer. Mit einem Satz sprang Lucy auf das Geländer und balancierte an ihrem Vater und dem Riesenkoffer vorbei.

»Lucy!«, rief ihr Vater, als sie schon wieder auf die Treppe sprang. »Das war viel zu gefährlich.«

»Du solltest mich mal beim Parkour sehen!« Lucy grinste.

»Lieber nicht!«, sagte ihr Vater.

Er zog und Lucy schob, und polternd bewegte sich der Koffer Stufe für Stufe die Treppe hoch, bis er endlich im Turmzimmer stand. Lucys Vater rieb sich stöhnend den Rücken. »Wenn du noch was brauchst, wir sind unten.«

»Da-a-a-nke schö-ö-ö-n!«, trällerte Savanna, während sie sich prüfend in dem kleinen Spiegel über dem Waschbecken betrachtete. »Ich mach mich nur kurz frisch.«

Lucy lief runter in ihr Zimmer und stellte sich vor den Spiegel. Sie sah doch nicht jünger aus als sie war! Dann ließ sie sich auf ihren Schreibtischstuhl fallen und griff zum Telefonhörer, legte ihn aber gleich wieder weg. Sie konnte Toni auch in der Eisdiele noch erzählen, wie aufgedreht ihre Großcousine war. Am besten, sie machte eben den Mäusekäfig sauber, dann war das schon mal erledigt. Dann konnte sie zum Parkour fahren und danach zu Toni.

Sie ließ die Mäuse an der Zimmertür Wache schieben (bis auf Betty, die saß ja oben bei Savanna unter der Bettdecke). Als Lucy die dreckige Streu gegen frische ausgetauscht hatte und die Mäuse wieder im Käfig waren, rief ihre Mutter von unten. »Savanna! Lucy! Kommt ihr dann?«

»Huuuch?!«, quietschte Savanna oben im Turmzimmer.

Aha, sie hatte das Bett ausprobiert. Lucy lief zur Treppe. Sie musste unbedingt Savannas Gesicht sehen!

»Wie süüüüß!«, quietschte ihre Großcousine.

»Mist«, fluchte Lucy. Savanna fand Mäuse süß?

Statt hochzugehen rutschte Lucy das Geländer runter. In der Küche goss ihre Mutter gerade Kakao in Lucys Becher.

»Savanna will vielleicht lieber einen Kaffee mit mir trinken.«

»Klar trinkt sie schon Kaffee«, murmelte Lucy. »Und ich bin noch ein Baby.« Sie ließ sich auf ihren Stuhl plumpsen. »Dauert das jetzt lange? Ich will noch zum Parkour.«

Sie hörten Savanna oben laut singen. Der Gesang kam die Treppe herunter, und die Küchentür flog auf. Savanna und Lucy Mutter begannen gleichzeitig zu reden.

»Hey! Stellt euch mal vor, ich hatte ...«

»Du trinkst doch ...«, rief Lucys Mutter.

Beide stoppten und lachten.

»Du zuerst«, sagte ihre Mutter.

Savanna zog sich einen Stuhl vom Tisch. »Ich hatte eine Maus unter der Bettdecke!«

»Nein!«, sagte ihre Mutter. Sie warf Lucy einen strengen Blick zu.

»Ganz normal in alten Häusern«, sagte Lucy.

»Ach, nicht so schlimm, ich hab mich kurz erschrocken, aber ...«, Savanna warf ihre Haare zurück, »... sie war total süüüüß!«

»Aber im Bett? Oh, ich bin sicher, dass das nicht noch

einmal vorkommt!« Lucys Mutter lächelte. »Trinkst du einen Kaffee mit, Savanna? Du bist ja schon fast erwachsen.«

»Klar«, nickte Savanna. »Schwarz bitte.« Sie lachte. »Mit zwölf hab ich natürlich auch noch keinen Kaffee getrunken.«

»Lucy ist dreizehn«, sagte ihre Mutter und lächelte.

Lucy schlürfte laut ihren Kakao. Ihr Vater kam in die Küche, nahm sich auch einen Kaffee und setzte sich an den Tisch. »Erzähl uns doch mal, was du so machst. Du bist jetzt auf der Highschool, oder? Wir haben dich ja lange nicht gesehen.«

Lucy runzelte die Stirn. Wieso hatten ihre Eltern plötzlich so viel Zeit?

»Tja, was mach ich so? Ich mach so viel!«, rief Savanna und lachte. »Ich nehme Gesangsunterricht, das hört man bestimmt an meiner Stimme, oder?« Sie lachte wieder. »Ich will Sängerin werden. Oder Schauspielerin.« Sie zwinkerte ihnen zu. »Natürlich nur im Zweitjob, ich bin ja eine Longfinger.«

Sie sprang auf, legte eine Hand auf die Brust und sang.

»Ma un altro sole più bello non c'è. Il sole mio, sta in fronte a te! Il sole, il sole mio, sta in fronte a te!«

»Wie wunderschön!«, rief Lucys Mutter. Savanna verbeugte sich. Lucy verdrehte die Augen.

»Talent hast du auf jeden Fall!«, sagte Lucys Vater.

»Oh, vielen Dank, das sagen alle.« Savanna lachte.

Lucy gähnte. »Ach, übrigens«, sagte sie. »Ein Longfinger trägt die Fingernägel stets …«

»Punkt 20«, krähte Miss McPie. »Ein Longfinger trägt die Fingernägel stets ganz kurz.«

»Sind doch nur aufgeklebt«, sagte Savanna und lächelte Lucy an. Die war echt überheblich, diese tolle Großcousine!

»Und was hast du so für die Ferien geplant, ich meine, außer deinen Tagen bei uns?«, fragte Lucys Vater. »Obwohl …«, er schmunzelte, »eine Gaunerin hat ja keine Ferien.«

»Da hast du natürlich recht«, pflichtete Savanna ihm bei. »Ich helfe meinen Eltern gerade bei unserem neuen Longfinger-Museum. Deshalb bin ich ja hier.«

»Die Kiste ist auch schon gepackt«, sagte Lucys Vater. »Ihr werdet staunen, was für tolle Stücke wir noch gefunden haben! Sogar der alte Dolch von Ururgroßvater Jim, mit dem er Blutsbrüderschaft mit dem Häuptling der Kayuten geschlossen hat, ist wiederaufgetaucht. Der ist sogar noch richtig scharf. Und wenn ihr das Museum so weit eingerichtet habt …«

»Genau darüber muss ich mit euch reden!« Savanna strahlte in die Runde. »Also, ich soll die Kiste abholen. Und natürlich will ich auch noch ein paar Ferientage mit Lucy und Toni verbringen.«

Sie wusste von Toni? Was hatten ihre Eltern denn alles erzählt?

»Ich habe nicht vor …«, begann Lucy. Aber Savanna

unterbrach sie. »Es gibt noch was ganz Wichtiges, wegen dem ich hier bin! Wichtiger als die Kiste!« Sie zwinkerte ihnen zu und flüsterte: »Wir haben einen Tipp bekommen, dass hier im Polizeipräsidium ein Anzug ausgestellt wird, den wir seit Jahren suchen! Mein Onkel Jeffrey hat ihn bei seinen spektakulären Beutezügen getragen.«

»Onkel Jeffreys Anzug? Sagt mir nichts«, sagte Lucys Vater.

Lucys Mutter schüttelte den Kopf. »Mir auch nicht. Aber wir kennen deinen Onkel Jeffrey ja kaum.«

»Er war auch nicht weltberühmt, der gute alte Jeffrey«, sagte Savanna und lachte. »Aber Mum und Dad möchten den Anzug trotzdem unbedingt für das Museum haben!«

»Das verstehe ich!« Lucys Mutter nickte. »Was man macht, muss man gründlich machen.«

»Und was hat das mit uns zu tun?«, fragte Lucy.

Savanna zuckte mit den Schultern. »Na ja, ich brauche eure Hilfe.«

»Hilfe wobei?«, fragte Lucys Vater.

»Da ist gerade eine Waffenausstellung im Polizeimuseum. Und in der Ausstellung trägt eine Gangsterpuppe den Anzug. Und, na ja, wegen der Waffen ist da alles besonders gut gesichert.«

»Aha«, sagte ihr Vater.

»Verstehe.« Lucys Mutter nickte.

»Du bist doch eine Longfinger!«, rief Lucy.

Ihre Mutter warf Lucy einen strengen Blick zu. »Lucy! Du kennst den Kodex doch. Und der sagt in Punkt 32 …«

»Ein Longfinger gewährt einem Longfinger stets Unterschlupf und Hilfe«, krähte Miss McPie. »Punkt 32!«

Lucys Vater lächelte. »Danke, Miss McPie. So ist es.«

»Natürlich helfen wir dir, Savanna«, sagte Lucys Mutter. »Nicht wahr, Lucy?«

Lucy zuckte mit den Schultern.

Savanna strahlte. »Also, wenn ihr mir helft, … toll!«

»Ich verlass mich auf dich, Lucy.« Ihre Mutter schaute Lucy eindringlich an. »Du holst mit Savanna den Anzug da raus.«

»Ich?«, rief Lucy entgeistert. »Wieso denn ich?«

Lucys Mutter legte ihr eine Hand auf die Schulter. »Na, weil du unsere beste Diebin bist. Und weil dein Vater und ich keine Zeit haben, weil wir bei dem fiesen Fairclufter zuschlagen.«

Schon wieder Fairclufter? Na gut, der hatte es ja auch verdient! Aber deshalb konnten sie Lucy nicht einfach ihre Großcousine aufs Auge drücken!

»Ich hab auch keine Zeit!«, rief Lucy und verschränkte die Arme vor der Brust. Schon wieder ein Punkt im Kodex, der in ihr Leben pfuschte!

»Keine Widerrede!«, sagte ihre Mutter streng. »*Gewährt einem Longfinger stets Unterschlupf und Hilfe.* So sagt es der Kodex.«

Und wenn dieser Longfinger einem damit die eigenen Ferienpläne kaputtmacht?

»Ich hab eine Idee!«, rief Lucy. »Jacky kann das doch machen!« Lucys Cousin Jacky half manchmal und fischte Beute aus einem Papierkorb oder stand Schmiere.

»Auf keinen Fall! Savanna hat *uns* gefragt. Jacky halten wir da raus.« Lucys Vater stand auf. »Komm, Geraldine, wir müssen noch mal raus zu Fairclufter.«

Lucys Mutter nickte. »Stimmt. Wir sind in zwei Stunden zurück. Ihr könnt euch heute Mittag die Lasagne warm machen.« Sie beugte sich zu Lucy und sagte leise: »Über die Maus im Bett sprechen wir noch.«

»Ich leg mich erst noch mal hin«, erklärte Savanna. »Die Zugfahrt war anstrengend. Wir können danach zusammen essen, ja, Lucy?« Lucy nickte. Aber wenn Savanna noch schlief, würde sie sie schlafen lassen.

»Komm, Cash.« Lucy lief hoch in ihr Zimmer und ließ sich aufs Bett fallen. Sie hatte doch auch Ferienpläne! Wann sollte sie da noch diesen blöden Anzug klauen? Musste man einem Verwandten denn bei jedem Mist helfen? Schließlich ging es nicht um Leben und Tod, sondern nur um ein olles Kleidungsstück!

Cash sprang aufs Bett und legte sich neben sie. Lucy drückte ihr Gesicht in sein Fell. Sie liebte diesen leicht muffigen Geruch, der ihr so vertraut war. Sie seufzte tief, und Cash leckte ihr schnell übers Gesicht.

Gestern war alles noch super paletti gewesen. Nur sie und Toni und die Ferien! Und heute hatte sie eine nervige Großcousine und eine schwierige Aufgabe an der Backe. Das war gemein!

Kapitel 3

Feuer aus Texas

Lucy saß in der Küche und aß Lasagne. Dabei spielte sie ihr Lieblingsdetektivspiel. Ihr Handy plingte. Es war eine Nachricht von Toni.

Mango mit Chili versüßt dir den Nachmittag! Ich lad dich ein! Toni

Lucy grinste und schrieb zurück.

Komme nach Parkour und bringe Hunger auf 20 Kugeln mit! LL

So mussten Ferien sein! Parkour und Toni und Mango-mit-Chili-Eis!

Ihr Vater trug ein kleines Päckchen in die Küche. »Die Post war da!«

Lucy rutschte zur Seite. Bei Päckchen war sie vorsichtig geworden.

»Schon zurück von Fairclufter?«, fragte sie.

Ihr Vater nickte. Er riss das Päckchen auf und zog einen winzig kleinen Koffer heraus. »Schau mal, was ich im Internet bei *Gaunerparty* gekauft habe! Eine Uhr in Form einer kleinen Kofferbombe!« Ihr Vater hielt Lucy den Minikoffer vor die Nase. Er war ungefähr so groß wie ein Handy. Auf der Vorderseite waren zwei Zeiger für die Uhrzeit, und oben hing eine Zündschnur raus.

»Wie originell.« Lucy verdrehte die Augen. Ihr Vater hatte in der Bibliothek schon einen Brieföffner in Brecheisenform, und im Bad stand eine Toilettenbürste mit Messergriff.

»Ich finde sie großartig!«, schwärmte ihr Vater und stellte die Uhr auf das Klavier im Wohnzimmer. »Hör doch mal, dieses drohende Ticken! *Ticketacke Ticketacke …*«

Die Küchentür flog auf. Savanna und Lucys Mutter kamen lachend in die Küche.

»Ich bin wirklich sofort eingeschlafen«, rief Savanna. »Hinter dem Vorhang war es dämmrig und so gemütlich! Da würde ich am liebsten für immer schlafen!«

Bloß nicht! Lucy schob ihren Teller weg. »Ich bin fertig.«

»Hey, du hast mich gar nicht geweckt! Wir wollten doch zusammen essen!«, rief Savanna und zeigte auf Lucys leeren Teller. Lucy fiel auf, dass Savanna keine roten Fingernägel mehr hatte.

»Das hab ich auch gedacht«, sagte Lucys Mutter.

»Tut mir leid.« Lucy zuckte mit den Schultern. »Ich muss los.«

»Sag mal, Lucy, du denkst doch an den Anzug für Savanna? Wo willst du denn hin?«, fragte Lucys Mutter.

»Zum Training. Hab ich doch gesagt.« Hatte ihre Mutter ihr nicht zugehört? Oje, hoffentlich wollte Savanna nicht …

»Das ist ja toll!«, rief ihre Mutter. »Da kannst du Savanna mitnehmen!«

»Nein!«, sagte Lucy schnell. »Das geht nicht!«

Ihre Mutter runzelte die Stirn. »Und warum nicht?«

»Ich will danach weiter … zu Toni«, sagte Lucy. »Und das dauert halt zu lange … für Savanna, nehme ich an.«

»Quatsch«, rief Savanna. Sie lachte. »Ich *muss* Toni kennenlernen!«

Lucy sah ihre Mutter an. »Savanna hat ja auch kein Rad, und ich kann nicht den Bus nehmen, das dauert viel zu lange und …«

»Savanna kann doch mein Rad nehmen!«, rief Lucys Mutter.

»Dein neues E-Bike?«, fragte Lucy entgeistert. »Aber das … mir wolltest du es letzte Woche nicht leihen!«

»Weil *du* ein tolles Rad hast, ganz einfach. Aber Savanna hat keins.«

Lucy stand auf und tippte auf ihre Uhr. »Ich fahr in genau drei Minuten.«

»Lucy, wo bleibst du denn?«, rief Savanna zehn Minuten später. Sie fuhren in einem Affentempo die Pickford Street hinunter, Savanna voran. Ihre langen Locken flatterten im Wind hinter ihr her. Natürlich waren sie erst losgefahren, als Savanna mit Essen fertig gewesen war.

Lucy trat in die Pedale, so fest sie konnte! Keiner – war – schneller – als – sie! Sie zog an Savanna vorbei. Sie ließ sich doch nicht ihren Rekord klauen!

Keuchend bremste Lucy eine Viertelstunde später vor der Parkourhalle im Hafen. Savanna war kaum außer Atem.

»Hey, brauchst du eine Sauerstoffmaske?«, rief ihre Großcousine.

Lucy warf ihr Rad auf den Boden. »Stell das Rad von meiner Mutter aber in den Fahrradständer«, sagte sie. Und tatsächlich hörte Savanna auf sie. Ging doch!

»Hi guys«, rief Savanna, als sie die Halle betraten. Sofort sahen alle zu ihnen herüber. Lucy fühlte sich unwohl. Sie machte lieber still ihr Ding.

Während Lucy nach dem Aufwärmen ein paar Flickflacks sprang, im Handstand die Arbeitsbühne hochlief, mit ausgestreckten Armen von der Bühne auf das Trapez sprang wie ein Flughörnchen, sich fallen ließ und nur mit den Füßen an der Stange hing, flirtete Savanna mit dem Trainer. Bei Bob, dem Muskelprotz, schien sie gut anzukommen. Gerade half er ihr bei einem einfachen Handstand. Mann, hatte ihre Großcousine aber große Füße! Die anderen Kinder, die sonst immer Lucy zuschauten, sahen den beiden zu. Vermutlich weil Savanna ständig so laut lachte. Umso besser, so hatte Lucy ihre Ruhe.

Nach einer Dreiviertelstunde (die reichte ihr heute) zog Lucy sich wieder um. Aber ihre Großcousine nahm sich viel Zeit zum Verabschieden. Obwohl sie wusste, dass Lucy noch zu Toni wollte!

Als sie endlich losfuhren, trat Lucy kräftig in die Pedale. Sie freute sich jetzt auf das Eis!

»Hi guys«, rief Savanna, obwohl sie hinter Lucy die Eisdiele betrat. »Oho!« Toni kam eilig um die Theke herum, wischte seine Finger an der Schürze ab und streckte Savanna die Hand entgegen. Sein Gesicht war ein einziges Strahlen. »Ich bin Toni Morelli! Freut mich total, dich kennenzulernen!«

»Mich aber auch!«, rief Savanna. »Lucys Vater hat mir schon von dir erzählt! Du bist also der Junge, wegen dem die Kodexänderung durchgesetzt wurde! Jetzt, wo ich dich sehe, verstehe ich das!«

Toni strahlte noch mehr. Lucy verdrehte die Augen.

»Und, bist du genauso alt wie Lucy?«, fragte Savanna.

Toni nickte. »Ja. Genau genommen bin ich sogar …«

»Dann bist du auch erst dreizehn?«, rief Savanna. »Du siehst viel älter aus!«

Toni knetete seine Finger. »Ähm, … wollt ihr Eis? Klar wollt ihr Eis! Mango mit Chili natürlich! Das *musst* du probieren! Vielleicht ist es auch deine Lieblingseissorte. Weißt du, in Italien sagt man, wenn man die gleiche Eissorte liebt, dann passt man perfekt zusammen: *stanno bene insieme!* Und Lucy und ich … wir lieben beide Mango mit Chili!« Er klimperte mit den Wimpern. »Und wir sind auch wie Mango mit Chili. Also, Lucy ist dabei natürlich das Chili.« Er kicherte. »Ich bin ja eher die sonnige Mango. Und du … du könntest eine feurige Soße sein! Schon allein wegen der roten Haare und deiner tiefen Stimme …«

»Mango mit Chili schmeckt nicht mit feuriger Soße«, brummte Lucy. Chili ist schon scharf genug!

»Welchen Tisch nehmen wir?« Savanna marschierte schon auf einen Tisch am Fenster zu.

Toni stieß Lucy an. »Bin echt gespannt auf sie. Frauen mit roten Locken sollen ja gefährlich sein«, flüsterte er. Lucy verdrehte die Augen.

Als Savanna und Lucy saßen, rief Toni: »Bin sofort wieder da!« und tänzelte zur Eistheke. In Rekordzeit kam er mit drei Eisbechern zurück. Mango mit Chili – und Waffeln in Herzform.

»Hm«, schwärmte Savanna, als sie probierte. »Da möchte ich wirklich die Soße sein.«

Lucy aß schneller. Savanna beugte sich zu ihr und flüsterte: »Weiß Toni eigentlich Bescheid, dass du für mich den Anzug klauen sollst?«

»Wer flüstert, der lügt!«, rief Toni und lachte.

»Ne, noch nicht«, sagte Lucy und seufzte.

Die Tür zur Wohnung der Morellis flog auf, und Tonis kleine Schwester Gina wirbelte in die Eisdiele.

»Toni!« Ihre braunen Locken wippten, und ihre dunklen Augen blitzten. »Schau mal, die Drachen! Sind sie nicht süß?« In der einen Hand hielt sie mehrere Papierdrachen, die sie ausgeschnitten hatte, und in der anderen eine Zeitschrift und eine Schere. »Hilfst du mir?«

»Klar«, sagte Toni. »Aber können wir das später machen? Ich habe gerade Besuch bekommen und …«

»Och Mensch, ich brauch die jetzt.« Gina zog eine Schnute. Sie war echt genau wie Toni!

»Willst du mir die mal zeigen?«, sagte Savanna und lächelte Gina an.

»Ja!« Gina lief um den Tisch zu Savanna und breitete strahlend ihre Papierdrachen auf dem Tisch aus. Sie waren ziemlich unsauber ausgeschnitten. Savanna rückte ihren Stuhl ein wenig ab. »Dann los!« Die Kleine kletterte sofort auf ihren Schoß. Lucy staunte. Gina kannte Savanna doch gar nicht.

»Hast du auch kleine Geschwister?«, fragte Toni.

»Nein«, Savanna lachte, »aber kleine Cousinen.«

Lucy runzelte die Stirn. Savanna meinte bestimmt nicht sie, oder?

»Gib mal«, sagte Savanna und nahm die Papierschere. »Dieser hier ist Blueberry Silver. Er kriegt spitzere Klauen.« Gina nickte begeistert und sah zu, wie Savanna dem silberblauen Papierdrachen die Klauen etwas spitzer schnitt.

Lucy nahm sich vor, Gina auch mal mehr Aufmerksamkeit zu schenken, wenn Savanna wieder weg war. Sie könnte Karten mit ihr spielen. Und ihr richtig coole Tricks zeigen. Lucy lächelte Gina an, und sie lächelte zurück.

»Wir müssen los jetzt«, sagte Lucy dann und stand auf.

»Okay«, rief Savanna. »Ich geh noch mal schnell aufs Klo.«

»Schaffst du morgen früh neun Uhr?«, fragte Toni, als sie an der Tür standen. »Das Aquarium macht um halb neun auf, glaub ich, dann ist es noch nicht so voll!«

Lucy knuffte ihn in die Seite. »*Du* bist doch die Schlafmütze!« Aber sie freute sich auf morgen.

Gina zupfte Toni am Ärmel. »Die Savanna hat die falsche Klotür genommen.«

»Macht doch nix, du Floh.« Toni wuschelte seiner kleinen Schwester durch die Locken.

»Neun Uhr!«, rief Lucy und drückte die Tür auf. Savanna kam hinterher. »Bis morgen!«, rief sie Toni zu. Lucy grinste. Morgen würden sie nicht in die Eisdiele fahren. Aber das konnte sie ihr später noch sagen.

Als sie auf die Räder stiegen, zeigte Savanna auf das kleine Indianermuseum in dem alten Haus gegenüber. »Da will ich unbedingt mal rein. Ich brauch noch gute Ideen für unser Longfinger-Museum.«

Lucy musste lachen. Sie und Toni waren natürlich schon drin gewesen. *Starfish-Ice,* die Konkurrenz der Familie Morelli, hatte das alte Haus im Sommer abreißen und stattdessen eine große moderne Eisdiele bauen wollen, um genau gegenüber ihr künstlich schmeckendes Eis zu verkaufen! Aber plötzlich, genau zur richtigen Zeit, hatte man im Vorgarten eine Friedenspfeife der

Kayuten gefunden. Tja, das Bauvorhaben der Eiskette war natürlich gestoppt worden. Auf so einem wichtigen Fundort durfte nicht gebaut werden. Damit waren die Morellis gerettet gewesen! Keiner würde ihnen hier die Kunden klauen. Die Pfeife hatte einen besonderen Platz im Museum in einer tollen Glasvitrine.

»Wusstest du, dass man durch den Fund der Friedenspfeife der Kayuten an dieser Stelle eine ganz neue Theorie aufgestellt hat, wie die Ureinwohner sich verbreitet haben?«, fragte Lucy ihre Großcousine. Savanna schüttelte den Kopf.

»Ja, ja, die guten Kayuten«, sagte Lucy und fuhr grinsend los.

Als sie die Pickford Street hochradelten, sah Lucy sich mehrmals um. Sie fühlte sich verfolgt – konnte aber niemanden entdecken. Sie fuhr schneller.

»Hier lang!«, rief sie Savanna zu und bog im letzten Moment in eine Querstraße ab. Kaum um die Ecke, sprang Lucy vom Rad und schob es hinter einen hohen, mit bunten Surfbildern bemalten Stromkasten. Mal sehen, ob ihnen jemand folgte.

Savanna bremste und sah sich suchend um. »Lucy?«

»Schnell, hinter den Stromkasten!«, rief Lucy.

»Was?«, rief Savanna. Sie blieb stehen. Lucy lugte hinter dem Kasten hervor. Da war niemand, kein Auto, kein Radfahrer. Nur Savanna, mitten auf der Straße.

»Ich dachte, uns verfolgt jemand«, murmelte Lucy und schob ihr Rad wieder auf die Straße.

»Verfolgt?«, fragte Savanna. »Wie, *verfolgt*?«

Lucy verdrehte die Augen. Savanna war schließlich auch eine Longfinger. Als Gauner musste man doch immer aufpassen.

»Da war jemand hinter uns«, beteuerte sie.

»Das war dein eigener Schatten!«, machte sich Savanna über Lucy lustig.

»Ha, ha, ha! Super Witz.« Lucy stieg auf ihr Rad. Sie würden durch den Pickford Park fahren und von der anderen Seite nach Hause kommen.

Als sie an *Pete's Shop* vorbeifuhren, rief Savanna: »Stopp!«

Lucy bremste. »Was ist denn?«

»Ich will einkaufen.«

»Brauchst du nicht. Der Kühlschrank ist voll.« Sie hatten sogar Wackelpudding mit Vanillesauce und Feinschmeckersalate in Gläsern. Dinge, die sonst nicht gekauft wurden.

»Ich brauch trotzdem was. Überraschung!«, flötete ihre Großcousine.

»Na gut.« Lucy zuckte mit den Schultern. »Wenn's unbedingt sein muss.« Eigentlich wollte sie schnell nach Hause. »Lass uns die Räder aber verstecken.« Sie schob ihr Rad hinter einen Container. »Und jetzt schnell rein!« Lucy huschte in den Laden. Savanna folgte ihr.

Im Supermarkt sang ihre Großcousine laut vor sich hin, und alle Leute schauten sie an.

»Psst«, machte Lucy und stieß Savanna an. Sie stellte

sich zu den Zeitschriften und behielt den Eingang im Auge. Niemand Verdächtiges kam rein, und niemand schien sie zu beobachten. Nach zehn Minuten war ihre Großcousine immer noch nicht zu sehen, und Lucy wollte sich gerade auf die Suche nach ihr machen, als Savanna um die Ecke kam. Ihr Einkaufswagen war fast bis zum Rand gefüllt.

»Was kaufst du denn da alles? Unser Kühlschrank ist voll, hatte ich doch gesagt!«

»Überraschung, hatte ich auch gesagt.« Ihre Großcousine legte alles auf das Band. Lucy schüttelte den Kopf, aber sie half mit. »Nimm wenigstens was vom Band und steck es gleich in den Rucksack, das geht schneller«, zischte sie.

»Ne, lieber nicht.« Savanna schüttelte den Kopf.

»Mach schon«, drängte Lucy. »Der Supermarkt gehört Pete, genau wie der Baumarkt. Der hat echt genug, wirklich!«

Savanna zögerte. Dann nahm sie zwei Dosen Chilibohnen vom Band und stopfte sie schnell in den Rucksack. Die Kassiererin schaute von der Kasse auf. »Moment mal, junge Dame!«

Savanna zuckte zusammen. Sie schien plötzlich gar keine große Klappe mehr zu haben. Die Kassiererin wurde lauter. »Zeig mir mal deinen Rucksack!« Sie streckte die Hand aus, eine große Ärgerfalte auf der Stirn und die Lippen zu einem schmalen Strich verzogen. Oje, jetzt würde es ein Donnerwetter geben! Zum

Glück war niemand hinter ihnen. Als Savanna nicht reagierte, stand die Kassiererin auf und öffnete die Klappe, die ihren Platz absperrte. Diese drei Sekunden reichten Lucy, um alles zurück auf das Band zu legen. Die Kassiererin riss Savannas Rucksack an sich. »Freche Blagen«, zischte sie. »Aber nicht mit mir!«

Mit siegessicherem Blick griff die Frau in den Rucksack. Als sie die Hand wieder rauszog, hielt sie ein schwarzes Portemonnaie hoch.

»Das ist meins.« Savanna griff danach.

»Ich glaube, da ist eine Entschuldigung an meine Cousine fällig«, sagte Lucy grinsend.

»Oh … ich dachte wirklich …«, sagte die Kassiererin irritiert.

Savanna lächelte. »Schon gut. Jeder hat mal einen schlechten Tag.«

Sie nahm Lucy den Rucksack ab.

»He, was …« Lucy brach ab, um den Mann zu beobachten, der den Laden betreten hatte. Er kam ihr bekannt vor. Als sie wieder zu Savanna schaute, hatte diese Lucys Rucksack bis oben hin vollgepackt. Ihren eigenen setzte Savanna fast leer wieder auf.

»Ich bin doch nicht dein Packesel!«, empörte sich Lucy. Savanna hatte nicht mal *Danke* gesagt für ihre Rettungsaktion an der Kasse!

»Dein Rucksack ist viel besser als meiner! Meiner reißt doch sofort. Aber wenn du unbedingt willst, kann ich ja deinen Rucksack tragen.«

»Lass mal. Ich bin viel trainierter als du«, knurrte Lucy und wuchtete den schweren Rucksack auf ihren Rücken. Sie gab ihn nicht gerne ab. Er war aus einem Spezialgewebe, das in der Raumfahrttechnik eingesetzt wurde. Ihr Vater hatte ihn Lucy mal von einer geheimen Aktion in Washington mitgebracht.

Als sie den Umweg durch den Pickford Park nahmen, fühlte Lucy, wie die Träger in ihre Schultern schnitten. Sie war heilfroh, als sie endlich die Villa erreichten.

»Hi guys!«, rief Savanna, sobald sie im Flur waren und riss Lucy den Rucksack vom Rücken.

»Hey, nicht so heftig«, sagte Lucy.

»Wir sind in der Bibliothek!«, rief ihre Mutter.

Savanna schleppte den Rucksack schnurstracks in die Bibliothek. Lucy hörte, wie sie mit ihrer Mutter redete und beide lachten.

Als Lucy sich die Schuhe auszog, kam ihre Mutter mit Savanna aus der Bibliothek. »Stell dir vor, was deine Großcousine heute vorhat! Sie will für uns kochen. Und sie hat schon alles eingekauft!«

»Schön«, sagte Lucy. *Sie* hat schon alles eingekauft. Wieso schleimte sich Savanna so bei ihren Eltern ein?

»Original *Texas Jailhouse Chili* mit texanischem Maisbrot!«, verkündete Savanna.

»Geht nicht!«, rief Lucy. Sie schaute ihre Mutter empört an. »Heute darf *ich* mir was zum Abendessen wünschen! Hast du mir für das Putzen versprochen!«

»Stimmt«, sagte ihre Mutter und sah etwas ratlos aus. Dann sagte sie: »Das machen wir einfach an einem anderen Tag, okay? Savanna freut sich doch so darauf, uns –«

»Das ist ungerecht«, rief Lucy. »Gesagt ist gesagt!«

»Du hast ja recht.« Ihre Mutter zögerte. »Aber … Savanna ist unser Gast. Und der Gast …«

»Schon gut«, brummte Lucy.

Sie sah, dass ihre Mutter hin- und hergerissen war, und sie hatte auch schon eine Idee, wie sie dabei auch selbst noch zu ihrem Spaß kam.

Savanna machte sich in der Küche Musik an und räumte die Einkäufe aus. Ein riesiger Berg Lebensmittel türmte sich auf der Arbeitsplatte. Lucy drückte sich in der Küche herum und wartete auf eine Gelegenheit. Aber das war zu auffällig! Lucy sah sich um. Ah, Miss McPie! Sie konnte noch mal den neuen Punkt 4 mit ihr üben. Das war eh noch fällig!

Lucy baute sich vor der Krähe auf. Miss McPie legte den Kopf schief.

»Sprich mir nach. Punkt 4. Freunde außerhalb der Familie müssen schweigen wie ein Grab.«

»Obacht! Freunde der Familie müssen im Grab schweigen.«

Lucy stöhnte. »Nein. Freunde *außerhalb* der Familie …«

»Musst du ausgerechnet jetzt mit ihr üben?« Savanna verdrehte die Augen. »Gib mir lieber mal ein Schneidebrett!« Zu ihr war Savanna eindeutig nicht so nett wie zu ihren Eltern!

»Schrank oben rechts«, sagte Lucy.

»Scharfes Messer?«

»Schublade links.«

Jetzt oder nie. Als Savanna in die Schublade griff, hatte Lucy schon das Maismehl unter ihren Pullover gesteckt. Ihre Großcousine begann, Zwiebeln zu hacken. Es sah nicht so aus, als ob sie geübt darin wäre … Also mit scharfen Messern konnte Lucy eindeutig besser umgehen! Lucy wendete sich ab und ließ unauffällig die Chilischoten in ihrem Ärmel verschwinden. Wie das Chili wohl ohne Chilischoten schmeckte? Und das Maisbrot ohne Maismehl?

Lucy schniefte. »Das ist ja schlimm mit den Zwiebeln! Ich wasch mir mal die Augen aus.«

»Das hilft nicht!«, rief Savanna Lucy hinterher. »Bleib am besten weg aus der Küche!«

»Da hast du recht!« Lucy sprang schnell die Treppe hoch und stopfte das Maismehl und die Chilischoten nach hinten in ihren Schrank. Warum sollte sie auch in der Küche bleiben? Es würde sicher ungemütlich werden, wenn Savanna ihre Zutaten vermisste. Lucy schloss die Zimmertür ab, nahm ihr Handy und streckte sich auf dem Bett aus. Ein kleines Spielchen hatte sie sich jetzt verdient. Dazu machte Lucy Musik an und sang laut mit. Was Savanna konnte, konnte sie schon lange.

»Lucy!«, rief ihre Mutter eine halbe Stunde später von unten. »Abendessen!«

Lucy legte das Handy weg. Langsam stieg sie die Treppe runter. Es roch gut, das musste Lucy zugeben. Aber ob das Zeug ohne Gewürz schmeckte? Sie steckte den Kopf in die Küche. Der Tisch war noch nicht gedeckt.

Im nächsten Moment kam Savanna mit dem Messer in der Hand auf Lucy zu. »Hast du mir Zutaten geklaut?«

»He, das ist gefährlich!«, rief Lucy.

Savanna nahm das Messer runter und blitzte Lucy an. »Du hast sie weggenommen, als du mit der blöden Krähe geübt hast!«.

»Ein Longfinger flucht nicht! Punkt 26«, krähte Miss McPie.

»Vielleicht hast du nur vergessen, sie im Laden einzupacken? Du warst ja etwas durcheinander, als du beim Klauen erwischt wurdest«, sagte Lucy.

Savanna schnaubte. »Ich hab sie eingepackt, da bin ich mir sicher.«

Lucy zuckte mit den Schultern. »Anscheinend ja nicht.«

Ihre Mutter kam in die Küche. »Was ist denn los?«

»Nichts«, sagten Lucy und Savanna gleichzeitig. Wie? Ihre Großcousine verpfiff sie nicht?

»Der Tisch muss noch gedeckt werden, Lucy«, sagte Lucys Mutter.

Lucy öffnete den Küchenschrank.

»Nein, wir essen im Wohnzimmer. Mit dem guten Geschirr und so.«

Savanna sah Lucy triumphierend an. »Lucy, deckst du bitte den Tisch, bevor das Chili kalt wird? Ich hab mir solche Mühe gegeben!« Und leise, dass nur Lucy es hören konnte, zischte sie hinterher: »Wenn man das überhaupt Chili nennen kann.«

»Haben wir was zu feiern?«, fragte Lucy.

Sie saßen am Esstisch im Wohnzimmer. Ihre Mutter hatte das Licht gedimmt und Kerzen angezündet. Die Teller standen auf Untertellern, und daneben lag das gute Silberbesteck des Grafen von Durcester, das Ururgroßvater Jim einst besorgt hatte.

»Wir feiern, dass Savanna uns besucht und für uns gekocht hat«, sagte ihre Mutter und hob ihr Glas. »Auf die Verwandtschaft!«

»Auf uns«, sagten Lucy und ihr Vater gleichzeitig.

»Und auf den Anzug, den Lucy bald klaut«, sagte ihre Mutter.

»Auf den Anzug.« Lucys Vater nickte und hob sein Glas noch einmal.

»Und auf eine schöne Ferienwoche«, sagte Savanna. »Tja … es schmeckt bestimmt nicht so gut wie sonst.« Sie zuckte mit den Schultern. »Ich weiß nicht, warum, aber plötzlich hatte ich ein paar Zutaten weniger.«

»Quatsch, es wird bestimmt hervorragend schmecken!«, rief Lucys Mutter. Sie warf Lucy einen strengen Seitenblick zu.

»Guten Appetit«, sagte Lucy und griff nach ihrem Löffel.

»Jo, kann man essen!«, sagte Lucys Vater mit vollem Mund.

»Es schmeckt … schlicht«, sagte Lucy und konnte sich ein klitzekleines Grinsen nicht verkneifen.

Savanna blitzte Lucy an. »Es fehlen ja auch die Chilischoten.« Sie reichte den Brotkorb mit dem Maisbrot herum.

»Wie nennt man eigentlich ein Maisbrot ohne Maismehl?«, wollte Lucy wissen. Sie bekam keine Antwort.

»Mir liegt das Chili etwas schwer im Magen. Kann ich aufstehen? Cash hatte noch keine Runde«, sagte Lucy schließlich. Bei ihren Worten trabte Cash zur Tür.

»Geh nur.« Ihr Vater nickte. »Mir scheint, Cash muss dringend raus.«

An der Haustür gab Lucy Cash ein Leckerli. Das hatte er prima gemacht. Sie steckte ihm seinen Wurfball in die Schnauze und tippte schnell eine Nachricht an Toni.

In drei Minuten an der blauen Bank im Park. Bring eine Tüte Chips mit. LL

Keine drei Sekunden später plingte ihr Handy.

Bin unterwegs. Toni

Wow! Hatte er auf eine Nachricht von ihr gewartet? Lucy musste grinsen.

Auf dem Weg zum Pickford Park nahm sie sich vor, in den nächsten Tagen auch mal zu kochen oder zu backen. Was Savanna konnte, konnte sie auch!

Auf der großen Wiese machte Lucy gerade Cash los, als sie jemanden über den holprigen Weg zum Spielplatz fahren hörte. Toni! Er stellte Rondine ab und winkte Lucy zu. Selbst von hier aus sah Lucy, wie er über das ganze Gesicht strahlte. Er hängte seinen Helm an Rondines Lenker und kam mit wippenden braunen Locken auf Lucy zugerannt. Cash ließ sofort seinen Wurfball vor Tonis Füße fallen.

»Hallo Cash, mein Guter!« Toni kniete sich neben den Riesenzottel, und Cash legte den Kopf auf Tonis Schulter. Lucy hob den Ball auf und warf ihn weit über die Wiese. »Los, Cash!«

»Wie weit kannst du denn werfen!«, staunte Toni. »Du bist doch ein Mädchen!«

»Genau«, rief Lucy und boxte Toni in die Seite, »ein starkes Mädchen!«

Toni floh vor ihr, und sie jagten sich gegenseitig über die Wiese. Als Cash sich laut bellend auf Lucys Seite schlug, ließ Toni sich keuchend auf die Wiese fallen.

»Du musst echt mal mehr Sport machen!«, rief Lucy und ließ sich neben ihn plumpsen.

»Jetzt sind erst mal die Chips dran!« Toni sprang auf, lief zu Rondine und kam mit der Tüte zur blauen Bank. Beim Chipsknabbern quatschten sie über den neuen Tanzfilm im Kino, den Toni gerne sehen wollte.

»Warum machen sie die Chipstüten nicht etwas größer«, nörgelte Toni, als er die letzten Krümel aus der Tüte in seine Hand schüttete.

Lucy warf einen Blick auf die Uhr. »Ich muss los. Ich hab gesagt, ich geh nur eine Runde mit Cash.«

»Och, Mensch! Schon? Und dafür bin ich den weiten Weg hergekommen?« Toni ließ den Kopf hängen.

»Hör auf, du Schauspieler!« Lucy sprang auf. Als sie die leere Chipstüte neben der Bank in den Papierkorb werfen wollte, raschelte es im Gebüsch dahinter. Lucy dachte zuerst, es sei nur ein Vogel, aber dann hörte sie ein klackerndes Geräusch. Sie sah sich um. Toni stand schon an seiner Rondine und wartete auf sie. Auf dem Rundweg ging eine Frau mit ihrem kleinen Hund spazieren. *Klack.* Da war es wieder! Lucy dachte an ihre Verfolger. Und wenn sie hier im Gebüsch hockten, mit gezückter Pistole? *Klack.*

»Cash, komm!«, rief Lucy, und Cash kam sofort angetrabt. Lucy nahm ihn an die Leine und lief zu Toni. Da sprang ein Eichhörnchen aus dem Gebüsch und lief vor ihr über den Weg. Ein Eichhörnchen! Klar, das Klackern war bestimmt eine Nuss gewesen. Lucy atmete erleichtert auf. Aber das komische Gefühl in ihrem Bauch wollte irgendwie nicht weggehen …

Zu Hause steckte sie den Kopf ins Wohnzimmer. »Ich geh ins Bett, okay?«

Ihre Eltern und Savanna hatten den Tisch abgeräumt und saßen auf der Couch.

»Willst du dich nicht noch ein wenig zu uns setzen?«, fragte ihr Vater. Er streckte die Hand aus. »Komm doch mal her.«

Lucy schüttelte den Kopf. »Ne, ich bin echt müde. Und ich muss noch den Mäusekäfig sauber machen.«

»Ach, du hast Mäuse?«, fragte Savanna. »Hm, was für ein Zufall, dass ich …«

Lucy gähnte laut. »Gute Nacht.«

»Schlaf gut«, sagte ihr Vater. Ihre Mutter warf Lucy einen Handkuss zu. »Ich komm gleich noch mal hoch.«

Ihre Mutter kam aber nicht. Lucy wälzte sich im Bett hin und her. Sie knipste das Licht an und schaute auf die Uhr. Zehn Uhr. Sie kontrollierte noch mal den Wecker. Sie wollte früh aufstehen. *Pling* machte da ihr Handy.

Das war schön vorhin! Freu mich auf morgen! Toni

Lucy freute sich auch. Auf das Aquarium, auf die Haie und natürlich auf Toni. Plötzlich hörte sie das Klavier. Das konnte nur Savanna sein! Von ihnen spielte ja niemand. Ihre Großcousine haute immer fester in die Tasten, und dann sang sie mit! Lucy hielt sich die Ohren zu. Wie sollte sie bei dem Lärm denn schlafen? Als das Stück zu Ende war, hörte Lucy ihre Eltern klatschen. Sie sprang auf, lief zum Schreibtisch und kramte nach ihren Ohrstöpseln. Sie hörte trotzdem noch was. Savanna spielte jetzt *Old McDonald* und sang aus voller Kehle: *»Old McDonald had a farm, E-I-E-I-O. And on his farm he had a dog, E-I-E-I-O. With a woof woof here, and a Cash Cash there …«*

Cash Cash, sehr witzig, Cousine! Und ihre Mutter sang auch noch mit! Lucy sprang wieder aus dem Bett und holte ihre Kopfhörer. Sie machte sich Musik auf dem Handy an und versuchte, an etwas Schönes zu denken. An den Ausflug ins Aquarium morgen früh zum Beispiel.

KAPITEL 4

Drei ist einer zu viel

Als der Wecker um sieben Uhr klingelte, stellte Lucy ihn schnell aus. Sie zog sich leise an, nahm ihren Rucksack und die Lederjacke und schlich runter. Es war ganz still in der Villa. Ihre Eltern und Savanna schienen noch zu schlafen. Kein Wunder, wenn sie abends so lange zusammensaßen. Dabei hatten ihre Eltern doch zu tun! Wollten sie heute nicht bei Fairclufter die Alarmanlage manipulieren?

»Guten Morgen«, begrüßte Lucy die Krähe in der Küche. Miss McPie sah ziemlich verschlafen aus. Lucy schmierte sich schnell ein Brot mit Schokocreme und machte sich einen Kakao. Sie warf Miss McPie ein paar Krümel zu. *Ticketacke Ticketacke* machte die Kofferbombenuhr im Wohnzimmer. Wie laut diese alberne Uhr tickte, wenn es still in der Villa war!

Komisch, die Zeitung von heute lag auf dem Küchentisch. Dann hatten ihre Eltern also gefrühstückt und waren schon weg?

Lucy blätterte in der Zeitung. So war es gemütlich. Außerdem hatte sie noch etwas Zeit, wenn sie um neun bei Toni sein wollte. Lucy grinste. Toni, die kleine Schlafmütze, würde sicher erst um zehn vor neun aufstehen.

»Oha!«, murmelte Lucy. *Versuchte Sprengung des Haupttresors in der Bank of America.* Das waren keine Longfingers gewesen! *City-Spielhalle ausgeraubt.* Lucy grinste. Gehörte die nicht Ratto?

Sie legte die Zeitung weg und stellte ihre Tasse und den Teller in die Spüle. Es stand schon eine Tasse darin. Nanu? Nicht zwei Tassen?

Als Lucy aus der Küche in den Flur kam, stand Savanna vor ihr.

»Guten Morgen!«, rief sie. Ihre Großcousine war gut gelaunt und fix und fertig angezogen. Sogar die Häkelmütze hatte sie schon auf und den grünen Schal um.

»Ähm … Morgen«, sagte Lucy. »Wieso … bist du denn schon auf?«

Und warum war sie schon angezogen? In Lucys Bauch begann es zu rumoren. Sie wollte doch wohl nicht …?

»Hey, ich bin so weit! Ich hab schon gefrühstückt! Standen ganz schön viele Einbrüche heute in der Zeitung, was?« Savanna lachte. »Ob es auch in der Zeitung steht, wenn du den Anzug klaust?«

O nein! Deshalb war die Tasse in der Spüle! Es war Savannas!

»Wie, so weit … wofür?«, fragte Lucy.

»Fürs Aquarium natürlich!«, rief Savanna. »Da wollen wir doch heute hin, oder nicht?«

Wir wollen da heute hin? Woher wusste sie …?

»*Ich* will da hin, mit Toni! Du kannst nicht mit!«, rief Lucy und merkte selbst, wie unfreundlich sie klang.

»Aber Toni hat es mir gestern versprochen!«, rief Savanna. Sie ließ die Schultern hängen.

Toni hatte es ihr versprochen? Das konnte doch nicht sein!

»Aber … das hab ich gar nicht mitgekriegt«, sagte Lucy.

»Wahrscheinlich warst du so in dein Eis vertieft.« Savanna grinste. »Aber ab morgen kümmerst du dich um den Anzug, ja? Mensch, ich war erst einmal in einem Aquarium, kannst du dir das vorstellen?«

»Ja«, murmelte Lucy. Vielleicht konnte sie nach dem Aquarium noch was alleine mit Toni machen. Mal sehen … ihr würde schon was einfallen. Ihr fiel schließlich immer was ein.

»Ich nehme heute meine Sonnenbrille mit, dann kann ich besser sehen und schneller fahren! Hier in Kalifornien scheint im November viel häufiger die Sonne als bei uns in Texas«, sagte Savanna.

Ihre Großcousine hatte also vor, einfach wieder das gute Rad ihrer Mutter nehmen. Ohne sie zu fragen!

Savanna nestelte noch an ihrem Rucksack rum, also flitzte Lucy raus. Die Räder standen an der Hauswand. Savanna hätte das teure E-Bike ihrer Mutter eigentlich über Nacht reinstellen müssen!

»Na so was!«, rief Lucy, als Savanna um die Hausecke

kam. »Jemand hat den Akku rausgenommen. Hättest du es doch besser reingestellt gestern Abend!«

Savanna schlug sich die Hand vor den Mund. »Oje, Mist!«

Lucy zuckte mit den Schultern. »Wir müssen jetzt unbedingt los. Da musst du halt mal ohne fahren.«

Lucy setzte sich an die Spitze. Heute würde Savanna sie nicht überholen.

Lucy war schon an der Tür, als Savanna vor der Eisdiele bremste. Na also!

Lucy drückte die Tür auf. Savanna drängte sich an Lucy vorbei.

»Hi guys«, rief sie laut.

Hinter der Theke stand Toni und strahlte. »Eigentlich machen wir ja erst in einer halben Stunde auf. Aber ich hab schon aufgeschlossen und Eis angerührt.«

»Wie löblich! Und das in den Ferien! Und ich dachte, du stehst erst um zehn vor neun auf.« Lucy knuffte Toni in den Oberarm. »Hör mal, warum hast du Savanna gesagt, dass sie mitkommen kann?«, flüsterte sie.

»Ja, weil … sie hat doch auch Ferien und will was unternehmen«, flüsterte Toni zurück.

Savanna sah sich in der Eisdiele um. »Toni, ist dieser Crick, von dem du erzählst hast, gar nicht hier heute?«

»Ne, ausgerechnet jetzt, wo Herbstferien sind, hat er weniger Zeit. Aber mein Dad sagt, er schafft das schon alleine. So, wir können los.« Toni band sich die Schürze ab und warf sie auf die Theke. »Gina hat auch versprochen zu helfen. Damit ich was mit dem netten Mädchen mit den roten Locken machen kann, hat sie gesagt.«

Savanna lachte. »Wie süß von ihr!«

»Und mich findet sie nicht nett, oder was?«, fragte Lucy und bereute sofort, dass sie gefragt hatte.

Toni schaute verwirrt. »Wie … warum denn nicht? Ach so, … klar, dich findet sie doch sowieso nett. Ich hol nur schnell noch meine Rondine!« Er flitzte aus der Tür.

Als sie losfuhren, fühlte Lucy sich schon wieder beobachtet. Aber alle Autos fuhren an ihnen vorbei, keins blieb hinter ihnen. Lucy bog links in die Haven Avenue ab, die zum alten Hafen führte. Das Aquarium lag hinter dem *Red Edge,* dem stillgelegten Freizeitpark, in dem das Gangstertreffen stattgefunden hatte. Savanna und Toni folgten ihr – sonst niemand. Das Gefühl, beobachtet zu werden, blieb. Lucy schaute sich noch mal um. In etwas größerer Entfernung sah sie nun einen schwarzen Motorroller. Zwei Personen saßen darauf. Ob der Roller ihnen folgte? Ihr Gefühl täuschte sie meistens nicht. Der Roller hielt den Abstand zu ihnen. Er fuhr nicht vorbei.

Lucy ließ sich neben Toni zurückfallen. Ein Auto hupte sie an, weil sie zu zweit nebeneinander fuhren. Lucy hupte zurück und freute sich wieder einmal, dass sie sich vor drei Wochen die Hupe bei Pete geklaut hatte. Genau für diesen Zweck.

»Könnte sein, dass wir verfolgt werden!«, rief sie Toni zu. »Fahrt ihr schon mal vor, ich häng sie ab.«

»Na gut«, rief Toni. »Aber sei vorsichtig!« Er fuhr weiter, während Lucy Savanna vorbeiwinkte. »Toni weiß Bescheid, ich komm nach!«

Toni und ihre Großcousine fuhren weiter geradeaus. Lucy bog an der nächsten Straßenecke im letzten Moment ab. Der Motorroller bremste stark und bog auch ab. Lucy trat fester in die Pedale. Der Motorroller hielt den Abstand. Lucy bog wieder ab, in eine holprige Nebenstraße. Der Roller folgte ihr. Sie fuhr durch eine enge Gasse, der Roller auch. Lucy kam an einen kleinen Park voller Rhododendronbüsche. Im letzten Moment raste sie nach rechts auf den Spazierweg in den Park. Sie sprang vom Rad, schob es hinter den ersten großen Busch und duckte sich.

Eine Minute später hörte sie den Motorroller. Ganz langsam tuckerte er den Weg in den Park entlang. Dann hielt er an. Lucy lugte hinter dem Gebüsch hervor. Ein Mann und eine Frau setzten sich gerade die Helme ab. Die schwarzen Sonnenbrillen behielten sie auf. Die Frau hatte kurze weißblonde Haare und sah ziemlich sportlich aus. Der Mann war ein kantiger Bodybuilder-Typ. Lucy hörte, wie die Frau sagte: »Hab ich doch gesagt, dass es hier heute Morgen ganz leer und wunderschön ist!«

»Hast ja recht«, brummte der Mann.

Die Frau hakte sich bei ihm unter. »Hab ich doch immer, Schatz.«

Hm, nach Verfolgern hörte sich das aber nicht an!

Die beiden gingen weiter. Lucy folgte ihnen im Schutz der Büsche.

»Oscar, hör mal, lass uns doch die größere Wohnung nehmen. Da hätten wir gleich ein Kinderzimmer«, sagte die Frau.

»Meinetwegen«, brummte der Mann. Er schien kein Freund vieler Worte zu sein.

Die Frau sagte: »Okay, pass auf, dann mach ich uns den Termin, damit wir das endlich klarmachen. Ach, ich freu mich so! Weißt du eigentlich, dass wir jetzt schon fünf Jahre zusammen sind?«

Lucy grinste. Kam jetzt gleich ein Heiratsantrag? Sie hatte genug gehört. Verfolger waren die beiden nicht. Sie schlug sich aus den Büschen und sprang aufs Rad.

Am Aquarium löste Lucy eine Eintrittskarte und flitzte rein. Sie konnte sich denken, wo Toni und Savanna waren. Und tatsächlich. Lucy fand die beiden in der gläsernen Haifischhöhle, der besten Stelle des ganzen Aquariums. Sie hatten in der Villa auch ein kleines Aquarium im Badezimmer oben, aber das diente der Tarnung und enthielt nur Seeanemonen.

»Hi!« Lucy merkte, dass Savanna leicht zusammenzuckte.

»Lucy! Da bist du ja!« Toni riss die Augen auf. »Und? Wurdest du wirklich verfolgt? Konntest du sie denn …«

»Psst!«, machte Lucy. Es waren schließlich noch andere Leute hier! »Klar, ich hab sie abgehängt, kein Problem«, flüsterte sie. Sie würde doch jetzt nicht sagen, dass sie sich getäuscht hatte!

»Ist der groß!«, rief Savanna und duckte sich. Ein riesiger Schwarzspitzenhai glitt über sie hinweg. »Ihhh! Habt ihr seine fiesen kalten Augen gesehen?«

»Sie sind nicht fies«, sagte Lucy.

Savanna schüttelte sich. »Lasst uns weitergehen. Hier ist es echt kalt, und diese Augen … einfach unheimlich.«

»Na ja, ich möchte auch keinem beim Schwimmen begegnen«, meinte Toni.

»Du bist ja auch ein Angsthase«, brummte Lucy. Widerwillig folgte sie Toni und Savanna aus dem Glastunnel hinaus. Sie kamen in die Felsengrotte, wo sich hinter großen Glasscheiben die buntesten Fische tummelten. Toni klatschte verzückt in die Hände, als er die Clownfische mit ihren orange-weißen Streifen sah. »Das sind meine Lieblingsfische! Sind die nicht süß?«

»Ich finde, sie sehen etwas albern aus«, sagte Lucy.

»Und ich liebe *Findet Nemo*!«, rief Toni. »Kennst du den Film?«

»Klar.« Savanna nickte. Lucy verdrehte die Augen. Wer kannte den nicht?

»Toni, komm mal her, hier sind blaue Doktorfische! Wie die schimmern, wunderschön!«

Toni eilte zu Savanna. »Wow, toll!«, rief er.

Sie durfte das Toni nicht übelnehmen, dass er zu Savanna lief. Er war halt immer offen und nett zu allen. Und das mochte Lucy ja auch an ihm. Lucy ging weiter. Und erstarrte. Im nächsten Becken waren viele kleine Fische. Fische mit vorgeschobenem Kiefer und kleinen spitzen Zähnen! Piranhas! Als sie das letzte Mal hier gewesen war, das war vor etwa zwei Jahren gewesen, hatte Lucy sie gar nicht beachtet. Aber jetzt ... Lucy starrte die Fische an und fröstelte. Sie hatte wieder den Käfig vor Augen, in dem ihre Eltern in der schwarzen Yacht über dem Piranhabecken gebaumelt hatten. Der fiese Ratto hatte sie den Piranhas zum Fraß vorwerfen wollen, damit sie, Lucy, für ihn arbeitete! So etwas wollte Lucy niemals wieder erleben. Die Piranhas hätten nur die Knochen ihrer Eltern übrig gelassen! Zum Glück hatte Lucy es geschafft, ihre Eltern und Toni zu befreien. Und Ratto saß jetzt im Gefängnis. Der konnte ihr so was nie wieder antun!

»Lucy!«, flüsterte Toni, der plötzlich neben ihr stand. Er griff nach ihrer Hand. Lucy spürte, dass er genauso entsetzt war wie sie, diese Fische wiederzusehen. Bestimmt standen die Bilder der schrecklichen Geschehnisse auf der Yacht auch vor seinen Augen. »Zum Glück hast du ...«

»Psst!«, machte Lucy, und Toni verstummte. Zusammen starrten sie in das Becken. Toni drückte Lucys Hand. Lucy war ihm dankbar, dass er ausnahmsweise nichts sagte. Hinter ihnen aber meldete sich Savanna: »Kommt ihr jetzt endlich?«

Lucy gab sich einen Ruck. »Komm«, sagte sie. »Das ist Vergangenheit. Heute ist alles anders!«

»Stimmt!«, rief Toni. »Heute können wir …«

Lucy blieb so abrupt stehen, dass Toni auf sie lief. »Toni! Der Mann da hinten! Den kenne ich! Das ist der, der mich vorhin verfolgt hat!«

Aber wo war die Frau? Lucy sah sich hektisch um. Also doch! Das konnte kein Zufall sein, dass der hier plötzlich auch im Aquarium war! Sie hatten Lucy an der Nase herumgeführt! Bestimmt hatten sie gewusst, dass sie in den Büschen steckte.

»Bist du dir sicher? Der guckt sich doch Fische an!«

»Ganz sicher!«, rief Lucy.

Savanna sagte: »Aber schau mal. Der hat sich sogar einen Fischführer gekauft und liest darin. Die kosten zwölf Dollar. Wer würde das denn machen, wenn er nur wegen dir hier wäre?« Sie lachte. »Ich glaube, meine kleine Cousine sieht schon wieder Gespenster! Wie gestern! Oder leidest du an Verfolgungswahn? Das ist eine ernstzunehmende …«

»Gestern?«, fragte Toni. Lucy blitzte Savanna an.

»Gestern ist sie hinter einen Stromkasten gesprungen, weil sie sich verfolgt gefühlt hat!«, rief Savanna. »Dabei war es ihr eigener Schatten!«

»Das war nur dein blöder Witz!«, knurrte Lucy.

Toni kicherte. »Die Vorstellung, wie du vor deinem Schatten wegläufst, ist echt witzig.«

»Gestern war es der Schatten, heute ist es ein Gespenst. Huuhuuh«, heulte Savanna. »Bestimmt Hugo mit der rostigen Rasselkette!«

Lucy atmete tief ein. In der nächsten Sekunde hatte sie Savannas Hosenknopf in der Hand. Wenn sie sich über sie lustig machte, bitte! Sie konnte auch anders!

»Können wir dann weiter?«, fragte sie. Klar, sie hatte den Mann vorhin nur aus der Entfernung gesehen, als sie hinter den Büschen hervorgelugt hatte. Aber diese kantige Bodybuilder-Figur, die braunen Stoppelhaare … genauso hatte er ausgesehen! Sie würde den Mann im Auge behalten. Solche Zufälle gab es nicht. Lucy schielte zu Savanna, die sich schon zum zweiten Mal die Hose hochzog. Jetzt hob sie ihren Pulli an und schaute auf den Hosenbund. »So ein Mist! Mein Knopf ist ab! Deshalb rutscht die Hose so!«

Toni stieß Lucy an. »Hast du nicht einen Gürtel, den du ihr leihen kannst? Ich hab meinen nicht um, diese Jeans ist so eng, da brauch ich keinen.«

»Ne«, sagte Lucy bedauernd, »tut mir leid. Savanna, frag doch das Gespenst mal, ob es dir seine rostige Rasselkette leiht.«

»Sehr witzig«, sagte Savanna und hielt die Hose fest.

»Lucy!« Toni zog Lucy zur Seite und flüsterte: »Du hast den Knopf geklaut, stimmt's? Das finde ich gemein.«

»*Sie* ist doch gemein«, sagte Lucy. »Von wegen ich sehe Gespenster. Und du lachst auch noch mit!«

»War ja nur Spaß«, sagte Toni. »Aber gibt es da nicht so einen Punkt in eurem Kodex, dass man nicht innerhalb der Familie klauen darf?«

»Du brauchst gar nicht von unserem Kodex zu reden! Du bist kein Longfinger!«, konterte Lucy.

»Entschuldigung«, murmelte Toni. »Ich dachte nur …«

»Schon gut«, sagte Lucy.

»Ich habe Durst«, sagte Savanna hinter ihnen. »Und Hunger! Und ich würde mich gerne mal setzen, weil es nervt, diese blöde Hose ständig hochzuziehen!«

»Quengel, quengel, quengel«, murmelte Lucy. Wenn hier einer ein Kleinkind war, dann ja wohl Savanna!

»Ich verstehe dich«, sagte Toni. »Komm, wir gehen ins *U-Boot*. Das ist toll da drin! Man sitzt in der Mitte, rundherum die beleuchteten Becken, und man fühlt sich, als würde man in vierhundert Metern Tiefe durch den Ozean gleiten. Weißt du was? Ich lad dich ein!«

Ich lad *dich* ein? Er wollte Savanna einladen und sie nicht?

»Super, das machen wir!«, rief Savanna.

Lucy murmelte: »Keinen Durst«, und flitzte los. Da machte sie doch lieber was mit Cash oder den Mäusen!

Keine drei Minuten später trat Lucy in die Pedale, als wollte sie einen Weltrekord aufstellen. In Gedanken sah sie sich schon mit den Mäusen in die Tunnel gehen. Oder mit Cash in den Park.

Als sie ein Motorgeräusch hinter sich hörte, schaute sie sich um. Der schwarze Motorroller! Da waren sie wieder! Das Paar aus dem Park. Und es war definitiv der Mann, der auch im Aquarium gewesen war!

»Von wegen Gespenster!«, knurrte Lucy.

Sie bog rasant in eine Gasse ab, von der sie wusste, dass sie bis zur Pickford Street durchging. Gut, dass sie die Gegend hier so gut kannte! Vor der Straße kam eine kleine Treppe. Ha! *Tök tök tök tök,* polterte Lucy die Treppenstufen hinunter. Das konnte der Motorroller nicht! Sie flitzte nach rechts auf einen Hinterhof, sprang vom Rad und schob es hinter ein altes verrostetes Auto. Waren das Leute von Ratto? Der war bestimmt total sauer auf sie, weil sie Fujii auf ihn angesetzt und ihm die Maske geklaut hatte! Lucy hielt den Atem an. Das Knattern des Motorrollers kam näher und verstummte dann. Er hatte vor der Treppe angehalten. Dann hörte Lucy den Motor wieder. Wendeten sie? Hatte Ratto etwa einen Weg gefunden, aus dem Gefängnis seine Handlanger auszuschicken, damit sie Lucy beobachteten? Weil er dachte, sie hätte die Maske? Oder sollten sie Lucy einfangen, damit sie für ihn arbeitete? Das würden sie nicht hinkriegen!

Zu Hause kramte Lucy den Akku des E-Bikes aus dem Rucksack und legte ihn auf die Kommode im Flur. Ihre

Eltern saßen noch in der Küche beim Mittagessen. Lucy ließ sich auf einen Stuhl plumpsen.

»Schon zurück?«, fragte ihre Mutter. Lucy nickte.

Ihr Vater fragte: »Und wo ist Savanna?«

»Toni hat sie ins Bistro eingeladen.«

»Oh«, sagte ihre Mutter. Lucys Vater runzelte die Stirn. »Oder hat Savanna sich selbst eingeladen? Ich finde, dass sie manchmal ganz schön vereinnahmend ...«

»Victor!«, ermahnte Lucys Mutter ihn.

Lucy zog den Topf zu sich ran. »Erbsensuppe!« Sie stöhnte und nahm sich nur eine halbe Kelle auf ihren Teller. »Wann darf ich mir eigentlich Essen wünschen?«, fragte sie missmutig.

»Morgen vielleicht?«, schlug ihre Mutter vor.

Lucy nickte. »Ich will Spaghetti Bolognese. Und Parmesan dazu.«

»Okay«, sagte ihre Mutter. »Und wie war's im Aquarium?«

Lucy zuckte mit den Schultern. »Kann ich später erzählen? Ich hab gerade wirklich keine Lust.«

Ihre Eltern sahen sich an.

»Klar. Aber denk bitte dran, Savanna ist unser Gast«, sagte ihre Mutter.

Ihr Vater lächelte Lucys Mutter an. »Gast hin oder her, sie muss aber auch nett zu Lucy sein.«

Lucy nickte. Ihr Vater hatte also auch gemerkt, dass Savanna nicht immer so lieb war, wie sie tat!

Kapitel 5

Der Drohbrief

Nach dem Mittagessen lag Lucy mit ihrem Fotoalbum auf dem Bett. Ihre Laune war wieder besser. Sie schaute sich die Fotos von ihrem Trip in die Rocky Mountains an. Es war ihr Geburtstagsgeschenk gewesen, zusammen mit dem neuen Handy. Sie hatten sogar einen Grizzly gesehen! Lucy grinste. Ihr Vater hatte den Grizzly mit Honig anlocken wollen, aber ihre Mutter hatte es vorgezogen, ihn mit einem Signalschuss aus ihrer Rettungsausrüstung zu verjagen. Sie hatten zu dritt in dem winzigen Zelt geschlafen, wie früher, als Lucy klein war. Ganz schön eng, aber Lucy hatte es genossen. Sie lächelte. Auf einmal hörte sie lautes Lachen und Kichern draußen vor der Villa. Sie schwang die Beine aus dem Bett und flitzte zum Fenster. Aha, Toni und Savanna. Toni kam noch mit? Drei Minuten später rief ihr Vater nach Lucy. »Lucy! Toni Morelli will mit dir reden!«

»Geht gerade nicht!«, rief Lucy.

»Okay!«, antwortete ihr Vater.

Lucy öffnete die Zimmertür und ging bis zur Treppe. Unten stand Toni mit Savanna. Sie kicherten.

»Was ist?«, rief Lucy die Treppe hinunter und merkte selbst, wie unfreundlich sie klang. Deshalb setzte sie noch ein »Bin gerade beschäftigt« hinterher.

Toni schaute zu Lucy hoch. »Warum hast du nicht Bescheid gesagt, dass du fährst?«

»Ich hab doch gesagt, dass ich keinen Durst hab«, erwiderte Lucy.

»Das hab ich nicht gehört. Ich hab dir eine Nachricht geschickt!«, rief Toni. »Aber du hast nicht geantwortet!«

»Tut mir leid. Mein Handy war aus«, sagte Lucy.

»Kann ich kurz mit dir reden?«, fragte Toni.

Lucy zögerte. »Hm, ist gerade schlecht.«

»Dann eben nicht!«, rief Toni, drehte sich auf dem Absatz um und stapfte zur Haustür.

»Dann spiel halt wieder die beleidigte Leberwurst!«, rief Lucy. Aber insgeheim ärgerte sie sich über sich selbst. Sie hätte auch kurz mit ihm reden können. Sie wollte keinen Streit mit Toni.

Lucys Vater steckte seinen Kopf aus der Küche. »Hör mal, Lucy«, sagte er. »Sollen wir Punkt 4 im Kodex nicht wieder ändern lassen? Mit Freunden kann man auch ganz schön viel Ärger haben …«

»So ein Quatsch!«, rief Lucy.

»Punkt 4. Keine Freunde außerhalb der Familie!«, schrie die Krähe.

»Siehst du? Du hast es eh nicht geschafft, der Krähe den neuen Punkt beizubringen«, sagte ihr Vater. »Und Großonkel Rupert ruft mich jede Woche einmal an, um zu fragen, ob ich die Änderung in Punkt 4 nicht schon bereue! Dabei kann der kaum den Hörer halten mit der Gicht in den Fingern!«

»Ich schaff das schon noch!«, rief Lucy und rannte in ihr Zimmer. Das war nicht fair! Sie wollte schließlich was mit Toni unternehmen, aber die blöde Savanna kam immer dazwischen!

Lucy schnappte sich ihre Lederjacke, sammelte die Mäuse ein, die noch im Zimmer herumliefen, und rannte zur Treppe. Sie würde jetzt erst mal in die Tunnel gehen, egal was ihre Eltern dazu sagten.

Doch ihr Vater war mit Savanna in der Küche, und die Tür war zu. Lucy drückte den Knopf für den Falltürmechanismus und beobachtete, wie das Klavier wegrollte und die Falltür sich hob.

Als sie unten war, klappte die Falltür über ihr wieder zu. Plötzlich war es dunkel und ganz still. Lucy ließ die Taschenlampe aus. Manchmal war es schön im Dunkeln. Sie holte die Mäuse aus den Taschen ihrer Lederjacke und setzte sie auf den Boden. Sie musste mal überlegen, was *sie* überhaupt wollte. Denn darauf kam es an, nicht darauf, was die anderen wollten. Vielleicht hatte ihr Vater ja recht. Vielleicht war der alte Punkt 4 im Kodex gar nicht so verkehrt. Denn wenn sie alleine war, so wie früher, konnte ihr auch keiner weh tun! Aber … sie wusste noch ganz genau, wie es war, keinen Freund zu haben. Danebenzustehen, wenn alle sich verabredeten, und so zu tun, als mache es ihr nichts aus. Sie wollte einen Freund! Und sie hatte einen, und den würde sie sich nicht wegnehmen lassen!

Was man haben will, muss man sich klauen, hatte Opa Luis immer gesagt. Lucy ballte die Fäuste. Sie würde sich ihre Freundschaft zurückklauen. Toni war gegangen. Na und? Sie würde ihn schon wieder einfangen. Lucy musste grinsen, als sie an sein beleidigtes Abrauschen dachte. Wie er den Kopf in den Nacken geworfen hatte! Er sollte wirklich Schauspieler werden. Die Diva-Allüren hatte er schon!

Lucy zog ihr Handy aus der Tasche und tippte eine Nachricht an Toni.

Die Diva-Nummer hast du drauf. Wie steht's mit der Freunde-Nummer? ☺ LL

Toni schrieb sofort zurück, als hätte er auf eine Nachricht gewartet.

Die Freunde-Nummer kann ich noch besser! Komm doch in die Eisdiele, wenn du Zeit hast. Ich lad dich ein. 5 Kugeln. Toni

Ging doch. Lucy lächelte und steckte das Handy ein. Dann pfiff sie nach den Mäusen. Es dauerte nur wenige Sekunden, da kamen sie durch das winzige Loch aus dem angrenzenden Tunnel gehuscht. Lucy sammelte sie ein und zählte dabei mit. Sie erkannte sie selbst im Dunkeln, so verschieden waren sie. Erst Al Capone, der wibbelige Minigauner, dann der selbstbewusste Robin (nach Robin Hood benannt) und der alte Jim (Jim wie Ururopa Jim). In die andere Jackentasche stopfte sie

Lilly, die kleine Vorsichtige, das war jetzt Maus Nummer vier, und Hip und Hop, die beiden Tanzmäuse, fünf und sechs. Und da kam Betty auch noch angetrippelt, immer etwas langsamer als die anderen. Nummer sieben, alle da. Aber huch, was war denn das? Lucy knipste ihre Taschenlampe an. An Betty hing ein Zettel! Jemand musste sie angelockt haben und – was für eine gruselige Vorstellung! – sie in der Hand gehabt haben. Lucy löste vorsichtig das Band und nahm den Zettel ab. O nein! Ihr Herz setzte einen Schlag aus.

Bring mir die Maske in die Zelle, sonst explodiert eine Bombe in der Villa! Ratto

Ein Drohbrief! Von Ratto! Er hatte es geschafft, eine Bombe in die Villa zu schmuggeln? Wie denn das? Und er wollte mit der Maske aus dem Gefängnis fliehen! Oje, wie soll sie denn an die Maske kommen? Und … wo konnte im Haus eine Bombe sein? Lucy ließ sich auf den Boden gleiten und lehnte sich an die kalte Tunnelwand. Sie zog die Knie an und schlang ihre Arme um die Beine. Ihr war kotzübel.

Kapitel 6

Wer suchet, der findet

Dieser Fiesling Ratto stand wohl auf Bomben! Erst die blöde Paketbombe, die Scirpone und Froschauge ihr in die Villa gebracht hatten – und nun das. Lucy fröstelte. Sie hatte Gänsehaut am ganzen Körper. Damals hatte sie die beiden dummerweise reingelassen, aber jetzt? Wie sollte eine Bombe in die Villa gekommen sein? Vielleicht bluffte Ratto nur!

Lucy holte tief Luft. »Lass dich nicht hängen, Lucy!«, sagte sie laut.

Sie konnte hier nicht einfach sitzen bleiben. Sie musste die Villa durchchecken! *Das Haus eines Longfingers ist bis auf den letzten Schweißtropfen zu verteidigen, vorausgesetzt Punkt 1 wird eingehalten.* Punkt 14 im Kodex. »Also, los jetzt, Lucy Longfinger!«

Lucy stand auf. Sie drückte den verborgenen Knopf in der Fuge, und die Falltür über ihrem Kopf klappte auf.

Als sie wieder oben im Wohnzimmer stand und das Klavier zurückgerollt war, lauschte sie. Es war still im Haus. Die Küchentür stand offen, und die Krähe keckerte auf ihrer Stange leise vor sich hin. Ihre Großcousine war bestimmt im Turmzimmer. Und ihre Eltern waren nicht zu hören. Das konnte nur bedeuten, dass sie entweder nicht da waren oder sich in die Bibliothek zurückgezogen hatten und an irgendwas tüftelten. Am besten, sie fing sofort mit dem Wohnzimmer an!

Lucy suchte hinter jedem Bild, im Kamin und im Resonanzkasten des Klaviers. Sie hob den Teppich an, fühlte in den Ritzen der Couch und schaute unter die Platte des Couchtisches, ob die Bombe dort festgeklebt war. Sie griff in das als Bildschirm getarnte Loch in der Wand, das in der Tiefe mit schwarzer 3-D-Spezialfarbe gestrichen war – ihr Spezialversteck. Nichts. Sie krabbelte unter das Klavier, um es von unten abzutasten. Auch nichts. Jetzt noch der Schrank. Sie schaute in jede Blumenvase und Teekanne, hob jeden der guten Teller hoch und räumte einmal das ganze Silberbesteck des Grafen von Durcester aus und wieder ein. Sie schaute noch in dem Geheimversteck hinter der rechten Schublade nach und war dann sicher: Im Schrank war die Bombe auch nicht. Ratlos sah Lucy sich um. Wo sollte sie hier noch suchen? Rollladenkästen waren ein gutes Versteck. Aber die hatten sie nicht. Lucy zuckte mit den Schultern. Das Wohnzimmer schien sauber zu sein. Sie würde sich jetzt Zimmer für Zimmer durcharbeiten. Doch gerade als sie mit dem kleinen Bad im Erdgeschoss weitermachen wollte, rief ihre Mutter. »In einer halben Stunde können wir essen!«

Schon Abendessen? Lucy kam es vor, als hätten sie

eben erst die Erbsensuppe zu Mittag gegessen! Also, noch mal ganz langsam. Ratto musste die Bombe mit einem Zünder versehen haben. Sie sollte ja nicht sofort hochgehen. Dann würde er die Maske nämlich nicht bekommen. Und die wollte er unbedingt! Also hatte sie Zeit, die Bombe zu suchen und aus der Villa zu schaffen. Ratto wusste bestimmt auch, dass sie die Maske erst besorgen musste. Diese Zeit würde sie für sich verlängern!

Lucy flitzte hoch in ihr Zimmer, warf sich aufs Bett und tippte eine Nachricht an Scirpone. Sie hatte seine Nummer nicht gelöscht, seit dieser Fiesling ihr damals geschrieben hatte, dass Ratto ihre Eltern hatte.

Sag deinem Boss, dass ich ein paar Tage brauche, um die Maske zu besorgen. Ich melde mich zur Übergabe. LL

Schritt eins war erledigt. Sie hatte sich Zeit verschafft, um die Bombe zu finden. Jetzt zu Schritt zwei: Sie brauchte einen Notfallplan, falls sie die Bombe nicht fand. Sie konnte auf keinen Fall riskieren, dass die Villa hochging. Also musste sie das Versteck der Maske herausbekommen. Zur Not würde sie Ratto die Maske halt wirklich bringen.

Die verbleibenden zwanzig Minuten bis zum Essen nutzte Lucy, um ihr eigenes Zimmer gründlich zu durchsuchen. Sie schaute im und unter dem Bett (hey, da war noch das Paket mit dem Minihandy und der Pistolenattrappe von Fujii!), sie untersuchte den Schrank, den Boden, den Mäusekäfig, die Vorhänge im Erker und Opa Luis' Porträt mit Baskenmütze, hinter dem sich der

Schalter der Alarmanlage befand. Dann durchwühlte sie alle Fächer ihres Schreibtisches und schaute unter dem Schreibtischstuhl und dem kleinen Hocker nach, auf dem Toni immer saß. Nichts. Lucy lehnte sich auf ihrem Stuhl zurück. Ihr Zimmer war bombenfrei.

Als ihre Mutter zum Essen rief, war Lucy wieder ruhiger. Sie hatte einen Plan und einen Notfallplan. Das war gut! Und essen musste sie schließlich sowieso. Opa Luis hatte immer gesagt: *Essen hält die Beine flott und die Finger flink.*

Es gab frittierte Tintenfischringe. Lucy knabberte einen an. Bei den fischigen Sachen ihrer Mutter war sie immer vorsichtig. Na ja, die gingen sogar. Aber Lucy freute sich schon auf die Spaghetti morgen Abend.

»Na, dann erzählt mal. Wie war es im Aquarium?«, fragte ihre Mutter.

»Toni und Savanna sind …«, begann Lucy, aber Savanna unterbrach sie.

»Super!«, rief Savanna. »Ist echt toll gemacht, und die Becken sind riesig! Nicht so mini, wie euer kleines im Bad. Und was die für große Haie da haben … Brrr!« Sie schüttelte sich.

»Ich finde die Haie am besten«, sagte Lucy. Ihre Gedanken kreisten um die Bombe. Aber ihren Eltern würde es auffallen, wenn sie gar nichts sagte. »Ich würde gerne mal tauchen und einen Hai …«

»Bist du lebensmüde?«, rief Savanna. »Die sind doch schrecklich!«

Lucy schüttelte den Kopf. »Finde ich nicht. Haie sind uralte und intelligente …«

»Ich liebe die kleinen bunten Fische, den Doktorfisch zum Beispiel!«, rief Savanna. »Sein Blau ist mega und die Schwanzflosse leuchtend gelb. Und Toni schwärmt von den Clownfischen! Kennt ihr die? Das ist der orange-weiße Fisch aus *Findet Nemo.*«

»Wer kennt den nicht?«, sagte Lucys Vater, und Lucy musste grinsen. »Aber, Savanna«, ermahnte er seine Großnichte freundlich, »lass Lucy doch mal ausreden.«

»Sie hatten Piranhas da«, sagte Lucy und sah ihre Eltern an. »Das war gruselig, ich musste an …«

»Ich bin an dem Becken schnell vorbeigegangen!«, rief Savanna. »Da gibt es im Internet so Videoclips, wie ein Schwarm Piranhas in wenigen Sekunden einen ganzen Kuhkopf abknabbert! Igitt!«

»Selbst schuld! Was guckst du dir auch so was an«, brummte Lucy.

Savanna schob ihren Teller weg. »Jetzt würde ich gerne einen Film schauen. Ich hab mehrere mit. Hat jemand Lust?«

Lucys Mutter schüttelte den Kopf. »Wir haben noch eine Menge für morgen vorzubereiten. Lucy vielleicht.«

Lucy schüttelte schnell den Kopf. »Ich hab auch zu tun.«

»Du klaust den Anzug?«, fragte Savanna. Sie strahlte Lucy an.

»Ne«, sagte Lucy. »Erstens muss ich das gut vorbereiten, und zweitens hab ich davor noch was ganz Wichtiges zu erledigen.«

»Was soll das denn Wichtiges sein«, nörgelte Savanna. »Und muss ich mir den Film jetzt alleine ansehen?«

»Ich glaube schon«, sagte ihre Mutter. »Wenn Lucy etwas *sehr Wichtiges* zu tun hat …«

Schon wieder dieser strenge Blick! Ihre Mutter musste doch auch merken, wie anstrengend ihre Großcousine war. Dass sie Lucy andauernd unterbrach und sich hier ganz schön breitmachte.

»Lucy wird den Anzug klauen, wenn sie Zeit dafür hat«, sagte ihr Vater. Lucy lächelte ihn dankbar an.

»Ich geh dann hoch«, verkündete Savanna und stand auf. »Darf ich mir eine Tüte Chips nehmen?«

»Natürlich! Nimm nur«, sagte Lucys Mutter freundlich.

»Das ist aber die letzte!«, rief Lucy.

»Danke!« Savanna angelte sich die Chipstüte aus dem Schrank und tanzte aus der Küche.

»Hilfst du mir abräumen?«, fragte Lucys Mutter und zeigte auf den Tisch.

»Gerne doch«, murmelte Lucy. »Savanna ist ja der Gast, und der Gast ist König.«

Als Lucy eine Viertelstunde später im Bad auf dem Boden herumkrabbelte, um hinter das Toilettenrohr zu schauen, plingte ihr Handy. Es war … Scirpone!

Beeil dich, der Boss wartet nicht gerne. Sc.

Lucy schluckte. Sie schob ihr Handy gerade wieder

in die Hosentasche, als ihre Mutter den Kopf ins Bad steckte. »Was tust du denn da, Lucy?«

Lucy zuckte zusammen. »Hast du mich erschreckt!«, rief sie. »Ich … ähm, was ich mache? Suchen! Ja, ich such mein … Portemonnaie.«

»Auf der Toilette?«, fragte ihre Mutter ungläubig.

»Muss mir aus der Hosentasche rausgerutscht sein, als ich auf dem Klo war«, sagte Lucy und stand mit einer plötzlichen Idee auf. »Sag mal, kann es sein, dass irgendwer in der Villa war? Ein Paketbote oder der Pizzalieferant?«

»Du meinst, jemand hat dein Portemonnaie geklaut? Das macht doch keiner!«

Lucy zog die Augenbrauen hoch.

»Ich meine, keiner von denen«, verbesserte sich ihre Mutter. »Und außerdem … es war niemand in der Villa. Ganz sicher nicht.«

Ganz sicher nicht. Konnte ihre Mutter da so sicher sein? Schließlich hatte die Bombe keine Füße und kam alleine hereinspaziert. *Sie* hatte jedenfalls niemanden reingelassen und ihre Eltern wohl auch nicht. Savanna vielleicht? Unwahrscheinlich, aber sie musste sie fragen! Und ihr blieb nichts übrig, als systematisch weiterzusuchen!

»Wir sind den ganzen Abend in der Bibliothek, Lucy, falls du uns suchst«, sagte ihre Mutter.

Lucy nickte und lächelte. »Okay, dann weiß ich Bescheid.«

Als sich die Tür der Bibliothek hinter ihrer Mutter geschlossen hatte, eilte Lucy in die Küche. Sie räumte so leise wie möglich jeden Schrank und jede Schublade aus und wieder ein, schaute in jede Tasse (so klein konnte die Bombe eigentlich nicht sein) und in jede Schüssel und räumte einmal den ganzen Kühlschrank um. Sie öffnete die Klappe des alten Backofens und schaute hinein. Warum bauten sie den eigentlich nicht aus, wo sie doch den neuen neben dem Kühlschrank hatten? Lucy seufzte und nahm noch die Blende unter den Küchenschränken ab. Sie legte sich auf den Boden und leuchtete mit der Taschenlampe darunter. Auch nichts. Sie suchte in der Mikrowelle und im Gefrierschrank. Sie untersuchte alle etwas größeren Lebensmittelschachteln wie Reis oder Nudelverpackungen. Sie scheuchte Miss McPie von ihrer Stange und untersuchte den kleinen Sockel auf ein mögliches Geheimversteck. Es gab keins. Danach war sie sicher, dass die Küche so bombenfrei war wie das Bad und das Wohnzimmer. Konnte Cash nicht nach der Bombe suchen? Doch Lucy schüttelte gleich wieder den Kopf über ihre Idee. Das Wort *Bombe* verstand er nicht, und sie hatte nichts, was nach Bombe roch. Aber … probieren ging über studieren!

Lucy ging mit Cash durch die Zimmer und sagte immer wieder »Such!« Er schaute sie irritiert an, schnüffelte ein wenig herum, schaute Lucy wieder an und schnüffelte weiter. Aber er konnte ja nichts erschnüffeln, was nach Bombe roch! Moment … nach Bombe roch! In der Bombe war Sprengstoff! Sie hatte mal mit Cash an einem Sprengstoffsuchkurs teilgenommen, und Cash war der Beste gewesen! Hatte ihr Vater nicht noch was gut beim berüchtigten Dyna-Mike? Wenn sie sich bei dem Sprengstoff besorgte und Cash daran schnüffeln ließ, würde er die Bombe mit Sicherheit finden! Warum war sie da nicht längst schon drauf gekommen?

Aber … Dyna-Mike war ein echt mieser Typ und verkaufte den Sprengstoff zu Wucherpreisen! Das konnte nur ein Riesennotfallplan sein. Ein Sonst-fliegt-alles-in-die-Luft-Plan. Aber immerhin! Sie hatte wieder eine Idee für den Notfall.

In ihrem Zimmer ließ Lucy sich aufs Bett fallen. Cash, der hinter ihr hergetrottet war, sprang neben sie. Lucy streichelte sein Zottelfell. Er musste mal wieder gekämmt werden. Und gebadet, so muffelig, wie er roch. Aber nicht jetzt, sie hatte andere Sorgen. Lucy legte ihre Wange an seinen großen Wuschelkopf. Sie würde an ihrem ersten Notfallplan arbeiten, dem *Ich-hol-mir-die-Maske-von-Fujii-und-gebe-sie-Ratto-Plan.*

Fujii würde ihr die Maske natürlich nicht freiwillig geben. Konnte sie ihm wohl durch geschicktes Fragen einen Hinweis auf das Versteck entlocken? Einen Versuch war es wert! Falls sie die Bombe wirklich nicht fand, wusste sie schon mal das Versteck der Maske und konnte sie notfalls klauen. Fujii war zum Angeln an den Diamond Creek River gefahren. Ob er seinen Ruhestand genießen konnte? Es war bestimmt langweilig ohne aufregende Agentenarbeit. Er konnte sicher ein wenig frischen Wind gebrauchen!

Lucy sprang auf und tippte eine Nachricht an Fujii.

Frischer Wind voraus! Morgen zusammen einen fetten Fisch angeln? Kennwort: Hunderteinundzwanzig Johanniskrautteebeutel. LL

Nur eine Minute später plingte ihr Handy.

Gerne. Der frühe Vogel fängt den Fisch, Longfinger! C.F.

Über das *Gerne* freute Lucy sich. Aber dass er sie immer Longfinger nennen musste …

Am besten, sie packte schon mal einen Picknickkorb, wenn sie morgen sehr früh loswollte. Ihre Eltern waren noch immer in der Bibliothek. Gut, um den Kühlschrank zu plündern. Der war ja eh viel zu voll!

Lucy flitzte die Treppe runter, sauste aus dem Haus, holte ihren Fahrradkorb vom Rad und huschte in die Küche. Sie stöberte im Kühlschrank herum. Ihre Mutter würde sich wundern, dass er komplett umgeräumt war und dass so viele Sachen fehlten. Ah, Sushi! Das liebte der alte Asiate doch bestimmt! Hm, war es heute Nacht kühl genug draußen? Bestimmt. Im November wurde es schon ganz schön frisch nachts. Sie nahm noch vier Gemüsefrikadellen, Kartoffelsalat, Weintrauben, zwei hartgekochte Eier und Orangensaft und verstaute alles in ihrem Fahrradkorb. Mmh, lecker! Das würde ein tolles Picknick geben! Zum Schluss packte Lucy noch zwei Becher ein und kochte drei Tassen Kaffee, den sie in eine kleine Thermoskanne umfüllte. »Wenn Fujii da nicht zwitschert, weiß ich es auch nicht«, murmelte sie.

»Ein Longfinger zwitschert nicht, schließlich ist er kein Vogel«, krähte Miss McPie.

»Ich doch nicht, Fujii soll reden!«, rief Lucy. »Aber danke für deinen Hinweis!« Sie grinste. Dann riss sie einen Zettel von dem kleinen Block, der in der Küche immer für familieninterne Mitteilungen bereitlag, und schrieb ihren Eltern eine Nachricht.

Bin zum Diamond Creek River gefahren. Lucy

In diesem Moment ging schwungvoll die Küchentür auf, und ihre Großcousine tanzte herein.

»Hi Lucy, es ist der Anzugabend!«, rief sie und lachte. »Weißt du was? Die Koje oben könnte ich mit nach Hause nehmen, so gemütlich ist die!«

»Machst du aber nicht!« Lucy nahm schnell den Zettel vom Tisch hoch. Zu spät. Savanna war schon neben ihr. Sie pflückte Lucy den Zettel einfach aus der Hand.

»He!«, rief Lucy. »Gib den sofort wieder her!«

Aber Savanna war größer und hatte die längeren Arme. Sie hielt ihn weit von sich und las ihn einfach.

»Da komm ich mit!«, rief sie. »*Diamond Creek River* hört sich gut an.«

»Geht nicht«, murmelte Lucy. »Geheimaktion.«

Ob ihre Eltern das akzeptieren würden? Savannas zufriedene Miene zeigte Lucy, dass sie genau das anscheinend auch gerade dachte.

Als Savanna die Küche verließ (lief sie etwa sofort zu Lucys Eltern?), schrieb Lucy einen zweiten Zettel.

Du weißt, was ich gesagt habe: Geheimaktion! Auch wenn du meine Eltern gefragt hast! Lucy

Den Zettel hängte Lucy an das Rad ihrer Mutter.

Danach suchte Lucy weiter nach der Bombe. Der *Ich-hol-mir-die-Maske-von-Fujii-und-gebe-sie-Ratto-Plan* war schließlich nur für den Notfall. Besser, sie fand die Bombe!

Also, Wohnzimmer, Küche und Bad unten waren bombenfrei. In der Bibliothek saßen gerade ihre Eltern, und im Turmzimmer war Savanna gleich wieder. Bestimmt legte sie sich wieder in die Koje! Lucy seufzte. Sobald Savanna weg war, würde es *ihre* Koje sein!

Los, Lucy, jetzt der Flur!

Zuerst nahm sie sich den Schrank vor. Alle Schuhe und Stiefel flogen ihr entgegen, als sie die Tür öffnete. Sie schaute in jeden einzelnen hinein und räumte alles wieder ein. Danach hatte sie keine Lust mehr. Aber sie musste weitermachen. Seufzend durchsuchte Lucy die Schubladen der Kommode, suchte hinter und unter ihr, auf der Türkamera … Und sie wühlte in den Jacken- und Manteltaschen an der Garderobe. Nichts. Fehlte nur noch der Kerker. Sollte sie wirklich? Nein. Keiner konnte vom Kerker wissen, sogar sie hatte nichts gewusst, bis Miss McPie dafür gesorgt hatte, dass Toni hineingerauscht war. Und wenn jemand wirklich nur kurz in der Villa gewesen war, konnte er unmöglich noch den Kerker geöffnet haben! Nein, sie würde erst alle anderen Möglichkeiten ausschließen.

Als die Standuhr Mitternacht schlug und Lucy gerade die Jacke ihres Vaters wieder an den Haken hängte, kamen ihre Eltern aus der Bibliothek.

»Du bist noch wach?«, fragte ihre Mutter.

Lucy zuckte mit den Schultern. »Hab das Portemonnaie gesucht. Und es sind ja Ferien.«

Ihr Vater strich ihr über den Kopf und gähnte. »Ein Gauner …«

»… hat keine Ferien«, riefen Lucy und ihre Mutter im Chor. Alle mussten lachen.

Lucys Vater grinste. »Und deshalb gehen wir jetzt ins Bett.«

»Macht das«, sagte Lucy. »Ich komm auch gleich hoch.«

Ihre Mutter schaute sie zwar prüfend an, drückte Lucy dann aber einen Kuss auf die Stirn. »Schlaf gut, mein Schatz.«

»Ihr auch«, sagte Lucy und schlenderte in die Küche.

Als ihre Eltern oben waren, huschte sie in die Bibliothek. Ratlos stand sie vor dem großen Bücherregal. Es war nicht so tief, dass die Bombe hinter den Büchern sein konnte. Lucy schaute vorsichtshalber die Buchrücken durch. Es fiel ihr keiner auf, der weniger staubig war als die anderen. Seufzend ließ sie sich auf den mit rotem

Samt bezogenen Ohrensessel von Ururgroßvater Jim fallen. Jetzt hatte sie fast das ganze Erdgeschoss nach der Bombe durchsucht. Und nichts gefunden. Und eigentlich kam doch wirklich niemand in die Villa, so gut, wie die gesichert war. Hatte Ratto nur geblufft? Egal. Morgen nach ihrem Angelausflug wusste sie entweder von Fujii, wo die Maske war (und konnte sie klauen, wenn sie wollte), oder sie würde halt weitersuchen. Ein paar Tage hatte sie ja noch, und die Villa war schließlich kein Hochhaus! Zur Not konnte Toni ihr noch suchen helfen. Aber jetzt musste sie ins Bett gehen, sie wollte schließlich in aller Herrgottsfrühe los. Was hatte Fujii gesagt? *Der frühe Vogel fängt den Fisch!* Sie würde ihm zeigen, was für ein früher Vogel sie war!

Kapitel 7

Lucy angelt eine Nachricht

»Heute ist endlich Anzugtag! Anzugtag!«, sang Savanna und tanzte um Lucy herum. Ihre Locken, die wie Flammen loderten, ließ sie Lucy ins Gesicht fliegen. Lucy schüttelte ärgerlich den Kopf. »Nein, ich muss angeln! Einen fetten Fisch mit einem frühen Wurm!«

Savanna kicherte. »So ein Blödsinn! Du klaust den Anzug, und ich mach mit Toni einen Tanzkurs! Siehst du? Es klingelt, da ist er schon!«

Lucy schnellte hoch. Es klingelte an der Tür, sie musste Toni aufmachen. Toni?

Nein. Quatsch. Sie saß im Bett. Es war der Wecker, der klingelte. Schnell schaltete Lucy ihn aus. Sechs Uhr. Sie atmete erleichtert aus. Sie hatte nur geträumt! Was für ein Quatsch! Anzugtag! Tanzkurs mit Toni! Lucy ließ sich zurück auf ihr Kopfkissen sinken und rieb sich die Augen. Und wenn sie sich einfach noch mal umdrehen würde? Am gemütlichsten war es immer, wenn man sich noch mal einkuscheln konnte. Gestern Morgen hatte der Wecker um sieben Uhr geklingelt, heute um sechs! War sie eigentlich noch ganz dicht, in den

Ferien so früh aufzustehen? Toni schlief jetzt mindestens noch vier Stunden. Aber … es half ja nichts! Toni Sonnenschein hatte schließlich nicht ihre Sorgen.

Lucy schwang die Beine aus dem Bett. Von wegen Anzugtag! Heute war Angeltag! Maskenversecktag! Bombenfindetag!

Lucy zog sich an, nahm Rucksack und Lederjacke, stellte den Alarm aus und öffnete die Haustür einen Spalt weit. Was, wenn ihre Verfolger schon da waren? Aber die Straße war menschenleer, kein Motorroller auf dem Seitenstreifen. Lucy spähte in die geparkten Autos. In keinem saß jemand. Sie sprang die Treppe runter und flitzte um die Ecke in den Garten. Hinter dem Stamm der Weide stand der Picknickkorb, den sie nun auf ihrem Rad befestigte.

Um zwölf Minuten nach sechs flitzte Lucy los. Es war eine ganz schön weite Strecke bis zum Diamond Creek River. Sie radelte die Pickford Street in die entgegengesetzte Richtung entlang als zu Toni, also landeinwärts, und sah sich um, ob sie Verfolger bemerkte.

Sei vorsichtiger als der Spatz auf der Wiese, wie Opa Luis immer gesagt hatte. Deshalb gab Lucy auch Gas, bog mehrfach plötzlich in eine Gasse ab, fuhr ein paar Schleichwege und sprang einmal in einen Busch, um die Straße zu beobachten. Nein, ihre Verfolger schienen heute noch zu schlafen. Lucy fuhr wieder auf die Straße, ließ sich bergab ins Greenwood-Viertel hinunterrollen und fuhr bei *Pete's* vorbei, dem kleinen Baumarkt, in dem sie öfter »einkauften«. Danach flitzte sie durch die Greenwood Avenue an den herrschaftlichen Villen vorbei. In einer dieser Villen wohnte Bankdirektor Rosebut, in den sich die Lasso-Lady Torres im Sommer mit der Maske verkleidet hatte, weil sie die wertvollen Luyinh-Chin-Banknoten aus der Bank stehlen wollte. Der Bankdirektor war gekidnappt worden, um ihm Blut für den Blutscanner der Maske abzunehmen. Lucy hatte Torres bei ihrer Verwandlung in den Bankdirektor heimlich beobachtet. Es war ein irres Schauspiel gewesen, wie aus ihrem Gesicht das ungesunde, rote Gesicht des Bankdirektors geworden war!

Lucy hatte gehört, dass er nach seiner Entführung freigelassen worden war, sich aber an nichts mehr erinnern konnte.

Nach weiteren fünf Minuten kam sie endlich zum Ortsausgang von Mable Beach. Hier standen an einer Kreuzung Wegweiser aus Holz. Einer wies zum Highway nach Los Angeles, einer zurück zur Küste und einer in die Berge und zum Diamond Creek River. Diesen Weg nahm Lucy. Er war holprig, aber schnurgerade und von Ginsterbüschen gesäumt. Nach wenigen Metern machte Lucy eine Vollbremsung. Das Schild! Sie wendete und fuhr zurück. Gut, dass sie immer Werkzeug dabeihatte! Sie ließ ihr Rad fallen und montierte blitzschnell das Holzschild *Diamond Creek River* vom Pfosten ab. In hohem Bogen warf sie es in einen Ginsterbusch. So, für den Fall, dass Savanna ihr tatsächlich hinterherfuhr, hatte sie vorgesorgt. Es ging ihre Großcousine schließlich gar nichts an, was sie mit Fujii zu bereden hatte!

Der Weg wollte nicht enden. Lucy sah sich immer wieder über die Schulter um. Niemand folgte ihr. Kleine Steinchen und Äste flogen ihr um die Ohren, die Thermoskanne und die Picknickdosen hüpften auf und ab, und einmal rutschte Lucy mit dem Rad weg, konnte sich aber gerade noch abfangen. Danach fuhr sie etwas langsamer. Wenn sie sich hier draußen ein Bein brach, wäre sie leichte Beute für mögliche Verfolger.

Nach einer halben Stunde hatte sie den Abzweig zum Fluss erreicht. Endlich! Die Milch für den Kaffee war bestimmt zu Butter geworden! Sie fuhr am Fuße einer Erhebung entlang, die stets höher wurde. Und dann sah sie den Fluss, der unterhalb lag. Lucy stieg ab und schob das Rad einen engen, steilen Pfad hinunter. Der Diamond Creek River war ziemlich breit. Auf der gegenüberliegenden Seite des Flusses lag das Sumpfgebiet. Lucy ballte die Fäuste, als sie daran dachte, was ihr Vater vorgestern aus der Zeitung vorgelesen hatte: Im Sumpf wurde bald gebaut! Das konnte eigentlich nicht sein. Das durfte nicht sein! Sie würde sich was einfallen lassen. Aber jetzt hatte sie erst mal andere Sorgen …

Lucy nahm den Pfad am Fluss entlang, vorbei an dichtem Schilf. Überall raschelte es. Hier war das Brutgebiet vieler Wasservögel. Ob sie im November noch mal brüteten? Mild genug war es ja. Die hatten es echt gut hier.

Keiner störte sie, und die Luft war voller Insekten. Sie mussten beim Fliegen nur den Schnabel aufmachen. Es summte und brummte um Lucy herum. Sogar Biber wohnten hier noch. Wie zum Teufel hatten Ratto und Masso es geschafft, dass ein Teil des Naturschutzgebietes aufgehoben worden war? So eine bodenlose Gemeinheit! Huch! Was …? Lucy erstarrte. Aber es war nur ein großer Vogel, den sie aufgeschreckt hatte. Wow! Ein ziemlich großer Falke!

Der Pfad schlängelte sich weiter am Fluss entlang. Als Lucy nach ungefähr zwanzig Minuten um eine Sandbank herumgelaufen war, sah sie ein kleines Zelt. Das musste Fujiis Lager sein!

Sie pirschte sich an das Zelt heran. Es war ein flaches Einmannzelt in Tarnfarben. Tja, Fujii schlief wohl noch. Sie war der frühe Vogel, nicht er! Mit einem Ruck zog sie den Reißverschluss ein Stück auf und steckte den Kopf ins Zelt. Es war dämmrig. Lucy konnte einen Schlafsack auf dem Boden erkennen. Lag da jemand drin?

»Aufstehen!«, rief Lucy. »Der frühe Vogel ist da und möchte den Fisch fangen!«

In dem Moment nahm sie eine Bewegung neben sich wahr. Es machte *Klick* und …

»Huch!«, schrie Lucy. Sie fühlte, wie jemand ihr etwas an die Schläfe drückte. Eine Pistole!

»Hände hoch!«, sagte eine leise Stimme. Lucy riss die Arme hoch.

»Der frühe Vogel sollte mit allem rechnen«, sagte Fujii

und nahm die Angelrute runter. Er hatte sie mit der Angelrute bedroht! Und sie war drauf reingefallen. Lucy machte eine Kaugummiblase und ließ sie platzen. »Hi!«

Der kleine Agent trug eine hellbraune Trekkinghose, ein kariertes Hemd und Turnschuhe. Er sah aus wie ein normaler Rentner, aber als Agent war man vermutlich lebenslang im Dienst. Bestimmt hatte er sich im Laufe seines Agentendaseins viele Feinde gemacht, die nicht ruhten, nur weil Fujii jetzt nicht mehr offiziell aktiv war.

»Einmal Agent, immer Agent«, sprach Fujii Lucys Gedanken aus.

»Coole Turnschuhe«, sagte Lucy. »Und? Kennwort?« Sie grinste.

»Hunderteinundzwanzig Johanniskrautteebeutel«, sagte der Agent.

Lucy meinte, dabei ein Lächeln auf seinem Gesicht gesehen zu haben. Sie konnte sich aber auch getäuscht haben.

Sie nickte. »Richtig.«

Fujii schüttelte langsam den Kopf. »Du hast es noch nicht verstanden, Longfinger!«

»Was?«

»Wie bitte?«

»*Was* habe ich nicht verstanden?«, fragte Lucy.

»Schon gut«, sagte der Agent. »Ganz schön früh dran, Longfinger. Schon gefrühstückt?«

Lucy schüttelte den Kopf. »Ne, mein Magen macht schon Terror«, sagte sie und warf einen Blick auf die

Uhr. Sieben Uhr fünfundzwanzig. Sie hatte etwas mehr als eine Stunde gebraucht. Lucy nahm den Fahrradkorb ab. »Ich hab Frühstück mitgebracht.«

»Hätte ich dir gar nicht zugetraut, Longfinger«, sagte der Agent. »Ich mach Feuer und koch Kaffee.«

»Nicht nötig.« Lucy zog die Thermoskanne aus dem Korb.

Fujii stieß einen Pfiff aus. »Immer für eine Überraschung gut, Longfinger!«

Ne, immer für eine Überraschung gut war in der Familie Longfinger nur die verrückte Tante Bubblebee. Die hatte mal mit ihrem Bubblebee-Purzelbaum vier Gegner auf einen Streich lahmgelegt.

Das behielt Lucy aber für sich.

»Klar.« Lucy breitete die Picknickdecke aus und verteilte die Leckereien darauf. Sie goss Kaffee in einen Becher und reichte ihn Fujii. Er zog sich seinen kleinen Campingstuhl an die Decke und griff nach einer Gemüsefrikadelle und einem Ei. »Anglerfrühstück vom Feinsten«, lobte er Lucy.

»Sushi?«, fragte Lucy und schob Fujii die Packung rüber.

»Nein, danke«, sagte Fujii. »Nur weil ich Japaner bin, esse ich noch lange nicht immer Sushi. Schubladendenken ist gefährlich, Longfinger!«

»Ja … klar«, murmelte Lucy.

»Und?« Fujii zeigte auf die volle Picknickdecke. »Was willst du, Longfinger?«

Lucy schob sich eine Weintraube in den Mund. »Einen dicken Fisch angeln, was sonst?« Und eine klitzekleine Auskunft. Sie goss sich einen Becher Orangensaft ein. »Und, wie ist es hier so ganz alleine?«, fragte sie.

»Herrlich ruhig, munitionsfrei und verfolgungsarm.« Der alte Asiate gestattete sich ein Lächeln. »In der Ruhe liegt die Kraft. Ehrlich, Longfinger. Für mich ist das hier der schönste Ort auf der Welt!«

Wow, er hatte ihr etwas Persönliches erzählt! Aber ... Lucy hatte plötzlich einen Kloß im Hals. Anscheinend wusste Fujii noch nicht, dass hier gebaut wurde.

Der alte Agent griff nach einer zweiten Gemüsefrikadelle. »Die sind gut. Selbstgemacht?«

»Von meiner Mum«, murmelte Lucy. Sollte sie es ihm sagen? Jetzt lieber nicht. Sie stand auf. »Sollen wir angeln?«

»Immer Hummeln im Hintern, was?« Fujii erhob sich auch von seinem Campingstuhl, ging hinter das Zelt und kam mit einem Eimer, einer Dose Schwimmer und zwei Angelruten zurück. Er reichte Lucy eine Angelrute und zeigte auf seine eigene. »Die Angelschnur, die du mir geschenkt hast«, sagte er. »Falls so fette Fische wie Ratto angeschwommen kommen.«

Er zog die Turnschuhe aus und krempelte seine Trekkinghose hoch. Er hatte so dünne, drahtige Beine wie ein Marathonläufer.

»Wie alt sind Sie noch mal?«, fragte Lucy. Sie trug ihre

kurze Jeans und zog deshalb nur ihre Sneaker und die Socken aus.

»Sechsundfünfzig Jahre, zwei Monate und fünf Tage älter als du, Longfinger.«

»Oh, dann sind Sie also … schon neunundsechzig?«

»Mit dem Kopf so schnell wie mit den Händen.« Fujii nickte. »Aber nicht *schon*, sondern *erst.*«

Lucy lachte und warf ihre Angel aus.

»Gut so«, sagte Fujii erstaunt. »Du hast schon mal geangelt?«

Lucy nickte. »Mit meiner Mutter. Sie liebt Fischiges aller Art.«

Fujii warf seine Angel auch aus. Ein paar Minuten standen sie schweigend nebeneinander. Der Agent zog die tolle Röntgenbrille aus der Brusttasche seines Hemdes und setzte sie auf.

»Da hat was angebissen!«, rief Lucy erschrocken, als ihr Schwimmer plötzlich zappelte.

»Glückwunsch, Longfinger. Zieh ihn raus.«

Lucy drehte wie wild an der Angelkurbel. Da tauchte der Fisch auf. Er war nicht sehr groß, silbern schimmernd und … viel zu süß zum Essen! Lucy nahm ihn in die Hand. Er war kalt und glitschig. Sie befreite ihn vom Haken und … *platsch!*, fiel der Fisch wieder ins Wasser.

»Huch!«, rief Lucy. »Zu dumm, jetzt ist er mir aus den Fingern geflutscht!« So hatte sie es auch immer gemacht, wenn sie mit ihrer Mutter angeln gewesen war.

Lucy wollte die Angel nicht noch mal auswerfen. Sie

griff nach der Packung Schwimmer, um sie sich anzusehen.

»Nimm einen kleinen, keinen von den drei großen«, sagte Fujii.

Sofort wurde Lucy hellhörig. Aha, die großen waren bestimmt Spezialzeug seiner Geheimagentenausrüstung! Sie nahm einen in die Hand und schaute ihn prüfend an. »Was kann der denn?«

»Pack ihn wieder weg«, knurrte Fujii.

Aber Lucy hatte schon gesehen, was der Schwimmer konnte. Er enthielt einen Minisender! So einer konnte ihr mal verdammt nützlich sein, wenn sie Beute im Wasser versenken musste und später wieder holen wollte!

»Sollen wir noch was essen?«, fragte Lucy und rieb sich den Bauch.

»Aber wir haben noch nichts gefangen«, sagte Fujii und zog die Augenbrauen hoch.

»Nicht schlimm«, sagte Lucy schnell. Sie legte die Angelrute auf den Boden und ließ sich auf die Picknickdecke plumpsen. Herzhaft biss sie in eine Gemüsefrikadelle. Wie konnte sie Fujii nun das Versteck der Maske entlocken? Am besten, sie wagte einen direkten Angriff.

»Die Maske haben Sie gut versteckt, oder?«

Fujii nickte.

»Weit weg?«, fragte Lucy.

Fujii kniff die Augen zusammen. »Junge Dame! Wieso dieses plötzliche Interesse für das Versteck der Maske?«

»Ich frag mich nur … weil man damit ja viel Mist machen kann«, sagte Lucy. Ob Fujii ihr die Ich-mach-mir-Sorgen-Masche abnahm?

»Hm«, machte Fujii. »Es ist interessant, dass ausgerechnet du heute nach der Maske fragst.«

»Warum?«, fragte Lucy scheinheilig.

»Weil du die beste Diebin bist, die ich kenne. Und weil … die Maske aus ihrem Versteck geklaut wurde.«

»Was?«, rief Lucy entsetzt. »Geklaut?«

»Hast du was damit zu tun, Longfinger?« Fujii kam ganz nah an sie heran.

»Nein!«, rief Lucy und sprang auf. »Auf keinen Fall! Ich wollte ja … ich meine, von wem denn wohl?« Verdammter Mist, die Maske war weg! Damit war ihr Notfallplan im Eimer! Zumindest der erste. Aber sie hatte ja noch Dyna-Mike …

»Tja, wenn du es nicht warst«, Fujii schaute Lucy fest in die Augen, »dann wird es einer von Rattos Leuten gewesen sein. Hm, das bedeutet nichts Gutes.« Er sah besorgt aus.

Lucy schüttelte den Kopf. »Nein, Ratto kann es nicht gewesen sein! Ganz sicher nicht!«

»Warum bist du dir da so sicher? Du weißt doch was, Longfinger!«

»Nein! Nur … Ratto sitzt schließlich im Gefängnis!«

»Ja, aber Scirpone und Froschauge nicht. Und Torres auch nicht. Und er hat bestimmt noch mehr skrupellose Handlanger.«

Lucy nickte. »Das stimmt, aber Ratto war es nicht. Das ist … so ein Gefühl.«

Fujii war misstrauisch, das spürte Lucy genau. Aber sie konnte ihm nichts von der Bombe erzählen. Wenn Ratto das irgendwie erfuhr, drückte er bestimmt sofort auf den Auslöser. Zum Teufel mit der Bombe! Aber … wenn sie die Maske wirklich aus dem Versteck geklaut hätte, dann hätte sie sich von Ratto erpressen lassen. Und wenn sie sich einmal erpressen ließ, ging das endlos so weiter! Warum war ihr das nicht vorher so klar gewesen? Punkt 9 im Kodex. *Ein Longfinger erpresst nicht und lässt sich nicht erpressen. Erpressen ist was für Feiglinge!*

Lucy seufzte. »Tja, das mit den Handlangern könnte stimmen. Irgendjemand verfolgt mich nämlich«, sagte sie.

Fujii nahm die Röntgenbrille ab und steckte sie in seine Hemdtasche. »Das will ich ganz genau wissen. Du weißt, dass manche Leute denken könnten, du hättest die Maske?«

Lucy nickte und schielte auf die Röntgenbrille in Fujiis Brusttasche.

»Das ist kein Spaß, Longfinger. Du weißt nicht, wie gefährlich die Maske ist. Wir müssen unbedingt wissen, wer dich verfolgt.« Der Agent sah sich um.

Lucy versicherte schnell: »Heute habe ich doppelt aufgepasst. Ich bin sicher, dass mir niemand gefolgt ist. Aber warum ist die Maske eigentlich so gefährlich? Klar, man kann alle möglichen Verbrechen damit begehen, weil man sich in jede gewünschte Person verwandeln kann, aber *gefährlich*?« Steckte hinter der Maske womöglich noch etwas anderes?

»Es geht nicht nur um die Maske, Longfinger. Sie ist ein Teil eines gefährlichen Projektes.«

Es steckte also noch was anderes hinter der Maske! Etwas, das so hochbrisant war, dass Fujii es ihr nicht verraten wollte? Sie musste das Pferd von hinten aufzäumen.

»Wer hat die Maske eigentlich erfunden?«, fragte Lucy.

Fujii seufzte. »Du findest den Namen ja doch heraus. Also, der Erfinder der Maske war Dr. Kyrka, ein Wissenschaftler. Aber vergiss den Namen. Er bringt uns nichts.«

»*War?*«, hakte Lucy nach.

»Er ist vor ein paar Wochen beim Wandern tödlich verunglückt«, sagte Fujii. Da schwang doch etwas in Fujiis Stimme mit! Ein Bedauern über den Tod des Wissenschaftlers? Oder gar … Traurigkeit?

Der alte Agent stand auf und wandte sich ab. Er schüttete sich noch einen Kaffee ein. Lucy war ziemlich sicher: Fujii hatte diesen Dr. Kyrka näher gekannt, als er es sich anmerken lassen wollte! Aber jetzt musste sie wirklich los, um weiter nach der Bombe zu suchen. Und sie brauchte einen neuen Notfallplan.

Entschlossen stand Lucy auf. »Ich muss los! War schön mit Ihnen!«

Sie packte die Reste zusammen. Fujii saß wieder auf seinem Campingstuhl und schaute ihr nachdenklich zu. »Ganz schön schneller Aufbruch, Longfinger. Sicherlich hast du noch einen wichtigen Ferientermin«, sagte er.

Lucy nickte.

»Sicherlich hast du nur Dinge vor, wie sie ganz normale Teenager auch vorhaben.«

Lucy nickte. »Klar.«

Fujii nickte auch. »Dann ist es ja gut. Wenn deine Verfolger wieder hinter dir her sind, dann melde dich sofort. Ich muss wissen, wie sie aussehen, klar?«

»Aye, aye, Captain.« Lucy stellte auch noch die Thermoskanne in den Fahrradkorb und trug ihn zum Rad.

»Pass auf dich auf, Longfinger«, sagte Fujii, als er aufstand und Lucy zu ihrem Rad begleitete.

»Klar«, sagte Lucy. »Sie aber auch.«

Sie schob ihr Rad den Pfad entlang. Als sie sich umschaute, um noch einmal zu winken, stand der kleine Agent noch immer da. Lucy griff in die Tasche ihrer Jacke. Da war der Schwimmer. Und in der anderen Tasche Fujiis Röntgenbrille. Sie hatte wieder in seiner Brusttasche gesteckt, wie damals im Krankenhaus. Ts, ts, ts. Lucy grinste und schüttelte den Kopf. »Nichts daraus gelernt, Herr Agent.«

Mit der Röntgenbrille hatte sie den Flyer der Banknotenausstellung in Torres' Jackentasche gesehen. Vielleicht würde ihr die Spezialbrille jetzt bei der Suche nach der Bombe helfen!

Auf dem Rückweg konnte Lucy ihre Verfolger wieder nicht entdecken. Trotzdem hatte sie das Gefühl, dass sie da waren. Lucy fuhr so schnell sie konnte. Die ganze Zeit spukte ihr dabei der Name des Wissenschaftlers im Kopf herum. Dr. Kyrka. Ein komischer Name, der bestimmt selten war. Hörte sich irgendwie skandinavisch an. Und was hatte es mit diesem extrem gefährlichen Projekt auf sich? Da musste es etwas geben, das Fujii wusste und sie nicht. Ein Geheimnis um die Maske. Hm, sie hatte auch schon eine Idee, wie sie das herausfinden konnte! Sie fuhr noch etwas schneller. Das Hinweisschild *Diamond Creek River* ließ sie im Ginsterbusch liegen, als sie daran vorbeiflitzte. Lieber schnell nach Hause! *Sie* wusste ja schließlich, wo es zum Fluss ging.

Als Lucy im gleichen Tempo den Berg hinauf in ihr Viertel radelte, kam sie aus der Puste. Aber gleich war sie da. Cool, sie hatte nur vierzig Minuten für den Rückweg gebraucht!

Lucy warf das Rad unter die alte Weide und sprang die Stufen zur Haustür hinauf. Mit etwas Glück hatte sie jetzt noch cousinenfreie Zeit und konnte mit der Röntgenbrille nach der Bombe suchen und etwas über die Maske herausfinden.

Die Standuhr schlug gerade elf Uhr, als Lucy die Haustür aufstieß. Im Flur schwebte ein erdiger Geruch. Ton! Ihre Mutter töpferte also. Sie hatte seit letzter Woche eine neue Töpferscheibe, da Cash die alte, die sie sich nach dem Gangstertreffen zugelegt hatte, versehentlich umgeworfen hatte. Danach war sie nicht mehr funktionstüchtig gewesen. Lucy flitzte durch die Bibliothek zum Wintergarten, den ihre Mutter seit dem Töpferfieber in ein kleines Atelier umfunktioniert hatte. Die Longfingers hatten den Wintergarten, der als Bibliothekserweiterung zum Schmökern der Bücher dienen sollte (Ururopa Jim Longfinger war ein begeisterter Leser gewesen) sowieso nicht oft benutzt. Obwohl es ein wunderschöner Ort war. Die alten großen Fenster hatten oben Buntglaseinsätze, und die Sonne malte farbige Strahlen an die Wände, wenn sie durch das Glas schien.

Lucy steckte den Kopf in den Wintergarten. »Hi Mum, ich bin zurück!«

Oh! Savanna war auch da, und sie … töpferte mit. Lucy kniff die Augen zusammen. Was? Savanna trug *ihre* Schürze?

»Hi girl«, rief ihre Großcousine. »Schau mal, was wir getöpfert haben! Eine neue Teekanne!« Sie hielt etwas hoch, das aussah wie ein verbeulter Topf mit Henkel.

Lucy runzelte die Stirn. »Teekanne? Sieht eher wie ein Nachttöpfchen aus.«

Ihre Mutter schaute Lucy vorwurfsvoll an. »Ich finde, Savanna macht das schon ziemlich gut«, sagte sie.

Lucy stöhnte. Ja, ja, ihre tolle Großcousine!

»Wir wollen jetzt noch ein Milchkännchen dazu machen«, sagte ihre Mutter und lächelte Savanna an. »Deshalb essen wir heute nicht zu Mittag. Dad ist auch nicht da.«

»Aha«, murmelte Lucy.

»Aber heute Abend gibt es dafür dein Wunschessen«, sagte ihre Mutter, und Lucy nickte. Eigentlich passte es ihr ganz gut, dass sie keiner störte und es kein Mittagessen gab. Sie musste die Bombe suchen, einen neuen Notfallplan machen und sich über Kyrka und seine Wundermaske informieren. Hunger hatte sie nach dem ausgiebigen Picknick sowieso nicht.

»Ich bin in meinem Zimmer. Keiner kommt rein«, sagte sie.

»Hey, du machst einen Plan, wie du den Anzug klaust!«, rief Savanna.

»Nein«, sagte Lucy.

»Aber du denkst daran?«, bohrte ihre Mutter nach. »Morgen ist schon Freitag!«

»Ja, und heute noch Donnerstag!« Lucy lächelte Savanna an und schloss die Wintergartentür.

Lucy stapfte die Treppe hoch. Sie würde sich jetzt das Bad vornehmen und das Schlafzimmer ihrer Eltern. Und dann eine Pause machen und im Internet über Dr. Kyrka nachforschen.

Schnell huschte Lucy ins Bad und sah sich um. Hier gab es eigentlich nicht viele Möglichkeiten, eine Bombe zu verstecken. Hinten an der Wand stand das Aquarium. Seeanemonen wiegten sich sanft im türkisblauen Wasser hin und her. Eine Fototapete an der hinteren Aquariumswand sorgte für den Tropeneffekt. Es war toll, bei Dämmerlicht in der Badewanne zu liegen und von den fernen Tropen zu träumen. Doch das war nicht der Grund für das Aquarium im Bad. Dahinter verbarg sich in einer Zwischenwand der Haupttresor der Longfingers. Den Mechanismus, der das Aquarium nach vorne bewegte, kannte mit Sicherheit niemand, und den Schlüssel für die verborgene Tür dahinter trug ihr Vater stets um den Hals. Nein, da konnte die Bombe nicht sein! Der Badezimmerschrank hatte keine Geheimfächer (ausnahmsweise mal ein Schrank ohne Geheimfächer), und die Badewanne war fest eingemauert. Im Spülkasten der Toilette war die Bombe nicht und unter dem Waschtisch auch nicht. Lucy klopfte den Boden nach Hohlräumen ab. Nichts. Dann huschte sie ins Schlafzimmer ihrer Eltern. Sie schüttelte die Kissen auf, suchte unter den Matratzen, unter dem Bett, sie kletterte in den großen Kleiderschrank, nahm jeden Pulli in die Hand und schaute in jede Jackentasche. Lucy hob das Bild an der Wand an (es verbarg einen Wandtresor, aber der war fest verschlossen) und robbte über die Dielen. Alle waren fest vernagelt und nicht kürzlich angehoben worden. Welche Zimmer fehlten denn jetzt noch? Nur noch der Wintergarten und das Turmzimmer. Alle anderen hatte sie durchsucht. Es wurde immer wahrscheinlicher, dass die Bombendrohung nur eine Finte war. Aber sie durfte trotzdem kein Risiko eingehen! Lucy warf einen Blick auf die Uhr. Es war halb drei. Noch ungefähr drei Stunden bis zu ihrer Spaghetti

Bolognese! Wenn sie früh zu Abend aßen. Aber da sie kein Mittagessen gehabt hatten, würden alle einen Riesenhunger haben. Lucy freute sich auf die Spaghetti. Das würde ihre Belohnung für die ganze Sucherei heute sein! Lucy huschte in ihr Zimmer. Sie setzte sich an den Schreibtisch und klappte das Laptop auf. So, mal sehen, was der gute alte Dr. Kyrka so erforscht hatte. Was war er eigentlich für ein Doktor gewesen? Arzt? Oder Doktor der Physik oder Chemie? Oder Pharmazie?

Lucy fand nichts über ihn, nur einen Adresseintrag. Die Adresse war eigentlich auch nicht einsehbar, aber über Gangster-Web konnte Lucy die Sicherung umgehen. Aha, die Adresse war … ein Leuchtturm! Tatsächlich! Und zwar der Leuchtturm auf Heaven Island. Ob darin Kyrkas geheimes Labor war oder seine Wohnung? Er war zwar tot, aber noch nicht so lange, dass schon jemand anders eingezogen sein konnte. In einem Leuchtturm zu wohnen musste toll sein! Immer das Toben des Meeres und das Brausen des Windes in den Ohren und das Kreischen der Möwen. Lucy kannte Heaven Island und den alten Leuchtturm. Die kleine Insel lag vor Mable Beach, und den Leuchtturm konnte man vom Hafen aus gut sehen. Drüben gewesen war sie noch nicht. Soweit Lucy wusste, war der Leuchtturm nicht mehr in Betrieb. Der moderne und höhere Leuchtturm hinter dem Hafen Richtung San Francisco hatte seine Arbeit übernommen. Es hieß immer, die Insel sei jetzt in Privatbesitz. Eigentlich schlau. Niemand würde ein

Labor in einem Leuchtturm vermuten. Vielleicht sollte sie dem Leuchtturm mal einen Besuch abstatten, wenn sie mehr über die Maske herausfinden wollte! Vielleicht gab es dort einen Hinweis darauf, wer die Maske geklaut hatte! Vielleicht hatte der Dieb erst im Labor des Erfinders gesucht und Spuren hinterlassen! Gleich nach dem Abendessen würde sie da einsteigen! *Verschiebe nicht auf morgen, was du heute kannst besorgen.* Punkt 19 im Kodex. Lucy grinste. Ja, der Kodex hatte manchmal auch recht.

Plötzlich schob sich Toni in ihre Gedanken. Sollte sie ihn mitnehmen? Nach ihrer kleinen Unstimmigkeit wäre es eigentlich schön, etwas zusammen zu unternehmen. Vor allem so was Spannendes! Aber ... Toni war ein Angsthase. Und sie sollte ihn aus solchen verbotenen Aktivitäten raushalten. Nein, sie würde heute Abend alleine fahren. Lucy warf einen Blick auf die Uhr. Bis zum Abendessen hatte sie noch Zeit. Wo konnte sie jetzt noch nach der Bombe suchen? Hatte sie unten in der Toilette auch in den Spülkasten geschaut?

Kapitel 8

Explosive Entdeckung

Eine Stunde später kramte Lucy in ihrer Schreibtischschublade und legte alles raus, was sie für den Einbruch brauchen konnte. Sie suchte gerade noch nach dem Fingerabdruckpulver, da klopfte es an ihrer Zimmertür. Noch bevor Lucy *Herein!* rufen konnte, wurde die Tür aufgerissen.

»Hi girl«, rief Savanna und stand schon neben ihr.

»He!« Lucy schob die Schublade zu und legte die Arme über die Utensilien auf dem Schreibtisch. »Habe ich *Herein* gesagt? Nein!«

»Was packst du da zusammen?«, fragte Savanna und pflückte sich zwischen Lucys Arme hindurch einen Dietrich vom Schreibtisch. »Lass mich raten. Du packst Werkzeug ein für den Bruch ins Polizeimuseum!« Sie klatschte in die Hände.

»Quatsch!« Lucy verdrehte die Augen. »Ich hab doch gesagt, dass ich erst was erledigen muss!«

»Aber das hast du doch heute Morgen schon gemacht, als ich nicht mitdurfte. *Geheimaktion*, schon vergessen?«

»Ja, das war der erste Teil der Aktion, und jetzt kommt der zweite.«

»Okay, jetzt helfe ich dir aber!« Savanna strahlte Lucy an. »Dann geht es schneller, und du hast danach endlich Zeit, den Anzug aus dem Museum zu klauen. Eine Hand wäscht schließlich die andere.«

Lucy winkte ab. »Danke, aber nicht nötig.«

»Aber der Kodex sagt in Punkt … ähm, … 31, dass ein Longfinger einem anderen Longfinger immer helfen muss.«

»Punkt 32, nicht 31!«, rief Lucy. »Du solltest den Kodex echt besser kennen.«

»Wie auch immer. Ich helfe dir, sonst verstoße ich gegen den Kodex.«

Lucy verdrehte die Augen. »Doch nur wenn ich dich um Hilfe *bitten* würde. Dann müsstest du mir helfen, sonst nicht.« Sollte sie jetzt auch noch Nachhilfe in Kodex-Punkten geben?

Lucys Mutter rief von unten. »Savanna! Lass uns die Tonsachen noch zum Brennen bringen, bevor ich Abendessen mache!«

Savanna lächelte Lucy an. »Je schneller du den Anzug klaust, desto schneller hast du deine Mutter wieder für dich.« Mit wehenden Locken schritt sie aus dem Zimmer.

Lucy zerknüllte ein Blatt Papier in der Hand. Die klebte sich extra so an ihre Mutter, damit Lucy ihr schnell den Anzug klaute! Töpfern hier, kochen da, einschleimen dort … Aber das war Erpressung! Und sie ließ sich nicht erpressen! Sie würde Savanna erst mal zappeln lassen. Brummelnd stopfte sie das Einbruchswerkzeug in den Rucksack. Sie stellte sich vor, wie sie mit Savanna zur Leuchtturminsel fuhr. Nö!

Auf einmal kam ihr eine Idee. Sie stellte den Rucksack an die Tür, legte ihre Lederjacke dazu und wartete, bis sie die Haustür hörte. Dann trat sie ans Fenster. Ihre Mutter trug die Klappkiste mit dem Töpferkram und stellte sie in den Lieferwagen neben das festgeschnallte Klavier. Savanna tanzte zur Beifahrerseite und – huch, sie winkte Lucy zu. Na und? Lucy winkte zurück. Der Lieferwagen brauste davon. Dass ihre Mutter immer so rasant fahren musste! Irgendwann würde sie noch die Polizei auf sich aufmerksam machen.

Lucy flitzte runter. Sie lief vorne zur Haustür raus und seitlich am Haus vorbei zur alten Vogelvoliere hinter dem Wintergarten. Opa Luis, der auch der Krähe den Kodex eingetrichtert hatte, hatte früher Wellensittiche in der großen runden Voliere gehalten, bis sie ihm von einem Unbekannten geklaut worden waren.

Seitdem die Sittiche weg waren, benutzten die Longfingers die Voliere als Geräteraum. Die Fahrräder standen hier (außer Lucys, das lag meistens unter der Weide), die alte Hollywoodschaukel, die Surfboards und überflüssige Beutesachen wie entstückte Bilderrahmen, geknackte Tresore oder geleerte Schmuckkästchen.

Lucy zog die Gittertür auf. Schnell löste sie den Sattel vom E-Bike ihrer Mutter und stopfte ihn ganz nach unten unter die Surfboards. Jetzt konnte sie so tun, als hätte sie nichts dagegen, dass Savanna mitkam.

Später am Esstisch schob ihre Mutter Lucy die Schüssel mit den Spaghettis rüber. »Du zuerst. Hast du dir schließlich gewünscht. Die Bolognese ist mir heute besonders gut gelungen!«

Lucy lächelte ihre Mutter an. »Da hab ich mich den ganzen Nachmittag drauf gefreut, ehrlich.« Sie nahm sich einen Riesenberg Spaghetti und doppelt so viel Soße. Für flotte Beine und flinke Finger. Beides brauchte sie gleich.

»Guten Appetit«, sagte Lucys Mutter. Alle nickten nur, weil sie den Mund schon voll hatten. Savanna sagte ausnahmsweise wenig, wahrscheinlich weil es ihr so gut schmeckte. Sie aß fast so viel wie Lucys Vater! Auf jeden Fall war es endlich mal wieder ein entspanntes Abendessen. Als Lucys Vater den letzten Rest Soße aus der Schüssel gelöffelt hatte, stellte ihre Mutter die Teller zusammen. »Dad und ich müssen gleich noch mal los, was deponieren«, sagte sie. »Was habt ihr denn vor heute Abend? Ist ja noch früh heute. Lucy? Du denkst an den Anzug?«

Lucy stöhnte. »Mum, ich kann doch nicht …«

»Wir sind auch gleich unterwegs, ich helfe Lucy bei einer wichtigen Sache«, unterbrach Savanna sie.

Lucy lächelte. »Stimmt.« Wenn Savanna wüsste. Ohne Sattel kein Ausflug.

»Kann ich aufstehen?«, fragte Savanna und sprang auf. »Ich muss noch was zusammenpacken für die Aktion gleich!«

Lucys Mutter runzelte die Stirn. »Ach komm, hilf doch kurz abräumen, Savanna«, sagte sie. »Das kann nicht immer nur Lucy machen, okay?«

Vor sich hinpfeifend balancierte Lucy vier übereinandergestapelte Teller und zwei Gläser zur Spülmaschine. Ihre Mutter gab ihr einen Kuss und tätschelte Savanna den Arm. »Danke, ihr beiden. Wir sind dann gleich weg.«

»Mach ich doch gerne, Tantchen«, trällerte Savanna und griff nach dem Spültuch, um den Tisch abzuwischen. Aber kaum war Lucys Mutter aus der Küche, warf Savanna das dreckige Tuch auf die Anrichte. »Ich bin noch kurz oben, okay?«

Lucy seufzte und stellte die Spülmaschine an. Wie lange sie wohl brauchte für den Ausflug nach Heaven Island? Es war jetzt sieben. Vor acht konnte sie nicht auf der Insel sein. Sie musste ja rüberrudern. Eher halb neun. Und dann da reinkommen und das Labor durchsuchen. Vor halb zehn war sie nicht zurück. Besser, sie schrieb ihren Eltern einen Zettel. Nach neun Uhr abends musste sie alle halbe Stunde eine Nachricht oder ein Selfie schicken, damit ihre Eltern wussten, dass sie okay war. Eigentlich eine coole Regelung, nur manchmal war es echt nervig, alle halbe Stunde zu schreiben. Aber da sie jetzt Toni zum Freund hatte, konnte sie abends ins Kino gehen, ohne ständig zu schreiben – sie war ja nicht allein!

Bin was auskundschaften, wird später, melde mich wie immer. Lucy

Sie legte den Zettel auf den Tisch und flitzte aus der Küche. Vor der Treppe drehte sie um und rannte noch mal zurück. Hinter das *Lucy* malte sie noch ein dickes ♥.

Oben an der Treppe rief sie hoch ins Turmzimmer: »Ich fahr in fünf Minuten los!«

Lucy schnappte sich ihren Rucksack, ihre Lederjacke und einen Klebestift vom Schreibtisch. Dann schloss sie die Zimmertür, riss sich ein Haar aus und klebte es über die verschlossene Tür. Mal sehen, ob Savanna in ihrer Abwesenheit ihr Zimmer besuchte. Zuzutrauen war es ihr.

Als sie die Haustür öffnete, wehte Lucy ein frischer Wind entgegen. Sie fröstelte und zog den Reißverschluss ihrer Lederjacke bis oben zu. Es war schon dunkel, und dicke Wolken hingen tief am Himmel. O nein, hoffentlich hielt sich das Wetter noch!

»Was für ein Mistwetter!«, rief Savanna, die den Kopf neben Lucy aus der Haustür steckte. Lucy hatte sie gar nicht kommen hören.

»Du musst bei dem Wetter nicht mit«, sagte Lucy.

»Klar komm ich mit!«, rief Savanna und knöpfte sich

die Jeansjacke zu. Lucy zuckte mit den Schultern und flitzte zur Vogelvoliere, vorbei an ihrem Rad, das unter der Weide lag.

»Dann komm auch!«, rief sie und zog die Tür zur Vogelvoliere auf. Savanna war hinter ihr.

»Das gibt's doch nicht! Den hat einer geklaut!«, rief Lucy und zeigte auf das Rad ihrer Mutter. Es lehnte an der Wand der Voliere, ohne Sattel.

Savanna runzelte die Stirn. »Wer bitte schön sollte einen Sattel klauen und das teure E-Bike stehen lassen?«

»Einer, der nur einen Sattel braucht«, sagte Lucy. »Ist doch logisch.«

Savanna schüttelte den Kopf. »Das glaub ich nicht. Das ist bestimmt nur ein Streich!«

»Meinst du?«, fragte Lucy. »Aber wer sollte meiner Mutter denn einen Streich spielen wollen?«

»Deiner Mutter vielleicht nicht, aber …«

»Du, ich muss los!«, rief Lucy mit einem Blick auf die Uhr. »Um den Sattel kümmern wir uns später, ja?«

Sie flitzte zur Weide, hob ihr Rad hoch und raste los. Als sie sich umdrehte und Savanna noch einmal zuwinkte, stand ihre Großcousine auf der Straße vor der Villa, die Hände in die Hüften gestemmt. Sie winkte nicht zurück.

Lucys schlechtes Gewissen regte sich. Das war nicht nett gewesen. Aber sie wollte das nicht mit Savanna machen! Und sie musste sich schließlich beeilen, um danach noch nach der Bombe zu suchen! Und außerdem sollte nicht noch jemand von der Maske erfahren. Fujii hatte gesagt, wie gefährlich sie war.

Lucy trat in die Pedale. Nicht dass Savanna sich das Rad ihres Vaters nahm. Doch das musste bestimmt erst aufgepumpt werden, so selten wie er damit fuhr. In der Zeit wäre Lucy schon längst unten am Hafen. Die ersten Regentropfen fielen. »Mist!«, fluchte Lucy und hielt mit quietschenden Reifen an. Blitzschnell fischte sie ihre Miniregenjacke aus dem Rucksack und zog sie über die Lederjacke. Gerade rechtzeitig, denn plötzlich schüttete es wie aus Eimern. Lucy fuhr langsamer weiter. Sie war schon am Café im Pickford Park vorbei, als ihr ein Lastenrad entgegenkam. Der Fahrer trug einen weißen Fahrradhelm mit himbeerrotem Punkt und duckte sich tief über das Lenkrad. Er hatte eine ganz schöne Geschwindigkeit drauf, wenn man bedachte, dass es für ihn bergauf ging! Das konnte doch nur … Toni mit seiner Rondine sein!

Lucy fuhr zu ihm rüber. Er hatte sie auch erkannt und winkte heftig. Toni trug eine Regenjacke und sogar eine Regenhose! Und dazu seine Flip-Flops mit Ananasmuster? Lucy schüttelte den Kopf.

»Na und? Ist ja nicht kalt!«, rief Toni, der Lucys Blick zu seinen Füßen gefolgt war. »Und wo willst du überhaupt hin? Ich bin gerade auf dem Weg zu euch!«

Lucy musste lachen. Sie hatte das Gefühl, Toni Sonnenschein ewig nicht mehr gesehen zu haben. Waren sie wirklich erst gestern Morgen im Aquarium gewesen? Und … Toni hatte danach mit ihr reden wollen.

»Hör mal, es tut mir leid, dass ich einfach aus dem Aquarium gefahren bin, ohne euch Bescheid zu sagen.«

Tonis Mundwinkel hoben sich. »Nein, mir tut es leid! Ich bin aus der Villa abgerauscht wie eine beleidigte Diva.«

»Stimmt.« Lucy grinste. Toni verdrehte die Augen. Dann lachte er Lucy an. »Ich dachte mir, wir gehen ins Kino. Ich wollte mal was Spontanes machen, sind ja Ferien. Und der Ausflug ins Aquarium war ja geplant, wie du wolltest, und da …«

»Schöne Idee, aber geht leider nicht«, sagte Lucy und trat schon mit einem Fuß auf die Pedale. »Ich muss wirklich was Superwichtiges erledigen. Tut mir echt leid.« Und das meinte sie auch so.

»Och, Mensch, es sind doch Ferien, und du hast keine Zeit!«, nörgelte Toni. Er schniefte laut, und seine Mundwinkel zuckten. »Nie hast du Zeit für mich.« Er wischte sich über die Augen und zog ein Taschentuch aus der Regenjackentasche. Lucy nahm den Fuß von der Pedale. Er würde doch jetzt nicht etwa heulen!

»Komm schon, Toni, vielleicht kannst du doch einfach mit …«

Toni nahm die Hand von den Augen und strahlte. »Okay, ich komm mit!«

»Du Schauspieler!«, rief Lucy. Sie hatte eigentlich etwas anderes sagen wollen. Aber es wäre wirklich lustiger, zusammen mit Toni zur Leuchtturminsel zu rudern.

»Es ist aber ein bisschen verboten«, sagte sie. »Und ich muss mich beeilen!«

»Kein Problem! Weißt du, ich hab meine Rondine jetzt noch mal …«

»Okay, dann komm!« Lucy fuhr los. Toni wendete.

Viel zu schnell bei dem Regen flitzte Lucy den Berg hinunter, Toni hinter ihr her.

Als sie fast unten an der Eisdiele waren, bemerkte Lucy den Wagen. Er fuhr langsam hinter ihnen her. Lucy sah sich um. Eine schwarze Limousine mit verdunkelten Scheiben. Toni folgte ihrem Blick und machte einen gefährlichen Schlenker mit Rondine. Lucy runzelte die Stirn. Warum sollte Ratto sie beschatten lassen, wenn er ihr doch schon eine Bombe als Druckmittel für die Maske ins Haus gelegt hatte? Das war doch unlogisch! Wer waren diese Leute?

Sie rief Toni zu, dass er zum Hafen vorfahren sollte, und fuhr selbst langsamer, so dass sie wenig später direkt neben dem Wagen war. Damit rechneten ihre Verfolger bestimmt nicht! Sie spähte hinein, konnte den Fahrer oder die Fahrerin durch die tausend Regentropfen an der Scheibe aber nicht erkennen. Lucy ließ den Lenker los (keiner konnte so sicher freihändig Rad fahren wie sie), beugte sich vor und brach blitzschnell den rechten Scheibenwischer ab. Sie schleuderte ihn weit in einen Vorgarten und raste dann Toni hinterher.

Der Wagen bremste ab. Ha! Nur ein Scheibenwischer auf der Beifahrerseite reichte bei dem Regen nicht aus! Lucy hörte, wie die Türen sich öffneten. Also waren es mindestens zwei Verfolger. Ob es wieder dieselben waren, der Mann und die Frau aus dem Park? Bestimmt. Lucy flitzte nach rechts in eine dunkle Gasse. Jetzt war sie weg, Pech gehabt!

Zehn Minuten später sah Lucy Toni am Hafenbecken stehen und winken. »Mensch, du hast es geschafft, du hast sie abgehängt! Und ich dachte schon …«

»Psst«, sagte Lucy und sah sich um. »Lass uns die Räder schnell hinter das Bootshaus da schieben.«

»Was haben wir denn überhaupt vor?«, fragte Toni, während er sein Rad hinter Lucy herschob. »Ich dachte, du …«

»Erklär ich dir später.« Sie nahm Toni sein Rad ab und stellte es eng neben ihr eigenes.

»Was willst du denn …?«

»Wirst schon sehen«, sagte Lucy. Geduckt liefen sie am Hafenbecken entlang, bis sie zu dem Steg kamen, an dem mehrere Ruderboote festgemacht waren.

»Komm!« Lucy sprang in eins der Boote. Toni zögerte auf dem Steg. »Wo … willst du denn hin? Ich meine, mitten in der Nacht, wo alle anderen …«

Lucy zeigte aufs Meer. Etwas entfernt lag Heaven Island mit dem Leuchtturm.

»Nein! Du willst nicht ernsthaft …«

»Komm schon, du wolltest doch unbedingt mit!«, rief Lucy. Sie knotete das Boot los, während Toni umständlich einstieg. »Das … schaffen wir nie«, jammerte er. »Und … was willst du da überhaupt?«

»Klar schaffen wir das! Weißt du noch, wie du die ganze Strecke zu Rattos Yacht gerudert bist?« Sie selbst hatte damals das kleine Motorboot der *Mable Beach Life Guards* genommen, und ihr war die Strecke schon lang vorgekommen.

»Da hat mich aber auch die Angst angetrieben, dass dir was Schlimmes passiert«, sagte Toni. Er setzte sich vorsichtig hin. Lucy stieß das Boot ab. »Los geht's!«

Die Strömung war ziemlich stark, und Lucy hatte das Gefühl, auf der Stelle zu rudern.

»Wenn es weiter so schüttet, läuft das Boot voll Regenwasser und geht unter«, jammerte Toni und spähte ins dunkle Wasser.

»Bis dahin sind wir längst da«, beruhigte Lucy ihn.

»Was willst du da eigentlich?« Toni zog sich seine Kapuze tiefer in die Stirn. Lucy zögerte kurz. Aber Toni war eh dabei. Da konnte sie ihm auch alles erzählen. Sie holte tief Luft. »Es steckt mehr hinter der Supermaske. Fujii hat gesagt, dass sie Teil eines größeren Projektes ist. Und was meinst du, wo Kyrkas Labor war?«

»Kyrka?«

»Der Erfinder der Maske«, sagte Lucy ungeduldig.

»Ah, der!« Toni nickte. »Aber … Sag nicht, dass der sein Labor im Leuchtturm hatte!«

»Doch!«

»Cool, ein Labor in einem Leuchtturm! Aber wieso *war*?«

»Er ist bei einer Wanderung in den Bergen verunglückt.« Lucy stand auf, und das Boot fing an zu schaukeln. Toni krallte sich am Bootsrand fest.

»Hier«, sagte Lucy. »Ruder du mal.« Sie tauschten vorsichtig die Plätze.

»Boah, ist das anstrengend!« Toni stöhnte.

»Du musst mehr Sport machen.« Lucy grinste.

Toni kam schon aus der Puste. »Und … was soll das … sein, dieses … Projekt?«

Lucy zuckte mit den Schultern. »Tja, das finden wir im Leuchtturm heraus.« Und auch, wer sich noch für die Maske interessiert und sie aus ihrem Versteck geklaut hat. Aber das sagte sie Toni nicht.

Plötzlich ließ die Strömung nach, und es ging vorwärts. Die Insel kam näher, und der alte Leuchtturm wurde immer größer. Ganz still war es hier draußen, bis auf den Regen, der auf das Meer prasselte, und die Möwen, die um sie kreisten und sie anschrien. Sie ließen das Boot auf den feinen Sand zwischen zwei großen Felsen laufen, sprangen heraus und zogen es an Land. Heaven Island war eine kleine Felseninsel, nur an wenigen Stellen gab es zwischen den glatten, runden Felsen etwas Sand. Lucy drehte sich zum Leuchtturm um und wollte gerade losgehen, als Toni nach ihrem Arm griff. »Da! Da … hat sich was bewegt.« Er zeigte auf einen großen glatten Felsen. Lucy legte einen Finger auf die Lippen und lauschte. Ihre Verfolger konnten unmöglich hier sein. Sie hatte sie abgeschüttelt.

»Bestimmt war es nur eine Möwe. Oder eine Krabbe«, flüsterte sie. »Komm.« Sie zog Toni den schmalen sandigen Pfad zum Leuchtturm hoch. Dann standen sie vor dem Turm und sahen nach oben.

»Welchen Stürmen der wohl schon getrotzt hat«, sagte Toni ehrfürchtig.

Lucy rüttelte an der Tür. »Verschlossen.« Sie zog ihre Dietriche aus der Tasche und probierte nacheinander alle zehn aus. Toni trat wibbelig von einem Fuß auf den anderen und sah sich ständig um. Das alte Schloss war offensichtlich durch ein modernes Sicherheitsschloss ausgetauscht worden. Keiner der Dietriche passte. Lucy setzte den Rucksack ab und holte den Spezialdraht raus. Aber auch mit dem Draht konnte sie nichts erreichen. Sie zog das Brecheisen aus dem Rucksack und setzte es zwischen Tür und Laibung an.

»Hilf doch mal«, flüsterte sie.

»Ojeojeoje, ich brech eine Tür auf«, jammerte Toni, während er mit anpackte. Aber die Tür ließ sich nicht aufhebeln. Bestimmt hatte sie eine Mehrfachverriegelung mit drei oder vier Schließbolzen. Hätte sie nur besser aufgepasst bei dem Vortrag von Joey The Knife auf dem Gangstertreffen! Vielleicht hätte es ihr jetzt genutzt. Aber … hätte, hätte, goldene Kette!

»Und was nun?«, fragte Toni.

Lucy schaute auf die Uhr. Zwanzig nach acht. Sie musste daran denken, ihren Eltern gleich eine Nachricht zu schicken. Sie trat ein paar Schritte zurück und sah an dem Leuchtturm hoch. Zum Glück war er nicht aus glattem Metall wie manche modernen Leuchttürme, sondern in dunkelrotem Backstein gemauert. Durch das Verlegemuster der Mauersteine ergaben sich kleine Vorsprünge, und ungefähr alle drei Meter gab es ein kleines umlaufendes Sims, ungefähr zehn Zentimeter breit. Über den Simsreihen waren kleine Fenster, die allerdings so winzig waren, dass Lucy nicht wusste, ob sie durchpassen würden. Vielleicht gerade so, aber wenn Toni stecken blieb … Nein, viel zu riskant! Ganz oben thronte eine umlaufende Galerie mit Geländer. Und dahinter lagen die Glasfenster, durch die das Feuer früher geleuchtet hatte. Hm, wie hoch war es wohl bis zur Galerie? Fünfzehn Meter? Höchstens.

»Für einen Leuchtturm ist der echt klein. Das müsste ich schaffen!« Wofür machte sie schließlich Parkour!

»Nein!« Toni riss die Augen auf. »Das wirst du nicht tun!«

Lucy ließ ihn stehen und ging um den Leuchtturm herum. Toni folgte ihr hastig. »Warte doch!«

»Ha!«, sagte Lucy. »Efeu!« Er rankte auf der Rückseite hoch, bestimmt bis zur Hälfte. Daran konnte sie hochklettern. Wenn sie es schaffte, auf dem zweiten Sims etwas zur Seite zu balancieren, würde sie die metallene Leiter erreichen, die an der Leuchtturmwand hing.

Sie führte nicht bis zur Galerie oben, aber schon recht hoch. Am Ende der Leiter konnte sie es schaffen, das Seil mit dem Haken ans Geländer der Galerie hochzuwerfen. Hm, ziemlich waghalsiger Plan. Aber hatte sie eine Wahl? Der Regen ließ nach, und Lucy setzte ihre Kapuze ab.

Trotzdem war das Sims nass und glatt, da musste sie höllisch aufpassen! Sollte sie oder sollte sie nicht? Punkt 18 im Kodex. *Entscheide schnell! Hast du dich erst entschieden, ist der Fisch schon halb geputzt!* Und Fisch passte ja, hier draußen auf dem Meer.

»Ich versuch es.«

»O nein«, jammerte Toni, während Lucy das Seil aus dem Rucksack holte und es sich umband. Sie holte die Minidose Magnesium aus dem Rucksack, rieb sich die Hände damit ein, um nicht abzurutschen, prüfte den Sitz ihres Rucksacks und band sich die Schnürsenkel richtig fest.

»Sei bloß vorsichtig«, flüsterte Toni. Er knetete aufgeregt seine Hände.

Lucy klopfte ihm beruhigend auf die Schulter. »Ich lass dich dann rein, wenn ich einen Schlüssel finde.«

Es war wie so oft: Toni nervte ein wenig, aber es war irgendwie auch ein schönes Gefühl, dass er sich Sorgen um sie machte. Lucy kletterte los.

»Hals und Beinbruch«, flüsterte Toni.

Der Efeu war dick und gab nicht nach. Als er endete, stellte Lucy die Füße quer auf das kleine Sims. Nicht zu

Toni runtersehen! Sein Rumgehopse würde sie nur irritieren. Jetzt musste sie zur Seite, das war das Schwierigste. Erst konnte sie sich noch ein Stück am Efeu festhalten, aber dann reichten ihre Arme nicht mehr, und sie musste loslassen. Sie stand jetzt frei an die Wand gepresst auf dem kleinen Sims, und ihre Hände suchten Halt an den Backsteinen der Leuchtturmwand. Nicht nach unten sehen! Stück für Stück trat Lucy zur Seite, die Füße mit den Zehen nach außen, wie eine Ballerina. Nur noch einen Meter, dann war sie an der Leiter. Der Wind pfiff um sie herum. Nur noch drei kleine Schritte. Geschafft! Lucy griff nach der Leiter und sah kurz nach unten zu Toni. Er klatschte in die Hände. Lucy zog an der Leiter. Saß die fest? Ja, die würde halten! Vorsichtig setzte sie einen Fuß auf die unterste Sprosse. Sie zog den anderen nach. Die Leiter hielt noch immer. Blitzschnell kletterte sie nach oben. Als sie das obere Ende der Leiter erreicht hatte, wagte sie einen kurzen Blick nach unten. Huch, war Toni klein! Lucy hielt sich mit einer Hand fest, knotete mit der anderen das Seil um ihre Taille los und warf den Haken nach oben ans Geländer. *Klöng*, machte der Haken, als er an die Leiter knallte. *Klöng!* Beim dritten Versuch klappte es aber. Der Haken saß fest, und Lucy begann, sich am Seil hochzuziehen. Sie trat dabei mit den Füßen auf die kleinen Mauervorsprünge und hatte bald das Geländer erreicht. Sie kletterte darüber und stand endlich auf der Galerie. Wow! Was für ein Ausblick! Mable Beach sah schön aus mit den vielen bunten Lichtern in der dunklen Nacht! Lucy hielt Toni den Daumen hoch. Inzwischen hatten die Wolken sich verzogen, und der weiße Vollmond leuchtete über Mable Beach.

Lucy schaute durch die Fenster in das Innere des Leuchtturms. In der Mitte war die große alte Brennlampe. Es war eine elektrische Lampe, keine Öllampe mehr. Lucy setzte den Rucksack ab und holte ihren Spezialschneider raus. Mit diesem schnitt sie ein sauberes rundes Loch in das Glas. Da hindurch kletterte sie in den Leuchtturm.

Was für ein toller Raum das war hier oben! In der Mitte die alte Lampe, rundherum die Glasfenster und das Meer, so weit man schauen konnte. Lucy stellte sich vor, wie der Leuchtturmwärter hier die Lampe gezündet hatte, wie er auf die Galerie hinausgetreten war, wie er die Glasfenster geputzt hatte, damit das Licht weit hinaus leuchten und den Schiffen ihren Weg weisen konnte. Sie setzte sich auf den alten Holzstuhl, der neben dem Leuchtfeuer stand und machte ein Selfie, bei dem sie ihre Eltern angrinste. Dazu schrieb sie:

Immer weiter hoch hinaus, Kuss Lucy

P. S. Toni ist auch dabei!

Klick, weg damit. Meistens wussten ihre Eltern mit den Nachrichten nichts anzufangen, denn Lucy machte sich oft einen Spaß daraus. Aus dem *Burger Express* hatte sie mal ein Foto von ihrem Kopf neben der Ketchup-Flasche gepostet, mit dem Text *Ich such nur einen*

Nagellack für Miss McPie aus. (Ihre Mutter mochte es nämlich nicht gerne, wenn Lucy Fast Food aß.) Aber immer wenn sie Lucys zufriedenes Gesicht sahen, waren sie beruhigt.

Jetzt los! Zuerst zog sie sich ihre Handschuhe an, sie wollte ja schließlich keine Fingerabdrücke hinterlassen. Dann stieg sie die gewendelte schwarze Eisentreppe des Leuchtturms hinab. Obwohl sie versuchte, ganz leise aufzutreten, hallte jeder Schritt durch den Turm. Wenn jemand hier drin war, war er spätestens jetzt gewarnt. Eine Etage tiefer war ein Teil des runden Raumes abgetrennt. Lucy trat an die Eisentür und drückte vorsichtig die Klinke herunter. Die Tür war verschlossen. Wahrscheinlich die frühere Wohnkammer des Leuchtturmwärters? Moment. War da nicht ein Geräusch gewesen? Lucys Herz begann zu pochen. Sie legte ein Ohr an die Tür. Alles still dahinter. Da musste sie sich getäuscht haben. Sie trat an die Treppe und lauschte runter in die Dunkelheit. Nichts zu hören. Bestimmt war es nur der Wind gewesen.

Leise stieg sie die Treppe weiter hinab. Auf der Ebene darunter standen merkwürdige Geräte, mit denen Lucy nichts anzufangen wusste. Sie sahen aus wie eine Mischung aus Getränkeautomat, Großdrucker und Fließband und hatten viele Displayanzeigen, die jedoch nicht leuchteten. Und unter diesem Maschinenraum gab es ein Labor, das in etwa aussah wie der Chemieraum ihrer Schule, nur viel besser. Wow! Lucy staunte über die Kolben, Brenner, Destilliervorrichtungen, Reagenzgläser, Flaschen mit bunten Flüssigkeiten oder Pulvern. Auf einem Regal standen bestimmt über hundert Aktenordner. Sie trugen Nummern auf den Ordnerrücken. Lucy stieg weiter runter. Sie musste erst mal Toni reinlassen! Durch die winzigen runden Fenster, die den Treppenlauf begleiteten, sah sie, dass das Meer ganz nah war.

Und dann war sie unten. Hier standen Computer, mehrere Drucker, Scanner und Faxgeräte. Und da war die Leuchtturmtür. Wow! Heute war ihr Glückstag! Neben der Tür hing tatsächlich ein Schlüssel an einem Haken. Und … Bingo! Er passte. Lucy zog die Tür auf, und Toni fiel ihr entgegen.

»Mensch, hast du dich an die Tür gedrückt!«, flüsterte Lucy.

»Warum flüsterst du?«, flüsterte Toni. »Ist hier jemand?«

»Quatsch«, sagte Lucy. »Komm.« Sie schloss die Tür und schaute sich die vier Arbeitsplätze an. »Noch nichts anfassen.« Sie zog ein weiteres Paar dünne Handschuhe aus dem Rucksack und gab sie Toni. Dann ging Lucy zu den Fotos, die an der Wand hingen, ein Porträt und ein kleineres Foto.

»Schau mal, was ist denn das für ein Freak!«, rief Toni, während er sich umständlich die engen Handschuhe anzog. Seine Stimme schallte laut durch den Leuchtturm.

»Psst«, machte Lucy schnell. Aber wirklich. Der Mann auf dem Porträtfoto war schon alt, hatte ein freundliches Gesicht und graue Augen. Die hellgrauen Haare trug er oben kurz und hinten lang, wobei eine lange, blond gefärbte Strähne nach vorne fiel. »Ob das Dr. Kyrka ist?« Unter dem Foto stand ein Satz. *Am stärksten ist die Seele in der Unendlichkeit.* Aha.

Als Lucy noch über den Satz nachdachte, zeigte Toni auf das kleinere Foto daneben. »Hier ist er auch drauf, glaube ich. Nur jünger.« Lucy trat näher an das Foto heran. Zwei Männer und ein kleiner Junge standen vor einem Tennisnetz. Toni hatte recht. Der größere war der gleiche Mann wie auf dem Porträtfoto. Die Frisur war haargenau dieselbe, nur in blond. Er war eine große dünne Bohnenstange und hatte den Arm um einen kleinen Jungen gelegt, der mit einem kleinen Tennisschläger in der Hand vor ihm stand. Der kleinere Mann hatte glatte schwarze Haare und hielt einen Pokal in die Höhe.

»Es ist immer gut zu wissen, in wessen Sachen man seine Nase steckt«, sagte sie und zog eine Schublade des kleinen Rollschranks neben dem Schreibtisch auf.

Toni machte das Gleiche beim zweiten Schrank. »Leer.«

»Dieser hier auch.« Lucy zuckte mit den Schultern.

»Nicht ein einziges Blatt Papier. Merkwürdig!« Lucy schaltete die Computer an. Mal sehen, ob sie passwortgeschützt waren. Was dann? Ihre Entsperrungskarte funktionierte nur bei Handys. Leider blinkte bei allen

Computern die Anzeige *password required* auf. Lucy setzte sich an den Computer neben der Wand mit den beiden Fotos und ließ den Blick schweifen. Dann griff sie in den Papierkorb.

»Hier!«, rief sie. »Vielleicht hab ich das Passwort.« Sie zeigte Toni den Zettel, auf dem jemand mit blauem Stift lange Codes untereinandergeschrieben hatte. Alle waren durchgestrichen, nur der letzte Code nicht. »Hm, mal sehen!« Lucy tippte ihn als Passwort ein.

C3r18K1124082004 und … Enter!

»Bingo!« Ein komplett grüner Desktop erschien. Lucy suchte nach den Programmen, die zuletzt benutzt worden waren. Da waren sie! Toni murmelte laut mit. »*Open Thinker Physics CAD, 4th Dimension Geo-Lab, Algorithm Cloud 4.0, Human Brain Chem 8, 3-D Mention Modelling* … Was sind das denn für komische Programme?«

»Keine Ahnung, nie gehört«, sagte Lucy.

»Was man damit wohl macht?«, überlegte Toni.

Dann gingen sie die Ordner mit den Dateien auf der zweiten Festplatte durch. Vielleicht fanden sie dabei etwas Brauchbares. Eine hilfreiche Information zum Beispiel, in ganz normaler Sprache. Aber die Dateien waren alle nur nummeriert. Wahllos öffnete Lucy einige. Auf dem Bildschirm erschienen Zahlen über Zahlen.

»Oje«, stöhnte Toni. »Ich werd wirklich lieber Schauspieler als Wissenschaftler.«

Lucy ging alle Ordner durch. Und …

»Hier!«, rief sie. »Keine Zahl!« Sie öffnete die Datei, die *transhumanismus* hieß. »O nein«, stöhnte sie. »Sie ist verschlüsselt.«

Toni und sie starrten auf den Text, der keinen Sinn machte.

QUATSCHLIESEDERQUATSCHTRANSLIESE
LIFEQUATSCHLIESEBESTEHTLIESEQUATSCHAUS
QUATSCHDREIQUATSCHLIESETEILENLIESE
QUATSCHUNDQUATSCHLIESEFÜHRTLIESE
QUATSCHINLIESESEINERLIESEGESAMTHEIT
LIESEQUATSCHLIESEZULIESEEWIGEMQUATSCH
LEBENLIESEQUATSCHDASQUATSCHLIESEGEHIRN
QUATSCHEINERLIESEPERSONQUATSCHWIRD
LIESELIESEINQUATSCHQUATSCHEINELIESE
QUATSCHCLOUDLIESEGELADENQUATSCHUND
LIESELIESEDERQUATSCHLIESEKÖRPERQUATSCH
MITLIESEHILFEQUATSCHLIESEDERQUATSCH
MASKELIESEUNDLIESEDESQUATSCHANZUGS
LIESENEUQUATSCHERSCHAFFEN

»Tja«, Lucy schüttelte den Kopf. »Da brauchen wir einen Codeknacker. Da müssen bestimmte Buchstaben bestimmten Zahlen zugeordnet werden, und dann liegt da meistens noch ein Rechenrätsel drauf, und die Reihenfolge ist verdreht, und das kann Tage dauern, bis wir …«

»Seit wann gibst du so schnell auf?« Toni sah sie erstaunt an. »Also mein Opa hat bei so was immer gesagt: *Du siehst den Wald vor Bäumen nicht.*«

»Ja, und?« Lucy wurde ungeduldig.

»Also, ich seh zum Beispiel, dass da immer *Quatsch* steht.«

Lucy ging mit dem Kopf näher ran. »Ja, das ist totaler Quatsch!«

»Und *Liese*«, rief Toni, ohne sie zu beachten. »Also *Quatschliese.*«

»Na, das passt zu dir«, murmelte Lucy. »Aber das hilft uns nicht bei der Entschlüsselung!«

»Doch! Ich glaub, du bist einfach … zu sehr Profi. Und zu ungeduldig. Schau doch mal genau hin.«

Lucy schaute hin. »Da steht echt ganz oft *Quatschliese.* Dieser Kyrka war wohl ein Witzbold.«

»Ja, und er wollte nicht, dass der Text schnell gelesen werden kann. Nimm die Theorie meines Opas, dass du den Wald vor Bäumen, also vor *Quatschlieses* nicht siehst: Dann müssen wir Quatschliese einfach wegstreichen.«

Lucy schaute Toni misstrauisch an. »Aha.«

Toni zog die Tastatur zu sich. Er strich alle Wörter mit Quatsch und Liese durch.

~~QUATSCHLIESE~~DER~~QUATSCH~~TRANS~~LIESE~~
LIFE~~QUATSCHLIESE~~BESTEHT~~LIESEQUATSCH~~AUS
~~QUATSCH~~DREI~~QUATSCHLIESE~~TEILEN~~LIESE~~
~~QUATSCH~~UND~~QUATSCHLIESE~~FÜHRT~~LIESE~~
~~QUATSCH~~IN~~LIESE~~SEINER~~LIESE~~GESAMTHEIT
~~LIESEQUATSCHLIESE~~ZU~~LIESE~~EWIGEM~~QUATSCH~~
LEBEN~~LIESEQUATSCH~~DAS~~QUATSCHLIESE~~GEHIRN

~~QUATSCH~~EINER~~LIESE~~PERSON~~QUATSCH~~WIRD~~LIESELIESE~~IN~~QUATSCHQUATSCH~~EINE~~LIESE~~ ~~QUATSCH~~CLOUD~~LIESE~~GELADEN~~QUATSCH~~UND~~LIESELIESE~~DER~~QUATSCHLIESE~~KÖRPER~~QUATSCH~~ MIT~~LIESE~~HILFE~~QUATSCHLIESE~~DER~~QUATSCH~~ MASKE~~LIESE~~UND~~LIESE~~DES~~QUATSCH~~ANZUGS~~LIESE~~NEU~~QUATSCH~~ERSCHAFFEN

»Merkst du was?«, fragte Toni und strahlte über das ganze Gesicht. »Ich schreib die Wörter raus.«

Er tippte:

DER TRANSLIFE BESTEHT AUS DREI TEILEN UND FÜHRT IN SEINER GESAMTHEIT ZU EWIGEM LEBEN DAS GEHIRN EINER PERSON WIRD IN EINE CLOUD GELADEN UND DER KÖRPER MIT HILFE DER MASKE UND DES ANZUGS NEU ERSCHAFFEN

»Toni!«, rief Lucy. »Damit ist wahrscheinlich *die* Maske gemeint!«

»Das gibt's doch gar nicht!« stammelte Toni. »Dieser *TransLife* … führt zu … ewigem Leben? Wow! Und die Maske hatten wir schon in der Hand!«

»Irre«, flüsterte Lucy. »Das ist ja eine wahnsinnige Erfindung! Wie hieß die Datei, Transhumanismus? Was soll das denn sein?« Das musste sie zu Hause nachsehen!

»Komm, wir hauen ab!« Sie hatte die Information gefunden, nach der sie gesucht hatte. Deshalb war Fujii so besorgt gewesen! Hinter der Maske steckte weit mehr, als sie geahnt hatte! Kein Wunder, dass der Agent sich fragte, wer Lucy verfolgte! Wer die Maske wollte, wusste vielleicht vom *TransLife*. Und wer den *TransLife* wollte, hatte bestimmt nicht vor, ihn seiner Oma zum Geburtstag zu schenken. Er war am ewigen Leben interessiert! Und würde mit der Cloud eine unendliche Speicherkapazität, also ganz neue Dimensionen seines Gehirns erreichen. So jemand wollte das bestimmt ausnutzen, um Macht über andere zu haben! Lucy legte den Zettel mit dem Passwort-Code wieder in den Papierkorb und schaltete die Computer aus. Toni half ihr, die Stühle zurechtzurücken. Lucy schaute sich um, ob sie auch keine Spur hinterlassen hatten. Fingerabdrücke von ihnen gab es nicht, sie trugen ja die Handschuhe. Ach ja, Fingerabdrücke. Sie holte die Dose Fingerabdruckpulver aus dem Rucksack und sicherte sich schnell drei Fingerabdrücke: einen von der Computermaus, einen von der Schreibtischunterlage und einen von der Schublade des Büroschranks. Leider gab es sonst keinen Hinweis auf irgendjemanden, der Fujii die Maske aus ihrem Versteck geklaut hatte.

»Jetzt können wir los! Ach nein … eine Sache muss ich schnell noch machen. Warte hier!«

Lucy flitzte die fünf Etagen hoch bis in den Brennraum. Sie zog den Spezial-Silikonkleber aus dem Rucksack, mit dessen Hilfe sie das runde ausgeschnittene Stück Scheibe wieder sauber einsetzte. Der Kleber löste die Glasränder an und verschmolz sie durch eine chemische Reaktion wieder miteinander. Wer nicht wusste, dass hier jemand durch die Scheibe reingekommen war, würde es überhaupt nicht bemerken. Man musste schon sehr nah an die Scheibe herangehen und sehr genau hinschauen.

Lucy flitzte die Wendeltreppe so schnell wieder runter, dass ihr unten ganz schwindelig war von den vielen Windungen der Treppe. Kurz blieb sie stehen und hielt sich an der Wand fest.

»Alles klar?«, fragte Toni.

Lucy nickte. Sie schloss die Tür auf und lugte hinaus. Niemand zu sehen. Die kleine Insel war so einsam und unheimlich wie vorhin auch. »Komm.« Lucy schloss die Tür von außen ab und steckte den Schlüssel ein, für den Fall, dass sie noch mal herkommen wollte.

Was wollte sie sich merken? *Trans … legalismus*? Ne, Moment … *Trans … humanismus*, das war es!

Als sie das Ruderboot ins Wasser zogen, war der Himmel sternenklar. Von dem heftigen Regen vorhin keine Spur mehr.

»Meine Güte. Ich war heute ein richtiger Einbrecher, mit Handschuhen und so. Ich glaub's einfach nicht«, murmelte Toni, als Lucy losruderte. Lucy seufzte. Sie hätte Toni da raushalten sollen. Aber jetzt wussten sie endlich, was hinter der Maske steckte! Ob Ratto wohl davon wusste? Bestimmt nicht. Er war ein skrupelloser, geldgieriger Verbrecher. Bestimmt wollte er nur die Maske, die reichte für Diebstähle und Überfälle absolut aus. Aber wer zum Teufel hatte sie aus Fujiis Versteck geholt?

Zum Glück standen ihre Räder noch hinter dem Bootshaus. Lucy war ziemlich erschöpft, und sie nahm sogar Tonis Angebot an, sie mit Rondine zu ziehen. Schließlich hatte sie ja auch das Boot zurückgerudert. Ihre Verfolger entdeckte sie nicht, obwohl sie sich mehrmals umsah. Toni brachte Lucy bis nach Hause. Sie winkte, als er wendete, und huschte dann schnell ins Haus.

Lucy wollte gerade ihre Zimmertür öffnen, da fiel ihr das Haar ein. Sie schaute genau hin und ... es war noch da. Okay, Savanna war also nicht während ihrer Abwesenheit im Zimmer gewesen. Und auch niemand anders. Das fühlte sich gut an. Lucys schlüpfte schnell in den Schlafanzug, putzte sich im Bad einmal kurz über die Zähne und fiel ins Bett. Todmüde starrte sie an die Decke. Was für eine gefährliche Kletteraktion!

Ticketacke Ticketacke kam es von unten durch die nur angelehnte Tür. Das war die blöde Kofferbombenuhr! Mit einem Ruck saß Lucy aufrecht im Bett. Die Bombe! Sie wollte doch noch suchen!

»Ach, ... ich hab ja noch Zeit«, murmelte sie. Morgen ... morgen würde sie die Bombe finden. Wenn es sie überhaupt gab. Aber ... sie wollte doch noch im Internet nachsehen, was Transhumanismus bedeutete! Lucy drehte sich auf die Seite. Es tat so gut, im kuscheligen warmen Bett zu liegen! Nur kurz einmal die Augen zumachen. Dann nachsehen. Transhumanismus, irgendwas mit Menschen, was Menschliches ... In der nächsten Sekunde war Lucy eingeschlafen.

KAPITEL 9

Zurück zum Fluss

Ring ring ring ring ring! Wie? Wer …? Der Wecker! Lucy saß aufrecht im Bett. Sie musste aufstehen! *Ring ring ring ring ring ring*! Acht Uhr. So früh? Lucy tastete verschlafen nach dem Knopf, um das nervige Klingeln auszustellen. Warum hatte sie sich noch mal den Wecker gestellt? *Ring ring ring ring* … Er klingelte weiter! Lucy schüttelte verwirrt den Kopf. Moment. Dieses Klingeln … das war gar nicht der Wecker! Es war ihr Handy! Wer rief sie denn so früh an? War was passiert? Lucy wollte gerade aufstehen und ihr Handy holen, aber da hörte das Klingeln auf. Zu spät. Sie ließ sich zurückfallen. *Pling.* Eine Nachricht ging ein. *Pling.* Noch eine. Lucy seufzte und stand auf. Sie holte ihr Handy aus dem Rucksack und kroch damit schnell wieder ins Bett. Es war eine Nachricht von Fujii. Nein, nicht eine, sondern gleich vier.

Longfinger! Bring mir meinen Schwimmer zurück. C.F.

Sofort, wenn ich bitten darf! C.F.

Warum gehst du nicht ans Handy? Ich erwarte dich bis 9 Uhr! C.F.

Und keine zwei Sekunden später, Longfinger! C.F.

Lucy seufzte. Die Lage hörte sich ernst an. Sie hatte genau eine Stunde Zeit, da konnte sie schnell noch was frühstücken. Sie sprang aus dem Bett, zog sich in Windeseile an und zerrte den Einbruchkram von gestern Abend aus dem Rucksack. Sie lief runter in die Küche und holte sich einen Teller und ein Glas. Zwei Kaffeetassen in der Spüle wiesen darauf hin, dass ihre Eltern schon unterwegs waren. Savanna schlief bestimmt noch. Da fiel Lucy etwas ein. Sie stellte den Teller und das Glas wieder weg, schüttete sich Cornflakes in eine Schale, gab Milch dazu und flitzte mit den Cornflakes nach oben in ihr Zimmer. Sie schaltete schnell das Laptop ein. Sie hatte zehn Minuten, dann musste sie los. So was Dummes mit dem Schwimmer! Hätte sie den bloß nicht geklaut! Sie musste weiter nach der Bombe suchen!

Als Erstes gab sie über ihren Drucker, der eine Scanfunktion hatte, die Fingerabdrücke aus dem Leuchtturm im Gangster-Web ein. Aber ... leider Fehlanzeige! *Keine Einträge*, stand da auf dem Bildschirm.

Dann tippte sie *Transhumanismus* in die Suchmaschine und drückte auf *Enter*. Die allgemeine Definition, die auf dem Bildschirm erschien, lautete:

Transhumanismus (zusammengesetzt aus lateinisch trans *jenseits, über, hinaus* und humanus *menschlich*) ist eine philosophische Denkrichtung, die die Grenzen menschlicher Möglichkeiten, sei es intellektuell, physisch oder psychisch, durch den Einsatz technologischer Verfahren erweitern will.

Aha. Darunter kamen eine Menge weiterer Beiträge über Transhumanismus.

Transhumanismus – der Mensch steuert selbst seine Evolution.

Transhumanismus: von der Technikverehrung zur Mythologie.

Verbesserte Menschen – die vielleicht gefährlichste Idee der Welt.

Transhumanismus: Die Cyborgisierung des Menschen.

Lucy überflog die Beiträge. Es gab verschiedene Richtungen und Ansätze des Transhumanismus. Sie fand ein paar Transhumanisten, die im Silicon Valley forschten. Das war gar nicht weit von Mable Beach. Der Grundgedanke der Transhumanisten war, dass das Leben nicht an den Körper gebunden war. Und ein Streben nach Unsterblichkeit. Sie forschten an der Erstellung einer *Mindfile*, mit der sie Daten des Gehirns auslagern konnten. Manche Transhumanisten verfolgten die Idee, den toten Körper einzufrieren und später aufzutauen und mit der Cloud zu verbinden. Andere forschten daran, den Körper ganz zu umgehen. Merkwürdige Vorstellung, ein Gehirn ohne Körper?

Den Namen Dr. Kyrka fand Lucy nur unter einem Beitrag eines Gastdozenten im Silicon Valley Dept., was auch immer das war, wahrscheinlich irgendeine Firma. Aber über den *TransLife* fand Lucy nichts. Hatte Dr. Kyrka eine noch gänzlich unbekannte Erfindung gemacht? Denn der *TransLife* verband die Idee des verschiebbaren Gehirns mit einem Körper, indem die Maske den Kopf und der Anzug den Körper neu erschuf. Wie ein 3-D-Drucker, der einen Menschen druckte. Der *TransLife* führte also zu ewigem Leben! Das war wirklich eine wahnsinnige Erfindung!

Lucy warf einen Blick auf die Uhr. Ups, sie musste los! Da konnte sie Fujii gleich mit dem Wissen über den *TransLife* konfrontieren. Denn der Agent wusste mehr, als er zugegeben hatte!

Ein Blick auf die Uhr sagte Lucy, dass ihr nur noch eine halbe Stunde bis neun Uhr blieb. Ob sie das schaffte?

Gerade als sie in ihre Sneaker schlüpfte, hörte sie oben die Tür vom Turmzimmer. Jetzt aber schnell los!

Zweieinhalb Minuten später raste Lucy die Pickford Street hinunter landeinwärts Richtung Greenwood-Viertel. Ihre Verfolger konnte sie unterwegs nicht entdecken. Zum Glück!

An der Kreuzung mit den Wegweisern wurde sie nicht langsamer (das Schild fehlte natürlich noch immer) und schoss auf den schrecklich holprigen Weg in Richtung Berge. Oje! Wenn sie diesen Weg noch häufiger so rasant fuhr, war ihr Rad bald Schrott! Lucy war schneller als das erste Mal und erreichte bald den Abzweig zum Fluss. Ein Stück noch geradeaus, dann den Pfad runter. Das letzte Mal hatte sie das Rad geschoben, jetzt fuhr sie einfach steil bergab. Sie kam sich vor wie eine Freestyle-Gelände-Montainbikerin. Nein, da, die Wurzel! Zu spät! Lucy schoss über sie hinweg und … oje, oje, oje, … samt Rad flog sie bestimmt zwei Meter weit! Das Vorderrad knallte auf dem Weg auf, der Lenker wackelte, und Lucy versuchte, irgendwie das Gleichgewicht zu halten.

»Uiuiuiuiuiui!«, rief sie und zog heftig die Handbremsen an, um nicht in einen Dornenstrauch zu rasen. Puh, das war knapp gewesen! Sie schob ihr Rad weiter. Dabei schaute sie auf die Uhr: genau Viertel nach neun.

»Nicht schlecht, Frau Specht«, sagte sie laut. Da plingte ihr Handy. Bestimmt Fujii!

Im Gehen zog sie das Handy aus der Tasche ihrer Lederjacke. Es war eine Nachricht von Toni.

Diese Transhumanisten – Wahnsinn! Toni

Lucy grinste. Schnell tippte sie zurück:

Hab ich auch schon gelesen. Der frühe Vogel fängt den Wurm. LL

»Ist dir jemand gefolgt?«, fragte Fujii, gleich nachdem er sie begrüßt hatte. Lucy schüttelte den Kopf.

»Bist du ganz sicher?«, fragte der alte Agent.

»Ganz sicher«, sagte Lucy. Sie warf ihr Rad hin, setzte den Rucksack ab und ließ sich auf die Wiese plumpsen.

»Der Schwimmer!« Fujii streckte die Hand aus. Lucy fiel wieder auf, dass sie nicht größer war als ihre eigene.

»Klar.« Lucy zog Fujiis Spezialschwimmer aus dem Rucksack. »Schade. Hätte ich gut gebrauchen können.«

»Ich will nicht wissen, wozu«, sagte der Agent. »Apfelschorle?«

Lucy nickte. »Auf jeden Fall!«

Fujii ging zum Zelt und kam mit zwei Flaschen zurück, von denen er Lucy eine reichte. Dann setzte er sich im Schneidersitz neben sie auf den Boden.

»Pass auf, Longfinger. Du fährst so schnell zurück, wie du gekommen bist. Und hier, falls jemand versucht, dich vom Rad zu holen.« Er reichte Lucy eine kleine Sprühflasche.

»Was ist das?« Lucy nahm die Flasche. Es stand nichts darauf.

»Tränengas. Falls du dich wehren musst.«

»Aha«, sagte Lucy. Sie steckte die Flasche ein. Wie sollte sie jetzt was aus ihm rauskriegen? Am besten ganz direkt.

»Ich weiß, was die Maske noch kann. Ich weiß vom *TransLife*«, sagte sie, und Fujii verschluckte sich an seiner Apfelschorle. Er hustete und wurde ganz rot im Gesicht.

»Alles klar?«, fragte Lucy.

»Woher hast du diese Information, Longfinger? Und sag jetzt nicht, du warst im Leuchtturm.«

Lucy nickte. »Doch, war ich.« Sie lächelte unschuldig. »Sie haben mir doch den Namen des Wissenschaftlers verraten. Und da Sie so besorgt wegen meinen Verfolgern waren, dachte ich mir schon, dass mehr hinter der Maske steckt.«

Der alte Agent betrachtete seine Fingernägel. Dann schaute er Lucy prüfend an. Er sah sich gründlich um und beugte sich schließlich zu Lucy vor. »Kyrka war mein bester Freund.«

»Nein!«, rief Lucy. Ihr fiel das Foto im Leuchtturm ein. Der kleinere der beiden Männer war Fujii gewesen!

»Psst«, sagte Fujji, »nicht so laut.«

»Aber warum ... ihr *bester Freund*? Ich dachte, ich sollte die Maske im Auftrag des Geheimdienstes ...«, Lucy stutzte, denn Fujii stieß einen kleinen Seufzer aus. Niemals hätte sie gedacht, dass dieser strenge, zielstrebige Agent einmal seufzen würde.

»*Ich* habe dir den Auftrag gegeben, die Maske zu finden. Es war gar kein offizieller Auftrag vom Geheimdienst. Sie wurde mir gestohlen, noch bevor ich sie verstecken konnte.«

»Wow! Das kann ich gar nicht glauben ... Aber warum hatten Sie die Maske überhaupt?«, fragte Lucy.

»Ove Kyrka hat mich gebeten, die Maske für ihn aufzubewahren. Du weißt also von den drei Teilen des *TransLife*?«

Lucy nickte.

»Die drei Teile sollten sich nie am gleichen Ort befinden – um einem Missbrauch vorzubeugen. Kannst du dir vorstellen, was passiert, wenn jemand mit großer Machtbesessenheit den *TransLife* benutzt?«

»Ich kann es mir denken«, sagte Lucy. Ihr wurde ganz mulmig im Bauch.

»Er wäre nicht nur in der Lage, sich in jede beliebige Person zu verwandeln – das ist nur der kleinste Teil des Ganzen. Er wäre in der Lage, Unsterblichkeit zu erlangen.« Fujii schüttelte den Kopf und seufzte wieder. »Ein skrupelloser Verbrecher könnte damit auf ewig die ganze Welt beherrschen! Sein Wissen und Denken wäre mit der Cloud unendlich groß, größer als das aller anderen Menschen. Und das würde ihm uneingeschränkte Macht verleihen.«

»Und das wollte Kyrka verhindern! Aber wieso hat er den *TransLife* dann überhaupt erfunden?«

Es war eine unheimliche Vorstellung, dass jemand seinen Körper mit einem künstlichen Gehirn verband!

Fujii antwortete nicht sofort. Lucy meinte, eine Spur Traurigkeit in seinem Gesicht zu sehen. »Eigentlich sollten seine Forschungen den Menschen durch die Anwendung neuer Technologien helfen, zum Beispiel neuartige Prothesen, in der Gentechnik oder bei der Sicherung des Bewusstseins. Doch nachdem Ove den *TransLife* fertig entwickelt hatte, ist ihm klargeworden, dass der Anzug in die falschen Hände geraten könnte.« Fujii zuckte mit den Schultern. »Es gab schon vorher Versuche, die Maske zu stehlen, aber Ove hat es mir nicht gesagt. Er war zunächst überzeugt davon, dass der Nutzen des Anzugs mehr wiegt als die Gefahr, die er birgt.«

Lucy nickte. Also war Dr. Kyrka gar kein skrupelloser Wissenschaftler gewesen, sondern jemand mit guten Absichten!

»Die anderen Teile des *TransLife* ... sind die schon fertig entwickelt?«

»Das waren genug gefährliche Informationen für ein junges Mädchen«, erwiderte Fuji. Er stand auf und kam ganz nah an Lucy heran. »Pass gut auf dich auf, Longfinger. Ich weiß nicht, wer dich verfolgt. Aber wenn sie vom *TransLife* wissen und hinter der Maske her sind, könnten sie gefährlich sein.«

Lucy nickte. Jetzt war sie sicher, dass es keiner von Rattos Leuten war, der sie beschattete. Sondern jemand, der viel gefährlicher war! Sie stand auf, klopfte sich den Sand von der Hose und setzte ihren Rucksack auf. Dummerweise fühlten sich ihre Beine so schwer an wie Blei und so wabbelig wie Pudding. Wie sollte sie damit schnell fahren? Und vor möglichen gefährlichen Verfolgern fliehen? Sie grinste Fujii an, aber es fühlte sich ziemlich schief an. »Ich pass auf, wie immer.«

Fujii klopfte ihr auf die Schulter.

»Fahr jetzt«, sagte er. »Und wenn du mal in eine Notsituation kommst, denk daran: In der Ruhe liegt die Kraft.«

Lucy sah sich mehrmals um, als sie ihr Rad auf dem Pfad am Fluss entlangschob. Fujii stand regungslos da und sah ihr nach.

KAPITEL 10
Nope

Als der Pfad vom Fluss wegführte, schob Lucy ihr Rad noch immer. Es holperte über die dicke Wurzel, über die sie vorhin geflogen war. Nach dem engen, steilen Weg stieg Lucy auf und trat kräftig in die Pedale. Ihre Beine gehorchten ihr wieder. Lucy ballte die Fäuste. Sie würde sich jetzt nicht von den Erkenntnissen über den *TransLife* und mögliche Verfolger einschüchtern lassen!

Als sie die Pickford Street zu ihrem Viertel hochradelte, überlegte sie, beim Bäcker vorbeizufahren. Sie hatte heute gar kein Frühstück am Fluss bekommen. Lucy grinste – sie musste sich bei Fujii beschweren! Aber besser, sie fuhr erst mal nach Hause, sie war ja fast schon da. Huch! Da war der schwarze Motorroller wieder! Er stand an der Straße, nicht weit von der Villa entfernt. Zwei Personen saßen darauf, ein Mann und eine Frau, beide trugen den gleichen schwarzen Helm und eine Sonnenbrille. Das waren sie wieder! Und sie beobachteten die Villa!

Sollte sie jetzt einfach nach Hause fahren und so tun, als sehe sie die beiden nicht? Mitnehmen konnten sie

Lucy auf dem Roller nicht. Sie waren also da, um sie zu beobachten, nicht, um sie zu fangen. Aber … sie musste endlich wissen, wer die beiden waren. Und für wen sie arbeiteten!

Lucy zog den Rucksack enger und überprüfte, ob ihre Schnürsenkel fest gebunden waren. Jetzt würde sie den beiden zeigen, was eine echte Longfinger-Harke war. Mal sehen, zu wem sie gehörten!

Lucy stieg wieder aufs Rad und fuhr los. Vor sich hin pfeifend zog sie langsam an dem Motorroller vorbei. Sie holte ihr Handy raus und schaute darauf. Dann rief sie laut: »O nein, das hab ich vergessen! Mist!« Sie seufzte und wendete. »Wie sagt Daddy immer? Was man nicht im Kopf hat, hat man in den Beinen!«

Sie hörte, wie der Motorroller startete. Lucy fuhr langsam die Pickford Street entlang und bog, bevor es den Berg runter ging, nach links zum Pickford Park ab. Sie hörte das Knattern des Rollers hinter sich. Der Wegrand zum Spielplatz war dicht bewachsen. Lucy trat noch einmal richtig kräftig in die Pedale und verschaffte sich damit einen Vorsprung. Dann sprang sie vom Rad und schob es blitzschnell unter den dichtesten Busch. Sie kämpfte sich hinterher und zog das Rad mit sich, tief unter die Zweige. Flach auf den Boden gedrückt, robbte Lucy noch ein Stück weiter und zog dann Äste und Laub über sich. Der Roller tuckerte an ihr vorbei zum Spielplatz. Der Motor wurde ausgeschaltet. Wahrscheinlich sahen sie sich dort um, schauten auf dem Spielplatz, über die große Wiese … Da, ein Motorengeräusch, sie kamen zurück! Langsam knatterte der Roller an den Büschen vorbei. Ha, sie glaubten bestimmt, Lucy verloren zu haben! Jetzt hinterher! Aber gerade als Lucy sich aufrichten wollte, hörte sie ihn zurückkommen. Er musste noch mal gewendet haben! Schnell aufgeben taten die beiden jedenfalls nicht. Sie suchten sie noch. Aber sie musste es wagen. Lucy robbte zum Weg und lugte hervor. Der Motorroller stand mit laufendem Motor am Spielplatz. Die Frau ging über die Wiese. Sie sah sich um und schüttelte den Kopf. Dann kam sie zurück.

»Sie ist weg«, rief sie. »Mist, wir haben sie verloren.« Sie sah sich um. »Oder hat sie sich hier versteckt?«

Nein! Lucy hielt den Atem an und robbte wieder zurück. Es raschelte laut. Nicht dass sie jetzt in den Büschen suchten!

»Warum sollte sie?«, brummte der Mann. »Sie hat sich nicht verfolgt gefühlt. Sie wollte was erledigen und ist langsam gefahren.«

»Lass uns zurückfahren«, sagte die Frau.

»Zur Villa?«

»Nein, lieber zurück zur Zentrale. Wir haben doch noch den anderen Auftrag heute.«

Zentrale?

Die Frau stieg auf, und der Roller knatterte an Lucy vorbei.

Hinterher! Lucy schlug sich aus dem Gebüsch und wurschtelte ihr Rad wieder heraus. Es hing an mehreren Ästen fest, und Lucy riss und fluchte leise vor sich hin. *Ein Longfinger flucht nicht.* Punkt 26 im Kodex. Immer kam ihr der Kodex in den Kopf. Sie zog ihr Käppi aus dem Rucksack und die Regenjacke. Damit sah sie wenigstens etwas anders aus als vorhin. Dann schob sie ihr Rad im leichten Trab den Weg entlang Richtung Straße. Lucy hielt großen Abstand. Sie kurvte immer wieder hinter parkende Autos auf dem Seitenstreifen. An der Villa hielt der Roller nicht. Lucy blieb kurz hinter ihrem eigenen Lieferwagen *Piano Service & Transport* stehen. Mal sehen, wo die beiden hinfuhren! Sie hatten von einem *Auftrag* geredet.

Der Verkehr wurde jetzt dichter, und Lucy wagte sich näher an die beiden heran. An der nächsten Ampel fuhren sie links, dann wieder rechts in die West Union Street. Was für ein Zufall! Hier war auch die Geheimdienstzentrale. Zentrale? Hatte die Frau nicht *Zentrale* gesagt? Nein, das konnte nicht sein! Aber vor dem unauffälligen Mehrfamilienhaus Nummer 56 hielten sie. Genau vor der Geheimdienstzentrale? Das waren aber viele Zufälle auf einmal! Lucy fuhr hinter einen Lieferwagen und spähte daran vorbei. Das falsche Paar stieg vom Motorroller. Ihre Helme und Brillen behielten sie auf. Dann … tatsächlich! Der Mann hatte plötzlich etwas in der Hand und nestelte an der Haustür der Zentrale herum. Vermutlich seine Chipkarte! Und schon waren die beiden Hand in Hand im Hausflur verschwunden. *Klick*, machte die Tür hinter ihnen.

Lucy stand da wie erstarrt. Unglaublich! Ihre Verfolger waren … Agenten vom Geheimdienst! Aber … Geheimdienst? Das musste sie sofort Fujii sagen!

Lucy setzte sich hinter dem Lieferwagen auf den Bordstein und schrieb Fujii eine Nachricht.

Meine Verfolger sind von euch! Haben Chipkarte von der Zentrale! LL

Fujii antwortete sofort.

Wie sehen sie aus? C. F.

Lucy schrieb zurück.

Frau groß, schlank, kurze weißblonde Haare, Mann groß, kantig, braune Stoppelhaare, spielen Paar. LL

Pling, machte Fujiis Nachricht.

Ihre Masche, wenn sie zusammen ermitteln. Das sind Helfer von Nope. Nope ist mein Nachfolger, extrem ehrgeizig. Ist wohl hinter das Geheimnis des *TL* gekommen und will ihn für den Geheimdienst, um eine Beförderung einzustreichen. C. F.

Aha, das war es also! Nope wollte sich mit der Beschaffung des *TransLife* beim Geheimdienstchef einschleimen! Lucy schrieb:

Ich lass mir was Schönes einfallen, um sie so richtig hochzunehmen! LL

Fujii antwortete.

Sei vorsichtig. Mit Nope ist nicht zu spaßen. C. F.

Lucy grinste. Schlimmer als Ratto konnte er wohl kaum sein! Sie seufzte erleichtert. Zum Glück war dieser Nope beim Geheimdienst und kein Krimineller.

Sie warf ihr Rad auf den Gehweg, huschte zum Bäcker auf der anderen Straßenseite und holte sich ein Schokocroissant. Ausnahmsweise radelte sie langsam zurück und genoss dabei ihr Croissant, das warm und buttrig war.

Als sie sich die Schokofinger ableckte, dachte sie an Toni. Sie wollte total gerne was mit ihm unternehmen, schließlich waren Ferien! Und sie hatte sich so darauf gefreut! Aber … die blöde Bombendrohung! Und so langsam musste sie auch den Anzug klauen. Morgen war Samstag, und da wollte Savanna abreisen. Endlich!

KAPITEL 11

Das Handbuch zum Kodex

Lucy schloss die Haustür auf. Aber … sie hätte sie am liebsten sofort wieder zugeknallt, denn Savanna sang mal wieder aus voller Kehle.

»Der Cowboy Jim aus Texas, der tags auf seinem Pferd saß«, schallte ihre tiefe Stimme durchs Haus, »… hat einen Hut aus Stroh, und darin saß ein Floh.« Sie haute dazu in die Tasten, als wollte sie das Klavier zertrümmern.

»Jippijeh, Jippijoh, Jippijeh-jeh-jeh-jeh-joh«, grölte Lucys Vater aus der Küche. Wurde er jetzt doch noch zum Savanna-Fan?

»Der Floh tat Jim begleiten, er hatte Spaß am Reiten …«, schmetterte die.

Das war doch nicht auszuhalten! Lucy nahm drei Stufen auf einmal nach oben und warf ihre Zimmertür zu. Sie ließ sich auf ihr Bett plumpsen und hielt sich die Ohren zu. Aber … eine singende Savanna nervte sie wenigstens nicht mit dem Anzug!

»Lucy!«, schrie ihre Mutter von unten. »Kommst du mal?«

»O nein«, stöhnte Lucy. »Soll ich jetzt etwa bei dieser albernen Hausmusik mitmachen?« Sie stapfte nach unten, entschlossen, ihren Eltern zu sagen, wie albern sie Savannas Cowboy-Musik fand. Der Gesang war inzwischen verstummt.

»Die Ruhe vor dem Sturm«, murmelte Lucy und legte ein Ohr an die Küchentür. Dummerweise stieß sie dabei mit dem Schuh leicht dagegen.

»Lucy Longfinger! Lauschst du etwa an der Tür?«, rief ihre Mutter aus der Küche.

»Ein Longfinger lauscht an der Wand!«, schrie die Krähe. »Punkt 23 im Kodex.« Jetzt mischte die auch wieder mit! Lucy riss die Küchentür auf.

»Also, Lucy, Savanna hat uns gebeten, dich noch mal zu bitten, so schnell wie möglich den Anzug zu klauen. Und zwar heute Nacht! Schließlich will Savanna morgen nach Hause«, sagte ihre Mutter.

»Genau!« Ihre Großcousine nickte eifrig. Und ihr Vater sah Lucy an, als wolle er sagen: »Jetzt mach schon, Lucy – damit wir die Nervensäge endlich loskriegen.« Er schien also doch noch auf Lucys Seite zu sein.

»Morgen hast du das Ding«, knurrte Lucy und drehte sich zur Tür.

»Obacht«, kreischte Miss McPie und schlug auf ihrer Stange die Flügel auf und ab. »Verschiebe nicht auf morgen, was du heute kannst besorgen.«

Jetzt fiel ihr die blöde Krähe auch noch in den Rücken!

»Morgen ist Samstag!«, rief Savanna. »Da will ich doch nach Hause!«

»Dann musst du halt am Abend fahren«, sagte Lucy. »Ich muss jetzt wieder hoch. Ich hab nämlich noch einiges zu tun.«

Lucy setzte sich an den Schreibtisch, denn hier konnte sie am besten planen. Natürlich nicht den Anzugdiebstahl, sondern die Bombensuche. Wo konnte das Ding bloß sein? Vielleicht gar nicht *in* der Villa, sondern im Garten? *In* der Villa ... *innen,* nicht außen ... Ihr Vater sagte immer *Innere Werte sind wichtiger als äußere, aber bei den meisten spielt leider das Innere eine kleinere Rolle als das Äußere.* Das Innere kleiner als das Äußere ... Hm, auch Toni hatte so was in der Art schon über ihre Villa gesagt. Dass ihre Villa innen kleiner aussehe als von außen. Wie elektrisiert sprang Lucy auf. Hatte er etwa recht? Vielleicht gab es Geheimverstecke in den Wänden! Das Handbuch zum Kodex – waren dort diese Verstecke oder doppelten Wände eingezeichnet? Darin lagen auch Pläne von den unterirdischen Geheimgängen ... Lucy hüpfte auf und ab. Das musste sie überprüfen! Sofort! Das Handbuch lag im Tresor, und den Schlüssel trug ihr Vater um den Hals. Wie die Krähe eben noch geschrien hatte: *Verschiebe nicht auf morgen, was du heute kannst besorgen.*

Auf Zehenspitzen tapste Lucy die Treppe hinunter. Wenn sie ganz viel Glück hatte, saß ihr Vater auf der

Couch und blätterte in einer seiner Zeitschriften, auf der Suche nach einem lukrativen Beutezug. Er hatte die *Mable Beach Golf Court* abonniert, die vierteljährlich erschien, und die *California Financial Resort.* In beiden gab es manchmal Berichte über die neuesten Anschaffungen der Reichen und Mächtigen in Mable Beach und Umgebung.

Lucy lugte um die Ecke. Bingo! Ihr Vater saß nicht nur auf der Couch – er war sogar beim Lesen eingenickt! Und ihre Mutter war nicht zu sehen.

Lucy schlich an ihren Vater heran. Mit einem blitzschnellen, geschickten Griff zog sie die Kette über seinen Kopf. Sie machte einen lautlosen Sprung rückwärts und huschte aus dem Wohnzimmer.

Lucy drehte das Schild *Auch dieses Geschäft ist wichtig!* außen an der Badezimmertür um (auf der anderen Seite stand *Stopp! Longfinger klaut Frischluft*) und schloss zur Sicherheit von innen ab. Sie angelte nach dem langen Gummihandschuh im Badezimmerschrank und zog ihn an. Das durfte man auf keinen Fall vergessen, denn die roten und gelben Seeanemonen waren zwar wunderschön, machten aber hässliche und brennende Wunden, die einfach nicht heilen wollten. Ein kleiner, gemeiner Trick, um Diebe zu identifizieren, die im Aquarium nach etwas gesucht hatten. Schließlich riefen Gauner sich nicht die Polizei ins Haus.

Lucy griff mit der behandschuhten Hand in das

Aquarium und drückte in das rechte Auge des kleinen Deko-Totenkopfes, der auf dem sandigen Boden des Beckens lag. Es machte nur ganz leise *klick*, dann ließ der verborgene Mechanismus das Becken langsam ein Stück nach vorne gleiten und gab den Blick auf eine niedrige Tür frei. Lucy zwängte sich am Becken vorbei und schloss die kleine Stahltür auf. Sie bückte sich und trat in den Wandtresor, der sich hinter der Zwischenwand auftat. Hier gab es schließlich auch eine Zwischenwand und ein Geheimversteck, warum sollte es davon nicht noch mehr geben! Lucy knipste das Licht an. Tatsächlich lag das dicke alte Buch im Regal neben drei chinesischen Vasen, einer goldenen Krone, einem Häuptlingsfederschmuck der Kayuten (Lucy grinste, denn die dazugehörende Friedenspfeife wurde nun im Indianermuseum gegenüber der Eisdiele *Morelli* ausgestellt) und einem riesigen Batzen Hundert-Dollar-Scheine. Gegenüber an der Wand standen vier Gemälde. Aha, von denen wusste Lucy noch gar nichts. Ob die wieder von Fairclufter waren?

Sie nahm das dicke Buch an sich, pustete den Staub ab und verschloss die Tür wieder. Während das Aquarium zurück an seinen Platz glitt, wischte Lucy den Handschuh trocken und verstaute ihn an seinem Platz im Schrank. Dann legte sie ein Ohr an die Badezimmertür. Nichts zu hören. Lucy drehte den Schlüssel rum und flitzte mit dem schweren Buch rüber in ihr Zimmer

Gerade als sie sich damit an den Schreibtisch gesetzt

hatte und mit der Hand über den grünen Ledereinband mit dem goldenen L strich, hörte sie ihre Mutter rufen.

»Lucy! Abendessen!«

»O nein«, stöhnte Lucy. Aber wenn sie nicht runterkam, wunderte ihre Mutter sich und kam hoch. Lucy seufzte, versteckte das Handbuch unter ihrer Bettdecke und schloss die Zimmertür hinter sich ab.

Auf der Treppe plingte ihr Handy. Lucy konnte sich denken, wer das war.

Hast du gleich Zeit? Toni

Lucy tippte schnell zurück.

Leider nicht! Nicht böse sein, bin wirklich an was Wichtigem dran. Es geht um Leben und Tod. LL

Ne, lieber nicht, da würde Toni Sonnenschein ja in Ohnmacht fallen. Lucy löschte die Nachricht schnell wieder und tippte stattdessen:

Nicht böse sein, melde mich später, versprochen. LL

Pling, machte das Handy.

Kein Problem. Ich mach mal wieder was mit Phil und Molly. Melde dich, wenn du Zeit hast! Toni

Lucy antwortete schnell.

Mach ich. LL

… und steckte das Handy ein.

Beim Abendessen konnte Lucy die Füße kaum stillhalten. Ihre Mutter schaute sie mehrmals fragend an. Aber sie kam gar nicht dazu, Lucy anzusprechen, denn ihre Großcousine erzählte ohne Luft zu holen von ihrem

Museum in Texas, in dem der Anzug schon *sehr bald* einen Sonderplatz bekommen würde. Lucy habe es schließlich versprochen: Spätestens morgen Abend sei er endlich da. Und dann wollte sie sofort abreisen.

»Lucy macht das schon«, sagte Lucys Vater und warf Lucy einen aufmunternden Blick zu.

Lucy stand auf. »Darf ich dann hochgehen? Ich muss noch einiges vorbereiten.«

»Klar.« Ihr Vater nickte. »Gute Planung ist die halbe Beute.«

»Wir sind stolz auf dich, Lucy«, sagte ihre Mutter.

Sie dachten natürlich, Lucy würde jetzt die Aktion »Anzugraub« vorbereiten. Tja, fasch gedacht. Lucy setzte sich mit dem Buch an den Schreibtisch und schlug es auf.

HANDBUCH ZUM LONGFINGER KODEX 1434 stand auf der ersten Innenseite. Lucy blätterte weiter. Sie überflog das Vorwort von Ururgroßvater Jim Longfinger, Bauherr der Villa Longfinger. Offensichtlich hatte er das Handbuch mit dem Bau der Villa angelegt. Er verwies auf ein Handbuch älteren Ursprungs, von dem er die wichtigsten Informationen in dieses Handbuch übertragen hatte. Jim war mächtig stolz auf die Villa, und er ermahnte den Leser des Handbuchs, stets nach dem Kodex zu handeln und die Villa zu verteidigen. Sie enthalte mehr Geheimnisse, als man sich denken könne. Aha!

Es folgte ein Stammbaum der Familie. Ein verschnörkelter Baum mit goldenen Blättern, in denen lauter Namen standen. Warum hatte sie nie vorher ins Handbuch geschaut? Sie suchte ihre Eltern. Da!

Und ... sie selbst stand auch darin. Es war ihr Vater, der sie in das Blatt des Stammbaums eingetragen hatte, Lucy erkannte seine Handschrift. Es war komisch, ihren eigenen Namen in diesem Baum zu sehen. Lucy blätterte ganz nach hinten, denn da steckten gefaltete Seiten in einer eingehefteten Hülle. Lucy zog sie heraus. Das Papier war fest und leicht vergilbt, und wenn Lucy nicht alles täuschte ... waren das tatsächlich die alten Bauzeichnungen! Vorsichtig faltete sie einen der Pläne auf. VILLA LONGFINGER stand neben einem Grundriss. Lucy erkannte sofort, dass sie den Erdgeschossplan der Villa in der Hand hatte. Und da! Tatsächlich! Zwischen einigen Zimmern gab es nicht nur eine Wand, sondern zwei, und dazwischen war ein Gang! An manchen Stellen waren kleine Pfeile eingezeichnet. Kam man an diesen Stellen in die Gänge? Lucy pfiff durch die Zähne. Geheimgänge hinter den Zimmern! Hastig faltete sie den Plan zu und den nächsten auf. Es war der Obergeschossplan. Auch hier gab es wieder Zwischenwände und kleine Pfeile. Wieso war ihr das nie aufgefallen? Wahrscheinlich weil ihr alles so vertraut war. Weil sie schon als Baby in der Wiege in diesem Zimmer gelegen hatte. Lucy faltete den Kellerplan auseinander. Da war der Kerker eingezeichnet und die Treppe in die Tunnel.

Das Handbuch durfte wirklich niemand anders in die Hand bekommen! Entschlossen nahm Lucy die vier Grundrisspläne aus dem Handbuch. Sie würde systematisch alle Geheimgänge durchsuchen. Hoffentlich kam sie in alle rein! Und dann würde sie sehen, ob es vielleicht eine Verbindung zu den Tunneln gab! Das würde erklären, wie die Bombe in die Villa gekommen war. Lucy warf einen Blick auf die Uhr. Es war erst kurz nach acht. Am besten, sie wartete, bis alle schliefen. Und dann hatte sie die ganze Nacht Zeit. Wäre doch gelacht, wenn sie nichts finden würde!

Lucy huschte ins Bad und brachte das Handbuch wieder an seinen Platz. Dann holte sie schnell ihre Lederjacke und ihren Rucksack, steckte sich ein paar Dollarscheine in die Hosentasche und schloss ihre Zimmertür ab. Sie würde sich jetzt eine Tüte Chips am Kiosk holen!

»Muss noch kurz was erledigen für morgen!«, rief sie laut ins Wohnzimmer. Sie wartete keine Antwort ab, sondern flitzte raus zu ihrem Rad.

Als Lucy die dunkle Pickford Street hinunterradelte, wunderte sie sich. Ihre Verfolger waren heute Abend gar nicht da! Komisch. Hatten sie vielleicht einen wichtigeren Auftrag oder hatte Fujii schon reagiert, jetzt, da er wusste, wer die Verfolger waren?

Eine halbe Stunde später machte Lucy es sich in ihrem Zimmer gemütlich. Sie spielte ein Spiel auf dem Handy, knabberte die Chips und schielte immer mal wieder auf die Uhr. Dann schloss sie die Zimmertür ab und holte die Pläne aus der Schreibtischschublade. Sie wollte im Flur anfangen.

Um halb elf klopfte es, und jemand drückte die Klinke runter. Schnell legte Lucy die Pläne unter die Bettdecke.

»Lucy?« Das war ihre Mutter. »Seit wann schließt du ab?«

»Seit hier jemand wohnt, der nicht klopft!«, rief Lucy und sprang zur Tür. Sie schloss auf und öffnete die Tür einen Spalt weit. Ihre Mutter schielte an Lucy vorbei ins Zimmer. Sie gähnte. »Wir sind gerade schon vor dem Fernseher eingeschlafen und gehen jetzt ins Bett. Savanna ist auch schon nach oben. Machst du noch lange?«

Lucy schüttelte den Kopf. »Nur noch ein Spiel.«

Ihre Mutter gab ihr einen Kuss auf den Kopf. »Schlaf gut.«

»Schlaft auch gut.« Und fest, fügte sie in Gedanken hinzu.

KAPITEL 12

Geheimgänge

Dumpf schlug die Standuhr durchs Haus. Lucy zählte die Schläge mit und kam sich vor wie in einem Gespensterschloss. »… zehn, elf, zwölf.« Mitternacht, Geisterstunde. Wie ein Gespenst würde sie gleich durch die Geheimgänge huschen. Lucy grinste und setzte ihre Stirnlampe auf. Sie steckte sich das Messer in den Gürtel. Und den Dietrich und ihr Handy, das sie auf lautlos gestellt hatte, in die Hosentasche. Das würde für ihre kleine Expedition reichen.

Als Erstes schlich sie ins Schlafzimmer. Ihre Mutter atmete tief und regelmäßig, und ihr Vater schnarchte laut. Lucy huschte an seine Seite und hängte ihm die Kette mit dem Tresorschlüssel wieder um den Hals. Dann schlich sie die Treppe runter. *Ticketacke Ticketacke* machte die blöde Kofferbombenuhr aus dem Wohnzimmer in der sonst vollkommen stillen Villa.

»Psst«, flüsterte sie Cash zu, der im Flur auf seiner Decke lag. Er hob den großen Wuschelkopf, als er Lucy sah, und klopfte langsam mit dem Schwanz auf den Boden, ein verschlafenes Wedeln. Manchmal nahm Lucy ihn nachts mit hoch in ihr Zimmer, aber das hatte sie heute bewusst nicht gemacht, damit sie jetzt hier unten etwas Gesellschaft hatte.

»Bleib liegen«, flüsterte sie ihm zu, und Cash ließ den Kopf wieder auf seine Decke sinken.

Das Erdgeschoss war das wahrscheinlichste Versteck für die Bombe, wenn jemand nur kurz im Haus gewesen war und schnell die Bombe deponieren wollte. Von den Geheimgängen in den Wänden konnte eigentlich niemand wissen, schließlich hatte nicht mal Lucy einen Schimmer davon gehabt. Aber falls es einen Geheimgang gab, der aus der Villa hinausführte und der nicht gesichert war ... durch den hätte jemand die Bombe natürlich hereinbringen können.

Auf dem Plan gab es einen Gang hinter dem Flurschrank. Damit wollte sie beginnen. Lucy öffnete den Schrank und stöhnte. Dieser Schuh- und Stiefelsalat! Wenn sie alles ausräumte, musste sie gleich auch alles wieder einräumen. Nö! Sie schloss die Schranktür schnell wieder und huschte in die Küche. Auf dem Plan gab es eine doppelte Wand mit einem kleinen Pfeil ungefähr in der Mitte. Lucy sah sich ratlos um. Sie verglich den Plan mit der Küche. Da, wo der Pfeil auf dem Plan war, befand sich der alte Herd. Er war viel breiter als der neue neben dem Kühlschrank. Lucy öffnete die große, alte Ofenklappe und sah hinein. Die Lampe auf ihrer Stirn leuchtete in die Öffnung. Sie war tief, sehr tief. Es war gar kein Ofen! Da ging es in die Wand! Das hatte

Lucy bei ihrer Bombensuche in der Küche gar nicht bemerkt! Da hatte sie nur im vorderen Bereich gesucht. Lucy krabbelte in den Backofen und konnte schon bald wieder stehen – in einem Gang! Puh, ganz schön eng! Waren ihre Großeltern deshalb alle so dünn gewesen? Lucy grinste. Ihr Vater würde stecken bleiben. Sie entschied sich, nach links zu gehen. In dieser Richtung musste das Wohnzimmer liegen. Gerade als sie den ersten Schritt machte, vibrierte ihr Handy. Wer rief sie denn da mitten in der Nacht an? Lucy zog das Handy schnell aus ihrer Hosentasche. Nicht dass noch jemand aufwachte! Es war Toni. Und er machte einen Videoanruf!

»Toni?«, flüsterte Lucy ins Handy. »Warum rufst du mich mitten in der Nacht an!«

»Och«, Toni zwinkerte ihr zu, »ich bin gar nicht müde heute. Und in dem Film, den ich vorhin gesehen hab, haben sie immer über Video telefoniert, und ich dachte, du bist bestimmt auch noch wach …«

»Pass auf, Toni, gute Idee, aber können wir das morgen machen? Ich hab gerade noch zu tun!«

»Zu tun? Sag mal, wo bist du überhaupt?«

»Ähm, ich … zu Hause natürlich.«

»Das sieht aber nicht nach deinem Zimmer aus!«

Lucy sah, wie Toni sich den Kopf verrenkte, um irgendwas zu erkennen. »Ne, ich bin … unten im Wohnzimmer.« Sie musste hinter dem Wohnzimmer sein, also sagte sie die Wahrheit, fast jedenfalls.

»Wohnzimmer? Das sieht aber doch aus wie … ein enger Gang oder so!«

»Quatsch!« Lucy ging ein paar Schritte weiter.

»Doch! Und so … dunkel!«

Lucy seufzte. »Ja, gut … du hast recht.«

»Also ein Geheimgang? Krass! Halt mal das Handy hoch … und jetzt dreh dich mal! Wow! Und was suchst du da? Du suchst doch was!«

»Nö«, schwindelte Lucy. »Das hab ich mir für die Herbstferien vorgenommen, mal die Geheimgänge zu durchsuchen.«

»Geheimgänge«, seufzte Toni. »Eure Villa ist echt toll!«

Wenn sie sich nicht täuschte, war sie jetzt im Wohnzimmer.

»Da ist ja ein Loch in der Wand!«, rief Toni.

»Psst! Leise!«, schimpfte Lucy. Sie spähte durch die kleine Öffnung. Richtig! Da stand das Sofa im Dämmerlicht und der kleine Tisch.

»Halt mal das Handy davor«, forderte Toni Lucy auf.

Lucy verdrehte die Augen, hielt das Handy aber kurz vor die Öffnung.

»Irre!«, rief Toni und hielt sich sofort die Hand vor den Mund. »Oh, ’tschuldigung, ich bin jetzt ganz leise, versprochen!«

Lucy ging weiter, um die Ecke, aber dann endete der Gang plötzlich. »Hier ist Schluss«, flüsterte sie Toni zu. »Wahrscheinlich ist hier die Terrassentür.« Lucy drehte um. »Ich geh zurück. Hier …«, sie hielt das Handy auf den niedrigen Durchgang zum alten Herd, durch den sie gekommen war, »da bin ich rein. Durch den Backofen.«

»Wow«, sagte Toni. »Ich wollte, ich wäre dabei!«

»Bist du ja.« Lucy grinste ins Display. »Hast dich ja dazugegaunert.«

»He!«, rief Toni. »Ich hab dich nur angerufen.«

»Ich geh gerade an einer Öffnung vorbei. Warte mal, könnte sein, dass die in den Flurschrank mündet. Huch! Hier ist eine Treppe!« Zum Glück hatte Lucy in diesem Moment auf den Boden geschaut. »Bin unten.« Lucy hielt das Handy hoch. »Hier ist eine dicke Stahltür mit einem vergitterten Fenster.« Lucy rüttelte an der Klinke und versuchte es mit ihrem Dietrich. »Ne, passt keiner. Ist ein spezielles Sicherheitsschloss.« Führte die Tür in den Kerker? Hier kam sie auf jeden Fall nicht weiter. Bisher hatte sie keinen Gang gefunden, der ungesichert aus der Villa hinausführte. Alle Geheimgänge waren intern. Und ihr Gefühl sagte Lucy, dass niemand, der kurz in der Villa gewesen war, die Gelegenheit gehabt hatte, durch den Herd in der Küche oder den vollgestopften Flurschrank in die Geheimgänge zu gelangen.

»Und jetzt?«, flüsterte Toni.

»Geh ich zurück.« In der Küche kletterte Lucy aus dem Ofen. »Bin raus. Besser, du sagst jetzt nichts mehr, ich geh nach oben.«

»Klar, gute Freunde schweigen wie ein Grab!«, sagte Toni und grinste.

Lucy zeigte ihm den Daumen nach oben und schlich hoch zum Turmzimmer. Gegenüber von der Tür gab es einen winzigen Abstellraum. Da war Lucy ewig nicht drin gewesen. In der Ecke stand noch immer der alte Besenschrank. Daneben wurde Putzzeug gelagert, ein Eimer und ein Wischer, diverse Lappen, Putzmittel und ein Besen.

»Ein Besenschrank? Wo bist du denn da?«, flüsterte Toni.

Moment! Es gab einen Besenschrank, aber das Putzzeug stand draußen? Lucy öffnete den Schrank und tatsächlich! Sie pfiff leise durch die Zähne.

»Durch den Besenschrank geht es wieder in einen Gang!«, flüsterte Lucy. »Aber wolltest du nicht still sein?«

Lucy schloss die Tür des Abstellraums von innen, stieg in den Schrank und zwängte sich in den schmalen Gang. Nach ein paar Schritten war Lucy sicher, dass sie hinter der gemütlichen Koje sein musste, in der Savanna vermutlich gerade schlief. (Und bald sie selbst!) Aber … was waren das für Geräusche?

»Toni?«, flüsterte sie ins Handy. »Ich muss Schluss machen. Da ist was.«

»Ojeminemine«, jammerte Toni. »Sei bloß vorsichtig. Stell dir vor, der fiese Scirpone …«

»Quatsch«, flüsterte Lucy. »Bis morgen!«

Sie schaltete das Handy aus und steckte es ein. Auf Zehenspitzen schlich sie weiter. Zum Glück war sie auf Strümpfen und völlig lautlos. Sie lauschte an der Wand.

Sssssss. Savanna schlief noch gar nicht? Und was war das für ein Summen? Nach ein paar weiteren Schritten entdeckte Lucy in der Wand ein kleines Guckloch, das aussah, als hätte es jemand in die Wand gebohrt. Lucy schaute hindurch. Ups, da war Savanna! Ihre Großcousine wandte Lucy den Rücken zu und beugte sich ganz nah vor den kleinen runden Spiegel über dem Waschbecken. In der Hand hielt sie … einen Rasierapparat? Merkwürdig! Lucy drückte sich näher an das kleine Guckloch, dabei stieß sie mit der Stirn an die Wand. *Pong.* Mist! Lucy sah, wie ihre Großcousine innehielt. Sie trat vom Spiegel weg und ging hinter den Raumteiler, der das Bad abtrennte. Ah! Sie sah bestimmt nach, ob jemand an der Tür war! Gut, dass sie die Tür zum Abstellraum geschlossen hatte!

Lucy grinste – ihre tolle Großcousine hatte wohl zu viele männliche Hormone! Das hatte sie mal gelesen, dass es so was gab! Ein sogenannter Damenbart! Deshalb auch ihre tiefe Stimme … Das musste sie unbedingt Toni erzählen! Ausgerechnet Savanna, ihre feurige Großcousine, die so eitel ihre Lockenmähne nach hinten warf, hatte mit einem Damenbart zu kämpfen! Grinsend schlich Lucy weiter. Doch dann endete der Gang, wahrscheinlich war sie nun an der Stelle des ersten Turmfensters. Lucy huschte zurück. Es erschien ihr immer unwahrscheinlicher, dass es jemand in die Geheimgänge geschafft hatte. Der Eindringling mit der Bombe hatte schnell ein Versteck in der Villa finden müssen. Da waren die Zugänge zu den Geheimgängen viel zu umständlich!

»Lucy? Bist du das?«, hörte sie plötzlich die Stimme ihrer Großcousine. Sie hatte anscheinend die Zimmertür geöffnet und rief die Treppe hinunter. Lucy blieb stehen und machte keinen Mucks. Niemand durfte von den Gängen wissen, schon gar nicht Savanna! Sie war zwar eine Longfinger, aber das hier war ihre Villa! Sie wussten ja schließlich auch nichts über Savannas Ranch in Texas.

Als Lucy hörte, dass Savanna die Tür wieder schloss, huschte sie aus dem Besenschrank und aus dem Abstellraum und schlich schnell die Treppe runter zu ihrem Zimmer. Was nun? So aufregend die Gänge auch waren, eine Verbindung zu den Tunneln hatte sie nicht gefunden.

In ihrem Zimmer zog sie sich den Schlafanzug an und ließ sich ins Bett plumpsen. *Ticketacke* machte die blöde Kofferbombenuhr unten im Wohnzimmer. Sobald sich eine Gelegenheit ergab, würde sie noch das Turmzimmer durchsuchen. Und sie brauchte einen neuen Notfallplan. Aber erst fuhr sie morgen früh in die Eisdiele und erzählte Toni, dass Savanna sich ihren Damenbart rasierte!

Savanna saß schon in der Küche, als Lucy am nächsten Morgen runterkam. Sie strahlte Lucy an. »Heute ist Anzugtag!«, trällerte sie und klatschte in die Hände.

Was? Savanna sagte das gleiche wie in ihrem Traum? Unmöglich!

Lucy lächelte ihre Großcousine an. »Deine Haut sieht so rosig und glatt aus heute Morgen. Hast du gestern noch eine Gesichtsmaske gemacht, oder so was?«

»Nein, wieso?«, fragte Savanna. Sie schaute Lucy misstrauisch an. Lucy ermahnte sich. Auch wenn es verführerisch war, sie mit dem Rasieren aufzuziehen, sie durfte nichts sagen, sonst verriet sie sich.

»Ach, nur so«, sagte sie.

»Wann klaust du den Anzug heute?«, fragte ihre Großcousine. »Es ist schon nach zehn.«

»Nicht ich, *wir*!«, sagte Lucy. »Halt dich bereit.« Sie machte doch nicht alleine die ganze Arbeit! Savanna würde schön mithelfen.

Eine halbe Stunde später spähte Lucy aus dem Fenster. Da waren sie wieder, Nopes Leute! Auf dem schwarzen Motorroller, direkt hinter ihrem Lieferwagen *Piano Service & Transport.* Sie musste sie loswerden! Lucy hatte keine Lust darauf, dass die beiden jeden ihrer Schritte verfolgten, nur weil sie dachten, sie hätte die Maske! Sie riss ein Stück von einem Blatt Papier ab und schrieb eine Nachricht in kleiner, gestochen scharfer Handschrift, wie Fujii sie bestimmt hatte.

Lucy! Durchsuch bitte die Umkleideräume (auch alle Schließfächer!) des Stadtbades nach dem Objekt. C.F.

Sie faltete den Zettel und steckte ihn in die Jackentasche. Dann band sie ihre Badeschlappen und ein gerolltes Handtuch von außen an den Rucksack und flitzte zu ihrem Rad. Beim Aufsteigen ließ sie, fast neben dem schwarzen Motorroller, den Zettel auf den Boden fallen. Wenn sie Glück hatte, würden die beiden ins Stadtbad fahren! Dann fuhr Lucy los. Ein kurzer Blick nach hinten sagte ihr, dass die Frau gerade den Zettel aufhob! Yes! Lucy flitzte in eine Einfahrt. Nopes Helfer fuhren vorbei. Viel Spaß im Schwimmbad! Lucy grinste und raste weiter die Pickford Street hinunter zur Eisdiele. Für heute hatte sie Ruhe! Erst zu Toni, dann alles andere. Savanna hatte sie gesagt, sie würde erst alleine das Polizeimuseum auskundschaften.

Lucy warf ihr Rad auf den Gehweg und stürmte in die Eisdiele. Ob Toni überhaupt arbeitete heute Morgen? Schließlich waren Ferien, und es war erst zehn Uhr. Aber Toni band sich gerade die Schürze um.

»Hi«, rief Lucy. »Ein Glück! Du arbeitest schon! Warum eigentlich in den Ferien?« Sie steuerte einen Tisch am Fenster an. Toni kam hinter ihr her. Seine Augen leuchteten. »Mensch, Geheimgänge in der Villa! Was hast du denn noch entdeckt? Und was waren das für Geräusche?«

»Da war nichts. Aber ich hab echt was Lustiges gesehen!«

»Erzähl!«

»Dazu brauch ich erst mal ein Eis.« Lucy grinste. »Ich hab schon ewig keins mehr bekommen!«

»Stimmt allerdings! Du musst ja schon einen Mango-Chili-Mangel haben. Das ist gefährlich. Am besten, du nimmst sofort fünf Kugeln.«

Lucy schaute ihm nach, wie er zur Theke tänzelte.

»Bitte sehr, die Dame.« Mit einer galanten, aber völlig übertriebenen Bewegung servierte Toni Lucy den Eisbecher. Er hatte ihn mit Schokoblättchen dekoriert. Dann setzte er sich, konnte aber kaum die Hände und Füße stillhalten.

Lucy nahm den Löffel und ließ sich das Eis auf der Zunge zergehen. Süße fruchtige Mango und dabei das feine Brennen auf der Zunge! Das beste Eis der Welt! Da kam ihr eine Idee.

»Ihr solltet einen Antrag an den Eisverband stellen. Mango mit Chili hätte es verdient, Eis des Jahres zu werden!«

»Wow, tolle Idee!«, rief Toni. »Das muss ich meinem Vater sagen!« Er zog einen Löffel aus der Schürze und aß einfach aus Lucys Eisbecher mit.

»Sag mal, willst du dir nicht ...«, begann Lucy, aber dann schob sie den Eisbecher ein Stück näher zu Toni. »Nicht dass *du* jetzt einen Mango-Chili-Mangel bekommst!« Es war irgendwie schön, wenn sie so zusammen saßen und gemeinsam aus einem Becher löffelten.

»Weißt du noch, was du mal über die Villa gesagt hast?«, fing sie dann an. Toni schüttelte den Kopf. »Was meinst du? Ich sage immer viel, wie du weißt, und ich habe auch viel über die Villa gesagt, dass sie so interessant ist, und … oh, ich weiß! Wegen der Geheimgänge!«

»Psst!«, machte Lucy. Sie sah sich um. Aber sie waren die Einzigen außer einer alten Dame, die einen Espresso trank. »Genau. Dass sie von außen größer und verwinkelter aussieht als von innen. Und wie wir ja gestern festgestellt haben, ist das wirklich so.«

»Das ist so spannend!«, rief Toni.

»Psst!« Lucy zeigte auf die Dame, die zu ihnen rübersah. Sie beugte sich zu Toni. »Selbst unter Todesdrohung würdest du niemandem von den Gängen erzählen.«

Toni nickte eifrig. »Und auch nicht, wenn mir jemand die Zunge abschneiden würde.«

»Dann könntest du gar nichts mehr sagen.« Lucy verdrehte die Augen. Aus Toni würde niemals ein Gangster werden.

»Pass auf. Das Lustigste kommt jetzt. Nachdem ich aufgelegt habe, weil ich Geräusche gehört hatte, konnte ich durch ein Guckloch Savanna beobachten.«

»Echt?«, rief Toni und schob seinen Kopf neugierig näher. »Ja, und?«

»Du glaubst nicht, was Savanna gemacht hat!«

»Jetzt sag schon!«

»Sie hat sich rasiert!«

»Die Beine?«

»Nein, im Gesicht!«

»Quatsch!« Toni zeigte Lucy einen Vogel.

»Wenn ich es doch sage!«, rief Lucy. Sie wusste selbst,

wie verrückt das klang. »Wahrscheinlich hat sie zu viele männliche Hormone, das gibt es doch. Dann wächst einem ein Damenbart und die …«

»Die Arme!«, erwiderte Toni, und Lucy seufzte. Er hatte einfach ein zu großes Herz!

Lucy wechselte das Thema. »Hast du heute Abend schon was vor?«

Toni strahlte. »Jetzt ja. Ich weiß nur noch nicht, was.«

Als Lucy den Berg zu ihrem Viertel hochfuhr, schielte sie auf die Uhr. Halb zwölf. Am besten, sie fuhr direkt zum Museum. Sie tippte eine Nachricht an ihre Mutter.

Wartet nicht mit dem Mittagessen. Bin was auskundschaften. LL

Ihre Mutter antwortete sofort.

Ich bin stolz auf dich. Mum

Lucy trat kräftig in die Pedale. An der nächsten Ampel bog sie ab. Das Polizeimuseum lag im Pacific-Tree-Viertel, ganz in der Nähe ihrer Schule und des blauen Kiosks.

Kapitel 13

Vorbereitungen einer Gaunerin

Am blauen Kiosk hing das Schild *GEÖFFNET*. Ein Glück! Lucy ließ ihr Rad einfach fallen und nahm den Rucksack ab.

»Toll, dass Sie offen haben!«, rief sie. »Obwohl Ferien sind!«

»Lohnt sich aber nicht«, brummte der Opa hinter dem Fenster. Lucy kniff die Augen zusammen. Aber nein, das war nicht Fujii!

»Also, … ein Käsebrötchen, ein Schokocroissant, eine Tüte Chips und gemischte Weingummis für einen Dollar bitte.« Ein Mittagessen nach ihrem Geschmack!

Mit den Leckereien setzte Lucy sich auf eine Bank an Tonis Schule. Zwei Jungs in coolen Hoodies und weiten kurzen Hosen fuhren mit nackten Füßen Schwünge auf ihren Surfskateboards. Wow! Lucy hatte solche Boards schon mal unten auf der Hafenpromenade gesehen. Der neuste Trend. Die Boards waren durch Gelenke über den Rollen beweglich, so dass sie seitlich kippen konnten. Die Straße wurde zum Ozean, auf dem man sein Board mit den Füßen auf einer imaginären

Welle surfte. Einer der Jungs fuhr ein etwa körperlanges Board, der andere ein kleineres, mit dem er wendiger in den Kurven war. Lucy merkte, dass ihr Mund offenstand, so fasziniert war sie. Schnell schloss sie ihn. So ein Teil brauchte sie auch!

»Mega!«, rief sie den Jungs zu und hielt den Daumen hoch. Der kleinere lächelte sie an. Sie stellte sich vor, wie sie die Pickford Street runtersurfte. Wow! Es war nicht mehr lang bis Weihnachten – sie würde sich eins wünschen! Oder sie würde es sich einfach selbst beschaffen … Käsebrötchen oder Schokocroissant zuerst? Oder Weingummis?

Sie entschied sich für das Schokocroissant. Mmh, war das buttrig weich! Warum hatte sie nicht zwei davon genommen? Sie leckte sich die Schokofinger ab, biss dreimal ins Käsebrötchen und aß die halbe Tüte Chips auf. Am Ende schob sie sich einen Kaugummi in den Mund, der super künstlich nach Erdbeere schmeckte, und verstaute die Reste im Rucksack. Dann sprang sie aufs Rad.

Das Polizeimuseum am anderen Ende der Olive Avenue war ein großer Betonklotz, der Lucy an den Geldspeicher von Onkel Dagobert erinnerte. Er war an der rechten Ecke des alten, aus dunklem Backstein gemauerten Präsidiums angebaut, und viele Bürger von Mable Beach fanden ihn viel zu modern. An der Wand des fensterlosen Klotzes hing ein großes Banner.

Guns are strong – Kaliforniens größte Schusswaffen-

ausstellung besucht Mable Beach! 20. November – 9. Dezember

Also lief die Ausstellung bereits. Aber … wer schaute sich denn langweilige Schusswaffen an?

Vor dem Präsidium lag ein Hof, und um den herum verlief eine hohe Mauer, auf der fieser, gerollter Stacheldraht angebracht war. Da musste sie sich schon was einfallen lassen, der Stacheldraht würde weh tun, wenn sie daran hängen blieb. Ob da auch Strom floss? Aber das hier war schließlich nur das Präsidium, nicht das Gefängnis. Die hatten nur zwei oder drei Notzellen, das Gefängnis lag woanders, im Lake District in der Nähe der Hochhäuser. Lucy machte sich schnell zwei geflochtene Zöpfe (damit sah sie immer so schön unschuldig aus) und schlenderte zum Tor.

Sie trat auf den Hof und marschierte auf das kleine Wärterhäuschen zu. Davor stand ein Mann in Uniform. Zwei dunkelbraune, schlanke Dobermänner an der Leine fletschten die Zähne und ließen Lucy nicht aus den Augen.

»Hallo«, sagte Lucy zu dem Mann. »Ich will in die Ausstellung.«

Der Wärter runzelte die Stirn. »Was willst *du* denn in einer Waffenausstellung?«

»Referat für die Schule.« Lucy zog eine Schnute und zuckte mit den Schultern. »Ich find's auch gemein, dass ausgerechnet ich dieses Thema bekommen habe.«

Der Wärter grinste und zeigte zum Eingang des Präsidiums. »Da lang. Durch das Foyer, rechts dem Schild nach, und dort kannst du an der Kasse ein Ticket kaufen.«

Lucy nickte brav. »Danke schön. Und wenn ich Fragen habe, darf ich Sie dann fragen? Sie sehen aus, als würden Sie sich gut auskennen.«

Der Wärter nickte. »Gerne.« Er straffte die Schultern und schob die Brust raus. »Es gibt einen Museumsführer in der Ausstellung. Aber …«, er beugte sich zu Lucy runter, »… ich kenn mich sehr gut aus. Also, wenn du spezielle Fragen hast, dann komm nur raus.«

»Alles klar«, sagte Lucy fröhlich. Der Wärter hatte sich so geschmeichelt gefühlt, dass er nicht gemerkt hatte, wie Lucy ihm seine Chipkarte aus der Anzugjacke gezogen hatte. Die konnte sie bestimmt gut gebrauchen.

Während sie zum Eingang schlenderte, sah Lucy sich auf dem Hof um. Schilder an der Wand des Präsidiums warnten, dass die Hunde nachts frei auf dem Gelände herumliefen. Daran musste sie denken. Lucy kam an einer großen Bronzestatue vorbei, die mitten auf dem Hof stand und einen Mann in Uniform darstellte. Er war groß, hatte einen dicken Bauch und eine Halbglatze. Die rechte Hand hatte er stolz unter sein Abzeichen an der Brust gelegt, und er lächelte ziemlich selbstgefällig. Unsympathisch! Die Statue glänzte in der Sonne, als wäre sie frisch poliert worden. Lucy blieb stehen und las das Schild auf dem Sockel.

Sergeant Raw MacMiller, Polizeipräsident seit 2015.

Hm. MacMiller. Da klingelte irgendwas in ihren Ohren. Hatte ihr Vater ihn nicht mal erwähnt? Aber Lucy fiel es nicht ein. Ihre Mutter hatte ihn ausgetrickst? Ne, das war es nicht. Aber … wie selbstverliebt musste man sein, wenn man sich schon zu Lebzeiten solch eine Statue errichten ließ!

»Das ist unser Präsident«, sagte der Wärter, der plötzlich neben Lucy stand. Er musste ihr gefolgt sein. Seine Dobermänner beäugten Lucy böse.

»Ihr durchschaut mich, ihr seid schlauer als euer Herrchen«, flüsterte Lucy ihnen leise zu. Laut sagte sie: »Er sieht tatkräftig aus, der Herr Polizeipräsident.«

»O ja«, bestätigte der Wärter, »Sergeant MacMiller ist ein wahrhaft tatkräftiger Mann mit vielen Auszeichnungen.«

»Aha«, sagte Lucy. Sie warf einen Blick auf den Museumsklotz, der rechts hinten am Präsidium klebte. Wie kam sie da rein, ohne durch das Präsidium zu müssen wie jetzt für die Ausstellung? Die hohe Mauer, die den Hof umschloss, grenzte am Ende direkt an den Museumsklotz. Da könnte sie also rüber, ohne vorne am Wärterhäuschen vorbeizumüssen. In der Nähe stand ein Baum. Eine lange Feuerleiter führte an dem Klotz hoch, rechts an dem großen Banner vorbei. Ob die Hunde sich mit Würstchen ablenken ließen? Sie warf ihnen einen Blick zu. Vier dunkle Augen waren auf sie gerichtet. Nein, böse waren sie nicht, nur abgerichtet.

»Ganz schön aufmerksam, Ihre Hunde«, sagte Lucy zu dem Wärter.

Der Mann nickte stolz. »Polizeiausbildung im vorletzten Sommer, da waren sie Sieger in der Kategorie *Unbestechliche Wachhunde.*«

»Glückwunsch«, sagte Lucy und bemühte sich, Bewunderung in ihre Stimme zu legen. »Die beiden sehen aber auch wirklich aus, als könnte man sie mit nichts ablenken. Das haben Sie gut hinbekommen«, sagte sie und drehte an einem ihrer Zöpfe.

»Danke«, sagte der Wärter. »Sie sind nicht nur unbestechlich, sondern vor allem unerbittlich, wenn nachts jemand am Tor ist.« Lucy schluckte. Der Mann beugte sich zu Lucy und zwinkerte ihr zu. »Sie haben nur eine Schwäche. Süßigkeiten. Sie lieben Süßes. Dafür lassen sie jeden Befehl sausen. Aber, psst, nicht weitersagen, okay?«

»Logisch!« Lucy zwinkerte zurück. »Sie sind wie ich. Ich liebe auch Süßes!«, schwärmte sie und lächelte den Wärter unschuldig an. Also keine Würstchen für die Hunde, sondern … Hunde-Eis von Toni! Sie hatten es doch neuerdings in der Eisdiele, in der abgefahrenen Sorte *Veganes Wildschweinsorbet mit Schokodrops.* Perfekt, um ihre Wachaufgabe zu vergessen! Vor zwei Wochen hatte Toni Cash mal eine Kugel mitgebracht, und Cash war ganz verrückt danach gewesen. Also: Hunde-Eis für die Hunde, am Ende des Hofes über die Mauer am Museumsklotz, rauf auf den Baum, rüberschwingen zum Klotz, die lange Feuerleiter hoch, oben durch die Glaskuppel rein. Ein Kinderspiel!

Lucy war an der schweren doppelflügeligen Eingangstür des Polizeipräsidiums angelangt. »Sind Sie gleich noch da, falls ich noch was Besonderes für das Referat wissen will?«

»Sicher«, sagte der Wärter stolz.

Lucy sprang die Stufen zum Präsidium hoch und winkte ihm noch mal zu. Seine Dobermänner knurrten leise. Er schüttelte den Kopf. »Aus, Bruce. Aus, Prince. So ein nettes Mädchen anzuknurren, was fällt euch ein!«

Lucy drückte die schwere Tür auf und spazierte in das große Foyer. Sie blieb kurz stehen und prägte sich die Räumlichkeiten genau ein. Schilder wiesen die Richtung. Geradeaus führte eine breite Treppe nach oben zum Polizeipräsidenten und zur Verwaltung. Links ging es in die Kantine (und wahrscheinlich in den Küchenbereich), rechts in die Büros und in den Zellentrakt. Und geradeaus durch das Foyer und dann rechts zur Ausstellung im Museumsklotz.

In der Mitte des Foyers stand schon wieder Sergeant Raw MacMiller! Auch in Bronze, mit dem gleichen arroganten Lächeln und diesmal mit einem riesigen, kräftigen Dackel im Arm! Lucy trat an die Statue heran und schüttelte den Kopf. Der Dackel hatte sogar eine eigene Inschrift.

Artus vom Rhomberg Forest
**09.03.2003 †02.05.2019*
***7** goldene Knochen im Rettungsdackel-Dienst*
***3** silberne Wildschweine bei der Wildschwein-Trophy*
Gewinner World Wide Men Search
2008, 2010, 2011, 2016, 2017

Was für ein Superdackel! Der gute Artus war bestimmt der ganze Stolz des Sergeants gewesen. Ob der Wärter mit den vielen Auszeichnungen des Präsidenten die Auszeichnungen des Dackels gemeint hatte, mit denen der Präsident sich rühmte? Und bestimmt hatte er jetzt einen neuen Superdackel. Einmal Dackel, immer Dackel. Um den Hals trug der Bronzehund ein echtes Halsband. Schwupps, war es in Lucys Tasche. Sie grinste bei der Vorstellung, wie der Sergeant schauen würde!

Lucy durchquerte das Foyer bis zum Eingang in die Ausstellung und lächelte die Dame an der Kasse an. »Ein Ticket bitte.«

Ein kleiner schmaler Mann in Uniform, wahrscheinlich der Museumsführer, lehnte an der Theke neben der Kasse und knibbelte gelangweilt an seinen Fingernägeln. Die Dame runzelte die Stirn. »Was willst du denn in unserer Waffenausstellung, Mädchen?«

»Referat«, erwiderte Lucy seufzend und warf einen ihrer Zöpfe zurück. »Ich find's auch blöd.«

»Das verstehe ich«, sagte die Frau und hielt Lucy das Ticket hin. »Fünf Dollar bitte, junge Dame.«

»Fünf Dollar? So viel?« Grummelnd zog Lucy einen Fünf-Dollar-Schein aus der Brusttasche ihrer Lederjacke. »Und das ist der Schülerpreis?«

»Ja.« Die Dame zuckte bedauernd mit den Schultern. »Ich würde deinen Lehrer fragen, ob er das bezahlt. Wenn der so verrückte Ideen hat und Referate über Schusswaffen verteilt.«

Lucy nickte. »Da haben Sie recht. Danke für den Tipp.«

Kaum war Lucy durch den Kassenbereich auf den roten Ausstellungsteppich getreten, tippte ihr jemand auf die Schulter. Es war der kleine Mann in Uniform. Er war nur einen halben Kopf größer als Lucy. »Referat, richtig? Na, dann folge mir mal. Ich zeig dir die besten Waffen. Gut, dass du mittags kommst, später wird es hier richtig voll.« Seine Augen strahlten.

»Nicht nötig«, sagte Lucy schnell. »Ich komm schon klar.«

»Hm«, machte der Museumsführer und ging trotzdem vor. »Mable Beach kann stolz sein, dass wir die große Waffenausstellung hier haben. Es ist die größte Kaliforniens seit zwanzig Jahren, und Mable Beach als kleine Stadt … schon toll.«

»Ja«, sagte Lucy und hielt Ausschau nach dem Anzug.

»Deshalb sind die Sicherheitsvorkehrungen auch so hoch«, fuhr der Museumsführer fort.

»Aha«, nickte Lucy. *Gesichert.* Deshalb war es für Savanna also zu schwer, obwohl es nur ein blöder Anzug war. Denn alles drum herum war wegen der Waffen hoch gesichert. Und Savanna glaubte, Lucy könne besser klauen als sie selbst. Oder ihre Großcousine wollte sich die Hände nicht schmutzig machen …

»Schau mal, hier«, sagte der Museumsführer. »Diese *Deringer* ist von 1841. Ist sie nicht schön?« Seine Augen glänzten.

»Toll«, sagte Lucy. *Schön!* Er sprach von einer Waffe, nicht von einer Blume oder so! Bekloppt! Aber sie holte ihren Block und einen Stift aus dem Rucksack und schrieb das auf, was der Mann gerade gesagt hatte.

»Ja, schreib das auf«, sagte der Mann. »Sie ist das erste Modell der einschüssigen Vorderladerpistolen des Waffenherstellers *Henry Deringer.* Er produzierte ab 1835 in Philadelphia in Kalibern von 33 bis 51.«

»Oh … interessant«, sagte Lucy und kritzelte es auf ihren Block.

»Jetzt gehe ich aber erst mal einfach durch die Ausstellung und lass alles auf mich wirken.«

Der Museumswärter runzelte die Stirn. »Ja, aber Mädchen, davon kannst du noch nichts vortragen.«

»So mach ich das immer«, behauptete Lucy. »Ich mach mir dann Notizen, wenn ich was interessant finde.«

»Hm«, sagte der Museumsführer. Er war offensichtlich nicht überzeugt, dass Lucy das richtig machen würde. »Schau mal hier«, er eilte zu einem Glaskasten, »das ist der *Colt M1911.* Im Auftrag der Firma *Colt* von John Moses Browning fertig entwickelt. Die …«

O nein, jetzt kam er richtig in Fahrt! Lucy hörte einfach nicht mehr zu. Sie sah sich nach allen Seiten um. Ha! Direkt neben dem Glaskasten stand eine Puppe auf einem Sockel … und die trug einen schwarzen Anzug! Die Figur sollte wohl einen Gangster darstellen, sie hatte eine schwarze Strumpfmaske über den Kopf gezogen und eine Pistole in der Hand. Was für eine phantasielose Darstellung! Lucy konnte keine Sicherung an der Puppe und am Anzug erkennen. Ein Glück!

Lucy strahlte den Museumsführer an. »Das ist ja toll!«, sagte sie, obwohl sie gar nichts mitbekommen hatte.

»Ja, nicht wahr? Sie ist eine Selbstladepistole. Aber Browning hatte schon vor 1900 …«

Lucy schaute sich nach einem Notfallversteck um. Aha, oben in der Wand war ein Lüftungsschacht. Da konnte sie reinkriechen.

»Eigentlich bin ich kein Waffenfan, sondern ein großer Architekturfan«, sagte sie. »Ich will Architektin werden. Dieser moderne Museumsanbau ist großartig geworden«, schwärmte sie.

Der Mann nickte. »Und er passt zu den edlen Waffen.«

Edel? Puh, dieser Waffenfuzzi ging ihr so langsam richtig auf die Nerven. Aber sie brauchte Informationen. Lucy riss sich zusammen und lächelte ihn an. »Und die ganze Klimatechnik wie Abluft und Zuluft und so ist doch bestimmt mit dem Altbau verbunden.«

»Du stellst ja spezielle Fragen«, sagte der Mann stirnrunzelnd.

Ups, sie musste etwas vorsichtiger sein! Aber der Museumsführer nickte anerkennend. »Finde ich gut, wenn Kinder sich für Technik interessieren. Das ist ja auch bei den Waffen so, die Technik macht's.« Er grinste. »Du hast mehr Ahnung von Technik als andere Mädchen, was?«

Lucy hätte ihn am liebsten erwürgt! Es gab genug Mädchen, die mindestens genauso viel Ahnung von Technik hatten wie Jungs! In welchem Jahrhundert lebte der?

»Richtig«, er zeigte auf die Wand, die ans Präsidium grenzte, »die Lüftungsschächte gehen durch den Altbau und schließen da an die Klimatechnik an.«

»Hm, interessant. Aber … ich muss ja dieses Referat machen«, seufzte Lucy. »Dann mach ich mir jetzt wohl mal ein paar Skizzen von den Waffen.«

»Zeig mal her, du hast doch eben schon eine gezeichnet, oder?«

Lucy nahm ihren Block runter und schaute ihn schüchtern an. »Ich kann nicht gut zeichnen. Das zeig ich lieber nicht.«

»Ach so«, sagte der Mann und lachte. »Na, ich geh dann mal. Wenn du Fragen hast …«

»… dann komm ich sofort zu Ihnen, versprochen!«

Diese blöden Waffen waren ihr doch völlig wurscht. Lucy sah dem Museumsführer nach, wie er mit auf dem Rücken verschränkten Armen von Waffe zu Waffe ging. Er konnte ja gar nicht genug von deren Anblick bekommen!

Lucy lief hierhin und dorthin und tat so, als notiere sie sich fleißig alles. Die Ausstellungsstücke waren in Nischen ausgestellt, dazwischen waren Glastrennwände. Und die kleinen Geräte an der Wand waren die Sender und Empfänger der Laserschranken, also Vorsicht! In der Nacht wurden sie mit Sicherheit eingeschaltet. Lucy prägte sich die Lage der Laserschranken ein und skizzierte schnell ihre Abstände. Sie prägte sich ein, wo sie die Laserschranken überspringen konnte und wo es besser war, auf den Glaswänden zu laufen. Dabei behielt sie den kleinen Mann immer im Auge.

Der Ausstellungsraum hatte über einem Teil eine Zwischenebene, wahrscheinlich für die ganze Technik. Im Flachdach oben sah Lucy vier quadratische Lichtkuppeln, groß genug, um bequem durch eine einzusteigen. Ihr Plan stand. Durch eine dieser Kuppeln rein und dann abseilen. Sie nahm Vergleichslängen mit den Augen und projizierte sie nach oben. Acht Meter, also vier bis zur Zwischenebene. Sie brauchte also zwei Seile, daumendick und je eineinhalb Stockwerke lang. Lucy steckte Block und Stift in den Rucksack und lief zum Museumsführer. Eine Sache hatte sie noch zu erledigen. Sicher war sicher.

»Vielen Dank für Ihre Hilfe! Ich glaube, ich habe alles Wichtige«, sagte sie höflich und lächelte zuckersüß. »Ähm, wenn wir mit der ganzen Schulklasse kommen, könnten Sie uns dann hier durchführen?«

»Aber sicher doch«, sagte er und kam einen Schritt näher. »Nur montags bin ich nicht da.«

»Okay, danke!«, rief Lucy und flitzte schon davon. Sie grinste. Der Schlüsselbund des Mannes war so dick in ihrer Hosentasche, dass sie ihn gleich in den Rucksack stecken musste. Lucy lief durch das Foyer, aus der Tür, die Stufen runter, über den Hof.

»Bis bald!«, rief sie der Statue von Sergeant MacMiller zu und grinste. Ob sie nachts angestrahlt wurde? Bestimmt. Lucy winkte dem Wärter am Tor zu, der gerade Pause im Wärterhäuschen machte und in ein dickes Fleischwurstbrötchen biss. »Wiedersehen!«

»Mphiederdwen«, murmelte der Wärter durch die Fleischwurst. Igittigitt!

Am Rad stopfte Lucy den Schlüsselbund in den Rucksack und fuhr wie der Blitz die Olive Avenue entlang. So, das sollte klappen. Und sobald sie den Anzug hatte, war sie Savanna endlich los! Dann konnte sie mit Toni noch den Sonntag genießen. Na ja, ... wenn sie die Bombe morgen fand. Lucy hielt an und tippte Toni eine Nachricht in ihr Handy.

Heute Abend Anzugraub. Um halb acht Treffpunkt vor der Mauer am Polizeipräsidium in der Olive Avenue, Ecke Museumsklotz. LL

Das war eine gute Zeit, da war die Ausstellung längst geschlossen. Keine Minute später plingte ihr Handy.

Schon wieder was Illegales! Ich werd echt noch zum Obergangster! Toni

Jetzt musste Lucy nach Hause und Savanna ihre Aufgabe geben. Wenn sie den Anzug wollte, musste sie auch mithelfen!

Savanna und ihre Mutter waren im Wintergarten. Sie aßen Kuchen und lachten gerade über irgendwas, als Lucy den Kopf hineinsteckte. Lucys Bauch fühlte sich sofort an, als habe sie eine Gabel verschluckt.

»Habt ihr mir wenigstens was übrig gelassen?«, fragte Lucy und ärgerte sich sofort, weil sie klang wie eine beleidigte Leberwurst. Das war doch Tonis Nummer.

»Nö«, sagte Savanna und lachte. Sie steckte sich das letzte Stück vom Teller in den Mund und sagte: »Das war das letzte.«

Lucy knallte die Tür zu. Sie flitzte ins Turmzimmer und dort hinter den Raumtrenner ins Bad. Aha! Da lag er ja am Waschbecken! Hatte sie doch richtig gesehen. Es war wirklich ein Rasierapparat. Sie steckte ihn in den Rucksack. Als Beweis für Toni.

Zwei Minuten später öffnete sie wieder die Wintergartentür und schaute ihre Großcousine zuckersüß an. »Kann ich dich mal sprechen?«

»Klar!«, rief Savanna und sprang auf. »Bestimmt wegen dem Anzug, stimmt's?«

»Geh nur!« Lucys Mutter lächelte Savanna und Lucy an.

»Schön, Lucy, dass du das für deine Cousine in die Hand nimmst.«

Am liebsten hätte Lucy ihr eine Grimasse geschnitten, aber sie bremste sich rechtzeitig. »Großcousine«, sagte sie nur.

Oben an ihrer Zimmertür sagte Lucy zu Savanna: »Also, heute Abend um halb acht treffen wir uns mit Toni an der Mauer am Polizeipräsidium. Du lenkst die Hunde am Haupteingang mit Hunde-Eis ab und …«

»Ich?«, rief Savanna. »Das mach ich nicht! Ich steh höchstens Schmiere!«

Lucy nickte. »Wie du willst. Keine Hilfe, kein Anzug. Ich kann heute Abend auch was anderes machen. Ins Kino gehen oder …«

»Okay«, knurrte Savanna. »Aber eigentlich dachte ich …«

»Du willst eine Longfinger sein?«, fragte Lucy. »Also, du lenkst die Hunde ab, von mir aus auch von der Mauer aus, wenn du Schiss vor ihnen hast. Ich geh hinten über die Mauer rein. Und wenn ich im Museum bin, dann versteck dich unterhalb der Mauer. Vielleicht musst du die Hunde noch mal ablenken, wenn ich rauskomme. Toni wartet mit Rondine an der Mauer. Du fährst uns mit dem Rad nicht hinterher, sondern einen anderen Weg zurück zur Villa. Capito?«

Savanna hatte Lucy die ganze Zeit über mit offenem Mund angestarrt.

»Und wenn die Hunde mich beißen?«

»Mann, du hockst oben auf der Mauer, wie sollen die dich beißen?«

Wie Savanna neben dem gerollten Stacheldraht oben

auf der Mauer hocken sollte, wusste Lucy selbst noch nicht.

Savanna zuckte mit den Schultern. »Vielleicht können die hochspringen.«

Lucy verdrehte die Augen. »Klar, die springen drei Meter aus dem Stand.«

»Was weiß denn ich!«

»Also, wir treffen uns um zehn vor sieben unten im Flur. Und ...«, Lucy zeigte auf Savannas Cowboystiefel, »... keine Stiefel. Turnschuhe bitte.«

Savanna nickte. »Du kannst ein richtiger Feldwebel sein, weißt du das? Kann ich denn dann heute Abend noch nach Hause fahren? Was meinst du, wie lange wir für die Aktion brauchen?«, fragte sie.

»Kommt drauf an«, sagte Lucy. »Aber richte dich drauf ein, dass du eventuell erst morgen früh fahren kannst.«

Savanna starrte Lucy mit hochgezogenen Augenbrauen an.

»Wenn Blicke gefrieren könnten, dann wäre ich jetzt ein Eisklotz«, sagte Lucy und grinste.

In ihrem Zimmer legte Lucy auf dem Bett zusammen, was sie für ihren Plan benötigte. Die zwei Seile, einen Flaschenzug, zwei Supersaughaken, den Spezialglasschneider, die Chipkarte des Wärters, den Schlüsselbund des Museumsführers, ihre Spraydose, Al Capone natürlich und als Verstärkung Hip und Hop, das Mäuseseil mit Tuch, den kleinen Stimmverzerrer (den hatte sie ohnehin immer dabei) und ihr Handy natürlich. Sie verstaute alles im Rucksack (die Mäuse suchten sich immer ein gemütliches Plätzchen zwischen den Sachen), nur das Handy und die Chipkarte für die Eingangstür steckte sie in die Brusttasche ihrer Lederjacke. Nanu, was war denn da in der Tasche? Ach ja! Das Halsband, das sie Artus, dem Wunderdackel aus Bronze, abgenommen hatte! Grinsend legte Lucy es in ihre Schreibtischschublade und schloss ab. Dann zog sie sich ein leeres Blatt heran, griff nach dem Stift und machte sich Notizen über den Ablauf ihres Vorhabens.

Teil 1 – Hunde ablenken (Mauer, Hunde-Eis!), 15 min

Teil 2 – rüber und rein (Mauer, Baum, Feuerleiter, Seil), 15 min

Teil 3 – Anzug klauen (Laserschranken! Glaswände), 20 min

Teil 4 – raus (Seil, Feuerleiter, Mauer), 15 min

Teil 5 – Flucht (Rondine, zu Toni), 12 min

Wenn es um halb acht losging, könnte Savanna um halb zehn im Zug sitzen. Das passte. In Gedanken ging Lucy die Teile ihres Plans genau durch, um zu überprüfen, ob sie an alle Hilfsmittel gedacht hatte. Dann schrieb sie Toni eine Nachricht.

Bring vierzig Kugeln Hunde-Eis in der Kühlbox mit! Und stell dein Handy auf lautlos! LL

Ihr Handy plingte sofort.

40 Kugeln??? Wie viele Hunde willst du denn bestechen? Toni

Vierzig Kugeln mussten es schon sein. Da hatte Toni Sonnenschein noch etwas zu tun heute Nachmittag.

Nur zwei, aber die sind sehr hungrig! LL

Lucy schrieb noch einen Zettel für ihre Eltern, den sie gleich unten in die Küche legen wollte.

Sind im Polizeimuseum und holen den Anzug. Kuss, eure Lucy

Nö. Sie zerknüllte den Zettel und warf ihn in den Papierkorb. Sie würde morgen ganz locker mit dem Anzug auftrumpfen, ohne dass ihre Eltern vorher etwas wussten. Viel cooler, Lucy! Sie schrieb einen neuen Zettel.

Bin was auskundschaften. Macht euch keine Sorgen, wenn es später wird. Savanna ist dabei. Anzug kriegt sie morgen, ist okay für sie. Lucy

Es fiel ihr zwar nicht leicht zu schreiben, dass Savanna dabei war (sie konnte gut auf sich selbst aufpassen!), doch so musste sie ihren Eltern nicht alle halbe Stunde die *Keine-Sorge-es-geht-mir-gut-Nachricht* schreiben oder das *Hi-alles gut-bei-mir-Selfie* machen. Lucy stopfte den Zettel in die Hosentasche. Dann flitzte sie raus zu ihrem Rad und schob es zur alten Vogelvoliere. Unter nutzlosem Diebesgut und den Siebensachen ihrer Familie suchte sie nach den alten Autospiegeln vom Schrottplatz, die Opa Luis mal an sein Motorrad hatte montieren wollen. Ha! Da waren sie tatsächlich noch! Gut, dass ihre Eltern nichts wegwarfen! Wie oft hatte ihre Mutter hier schon aufräumen wollen und es zum Glück nicht getan.

Lucy montierte die Spiegel mit ein paar geschickten Handgriffen an ihr Lenkrad. So, jetzt konnte sie perfekt beobachten, ob ihr jemand folgte. Nopes Gehilfen durften auf keinen Fall ihren Einbruch ins Polizeimuseum mitbekommen! Sollte sie vielleicht noch mal einen Zettel fallen lassen und sie auf eine falsche Fährte locken? Aber sie waren sicher auf der Hut, weil sie im Schwimmbad nichts gefunden hatten.

Lucy schob das Rad unter die Weide. Sie hatte alles vorbereitet. Jetzt hatte sie noch ein wenig Zeit. Zeit für die Bombe! Wo konnte sie noch nach ihr suchen? Im Wintergarten!

Lucy schlich wieder in die Villa und durchkämmte den Wintergarten. Auf der Töpferscheibe stand eine halb fertige Vase, der kam sie besser nicht zu nahe. Tja, im Wintergarten war die Bombe also auch nicht. Na ja, sie hatte ja den neuen Notfallplan. Sie sah sich schon in letzter Minute zu dem fiesen Dyna-Mike hetzen. Da plingte ihr Handy. Es war Fujii.

Nopes Leute beschatten mich auch. Sei vorsichtig. C.F.

Aha, deshalb sah es manchmal so aus, als schliefen ihre Verfolger noch. Die hatten ja allerhand zu tun.

KAPITEL 14

Nachts im Polizeimuseum

Um zehn vor sieben war Lucy startklar. Sie zog den Reißverschluss ihrer Lederjacke zu und ihr Käppi tief in die Stirn. Mann, war der Rucksack schwer heute! Lucy schulterte ihn schon, da fiel ihr der Zettel für ihre Eltern ein. Sie waren noch nicht zurück. Lucy flitzte in die Küche, um den Zettel auf den Tisch zu legen. Sie fand eine Nachricht ihrer Mutter vor.

Sind bei F., letzte Vorbereitungen für morgen treffen. Ca. um neun zurück. Pass auf dich auf! Kuss Mum

Lucy lächelte und legte ihren Zettel daneben. Wenn Savanna weg war, hatte sie Mum wieder für sich.

Die Straße war menschenleer, der schwarze Motorroller war weit und breit nicht zu sehen und ein verdächtiges Auto auch nicht. So konnte es weitergehen!

Als Lucy und Savanna am Polizeipräsidium ankamen, war Toni schon da. Er stand im Schatten der Mauer in Höhe des Museumsklotzes und trat wibbelig von einem Bein auf das andere. »Wo bleibt ihr denn!«, rief er.

»Pssst!«, machte Lucy. Leise sagte sie: »Du bist doch sonst nicht so überpünktlich.« Sie warf einen Blick auf die Uhr und nickte Savanna zu. »Halb acht. Du fängst an.«

Lucy kramte eins der Seile aus dem Rucksack und band es Savanna um die Taille. »Für die Eisbox gleich.« Dann stellte sie sich nah an die Mauer und machte eine Räuberleiter.

»Wie, da soll ich jetzt hoch?« Savanna zeigte nach oben.

»Ich glaub, ich mach besser die Räuberleiter«, meldete sich Toni. »Ich bin größer.«

»Aber nicht stärker«, murmelte Lucy, ließ ihn jedoch machen. Da fing einer der Hunde an zu bellen, und Toni zuckte zusammen.

»Spinnst du?«, fauchte Savanna. »Fast wäre ich gefallen!«

Toni riss die Augen auf.

»Hat er ja nicht extra gemacht«, knurrte Lucy. Sie und Toni schoben Savanna von unten. Ihre Großcousine hing an der Mauer und zog sich mühsam hoch. Dabei strampelte sie so mit den Beinen, dass Lucy und Toni aufpassen mussten, nicht ständig ihre großen Füße gegen den Kopf zu bekommen. Wenigstens trug sie Turnschuhe, nicht ihre Cowboystiefel. Aber … eine Longfinger musste doch an jeder Mauer hochkommen!

»Autsch!«, rief Savanna oben auf der Mauer.

»Pssst!«, rief Lucy. »Und hock dich endlich hin!«

»Wie soll ich hier denn hocken mit dem Stacheldraht?«, rief sie runter.

»Das schaffst du schon!«, rief Lucy gedämpft. »Und jetzt sei leise da oben und lass …«

Wieder schlugen die Hunde an, beide diesmal. Das wütende Gebell kam näher und näher.

»Toni! Die Eisbox!«, sagte Lucy, und Toni lief zu Rondine.

»Sie springen an der Mauer hoch!«, rief Savanna von oben. Sie klang entsetzt. »Und sie sind … riesig!«

»Lass das Seil runter, schnell!«, zischte Lucy. »Und jetzt nur noch flüstern, klar?«

Savanna ließ das Seil herunter, und Lucy knotete die Eisbox daran, die Toni ihr hinhielt. »Hoch damit!« Vor ihren Augen tanzte die Box am Seil nach oben.

»Und beeil dich!«, flüsterte Lucy. Sie beobachteten Savanna, wie sie die Box öffnete und eine Kugel Eis über den Stacheldraht auf den Hof warf. Sofort hörte das Bellen auf. Sie hörten lautes Schnüffeln, dann ein Knurren.

»Die klären, wer die erste Kugel bekommt«, sagte Toni. Seine Zähne klapperten beim Reden.

»So, jetzt bin ich dran«, flüsterte Lucy. Toni nickte. Er klimperte nervös mit den Augenlidern. Irgendwie tat er Lucy leid. War es wirklich richtig, ihn bei dieser Aktion zu beteiligen? Er war ja kein Gangster und wollte auch keiner werden! »Keine Sorge, ich schaff das schon«, versuchte Lucy ihn zu beruhigen. »Ist ja mein Job, schon vergessen? Los, wir gehen ganz nah an das Museum ran.«

Lucy und Toni schlichen bis zum Ende der Mauer, da,

wo diese an den Museumsbau grenzte. Lucy stieß ihn an. »Los, mach mal Räuberleiter für mich.«

Im Gegensatz zu Savanna war Lucy mit einem Satz auf der Mauer und hockte sich neben den Stacheldraht. Sie schielte runter auf den Hof. Da saßen die beiden furchteinflößenden Dobermänner, Sieger in der Kategorie *Unbestechlicher Wachhund*, mit schief gelegtem Kopf und Augen wie Schoßhündchen. Sie hechelten leise, den Blick auf die Mauer gerichtet. Lucy drehte sich zu Toni um, der erwartungsvoll zu ihr hochsah, und hielt den Daumen hoch. »Mega-Rezept«, flüsterte sie. Teil eins hatte also funktioniert, jetzt zu Teil zwei des Plans! Lucy spähte über den Hof. Niemand sonst zu sehen. Die Hunde verharrten weiter in ihrer Lecker!-Lecker!-Ich-will-mehr-davon-Starre, und Savanna fütterte sie immer weiter. Das machte sie gut. Hoffentlich reichte das Eis!

Lucy stieg vorsichtig mit einem Bein über die hohe Stacheldrahtrolle. Sie ging ein Stück in die Knie, prüfte noch mal den Sitz ihres Rucksacks und den Abstand vom Stacheldraht zu ihrer Jeans, atmete einmal tief durch, spannte alle Muskeln an und ... stieß sich ab! Mit ausgestreckten Armen flog sie auf den Baum zu. Noch ein Stück, komm schon! *Zack!* Ihre Hände packten zu. Sie schwang einmal unter dem Ast durch und zurück und ... hepp!, nach oben auf den Ast. Geschafft! Danke, Parkour, beste Sportart der Welt! Jetzt schnell, sie musste verschwunden sein, wenn das Eis ausging!

Lucy balancierte über einen Ast so nah wie möglich zum Museumsklotz. Sie nahm das Seil ab, das sie um die Taille trug und das am Ende mit einem Haken verknotet war, und warf es mit Schwung hoch an die Feuerleiter am Museumskubus. *Plock,* traf der Haken die Wand. Mist, noch mal! Jetzt traf Lucy die Feuerleiter. *Klong,* schallte es laut über den Hof. Sofort schlugen die Hunde an. Mist! Das Bellen kam näher. Und der Haken hatte nicht mal gehalten! Lucy bewegte sich nicht. Bitte, bitte, lass sie jetzt nicht bis zum Baum kommen! Ein kurzes Aufbellen und Winseln. Dann lautes Schnüffeln. Savanna hatte ihnen bestimmt eine neue Ladung Hunde-Eis rübergeworfen! Puh, das war knapp gewesen! Dann schnell jetzt. *Klong!* Ja! Der Haken saß. Endlich!

Lucy prüfte den Sitz des Hakens und nahm so viel Schwung, wie sie eben nehmen konnte auf einem Ast sitzend. Dann sprang sie in Richtung Feuerleiter … *Klong* dröhnte es metallisch laut über den Hof, als Lucy gegen die Leiter knallte. Autsch! Sie biss die Zähne zusammen. Das gab bestimmt so einige blaue Flecken! Aber wenigstens hatte sie die Leitersprossen erwischt, als sie zugegriffen hatte. Sie sammelte sich kurz, sah sich nach den Hunden um, die gerade wie irre den Boden ableckten, und kletterte blitzschnell nach oben. Links von ihr begann das große Banner.

Guns are strong – Kaliforniens größte
Schusswaffenausstellung besucht Mable Beach!
20. November – 9. Dezember

Lucy grinste, hielt sich mit einer Hand fest und holte mit der anderen die Spraydose aus dem Rucksack.

Aus *Guns are strong* machte Lucy mit grüner Sprühfarbe *Guns are ~~strong~~* **wrong!**

Sie stopfte die Spraydose in ihre Jackentasche und kletterte in Rekordtempo weiter. Wow, was für eine lange Feuerleiter! Bloß nicht nach unten schauen. Während sie kletterte, grinste Lucy vor sich hin. Sie hätte aus *Guns are strong* auch ~~Guns~~ ***Girls*** *are strong* machen können. Es gab immer mehrere Möglichkeiten!

Oben sprang Lucy aufs Dach, lief zur ersten gläsernen Dachkuppel und schnitt mit ihrem Spezialschneider ein Loch in die Verglasung. Dann befestigte sie das Seil an der Dachluke und seilte sich in die dunkle Ausstellungshalle ab bis auf die Technikebene. Das Seil ließ sie hängen, das würde niemand sehen. Sie knotete ihr zweites Seil am Geländer der Galerie fest und ließ sich daran bis nach unten auf den Boden hinunter. Lautlos kam sie auf den Füßen auf. Sie verharrte und lauschte in die Ausstellung. Alles still. Jetzt zu Teil drei: der Puppe den Anzug klauen.

Der Mond schien durch die Dachkuppeln und tauchte den Ausstellungsraum in ein gespenstisches Licht. Grüne Bodenleuchten wiesen den Weg durch die Ausstellungsfläche, und die roten Laserschranken waren deutlich zu sehen, mal nahe dem Boden, mal weiter oben. Lucy hatte sich den Weg genau eingeprägt. Nicht dass sie in eine Laserschranke hineinlief! Aber sie musste höllisch aufpassen, dass nicht ihr Rucksack oder ihr Pferdeschwanz reingeriet! Stopp! Hier jetzt hoch auf die Trennwand! Lucy nahm Anlauf und sprang auf eine ungefähr eineinhalb Meter hohe, dünne Glastrennwand. Oben schwankte sie ein wenig, spannte Bauch und Po an, fand dadurch ihr Gleichgewicht und balancierte auf der dünnen Kante weiter. Am Ende sprang sie hinunter, nahm den Rucksack ab und ließ ihn mit einem kräftigen Schubs unter den Laserschranken durchschlittern. Dann machte sie selbst genau vier Rückwärtssaltos über die Schranken, bis sie bei der Gangsterpuppe war. Jetzt nur noch den Anzug ausziehen! Da weder die Gangsterpuppe noch der Sockel, auf dem sie stand, gesichert waren, hatte Lucy leichtes Spiel. Die Pistole war an dieser Stelle nur eine Attrappe (das hatte sie sofort erkannt), und Lucy legte sie vorsichtig auf den Boden, damit sie nicht runterpolterte. Dann hob sie die Puppe an (zum Glück war die nicht schwer!) und zog ihr leise die Stiefel aus. Der Anzug hatte am Rücken einen speziellen Verschluss, der ziemlich technisch aussah, und fast hätte Lucy gepfiffen, so leichtgängig und automatisch funktionierte er. Sie hatte ihn nur angetippt und schon glitt er auf. Wow! Lucy zog der Puppe den Anzug herunter und wurschtelte die Beine heraus. Der Stoff fühlte sich gut an, er war ultradünn und megaleicht. Und irgendwas an dem Anzug kam ihr bekannt vor. Hatte ihr Vater vielleicht so einen? In der Karnevalskiste? Sie kam gerade nicht drauf. Aber er ließ sich winzig klein falten und gut im Rucksack verstauen. Jetzt zu Teil vier ihres Plans: schnell wieder raus!

Lucy schulterte den Rucksack und sprang mit Vorwärtssaltos über die Laserschranken. Nicht übermütig werden, Lucy, schimpfte sie mit sich selbst. Vorwärtssaltos waren nicht ihre Stärke. Schon gar nicht mit Rucksack! Und es durfte nichts schiefgehen …

Nach der vierten Laserschranke sprang Lucy auf die Glaswand und balancierte zurück. Sie hatte ein tolles Gefühl im Bauch, ein aufgeregtes Kribbeln, wie sie es schon lange nicht mehr bei einer Aktion gehabt hatte. Alles lief wie am Schnürchen. Tja, sie hatte es auch mal wieder erstklassig geplant. Und brillant ausgeführt!

Plötzlich sah sie das flackernde Licht einer Taschenlampe. O nein, der Nachtwächter! Lucy erstarrte auf der dünnen Glaswand in ihrer Position. Ein Bein hinten, den Oberkörper nach vorne gebeugt. Wenn sie sich nicht bewegte, würde er sie vielleicht nicht bemerken?! Lucy schickte Stoßgebete: Bitte, bitte, lass ihn mich nicht sehen, bitte, bitte! Sie wagte einen Blick. Schemenhaft sah sie seine Gestalt am Eingang zur Ausstellung an der ersten Nische. Zum Glück wandte er Lucy den Rücken zu. Aber … nein! Er blieb! Was machte er denn da? Er legte seine Taschenlampe auf eine Vitrine. Ihr Strahl fiel auf die Wand. Jetzt nahm er sich eine Pistole und … Er spielte ein Duell mit seinem Schatten! Dem war bestimmt langweilig. Sie musste sich verstecken, bis er weg war. Schnell! Lucy balancierte lautlos weiter bis zur nächsten Wand. Da war die Klappe des Lüftungsschachts, den sie als Notfallversteck auserkoren hatte. Sie reckte sich und zog die Klappe auf, ein grobmaschiges weißes Stahlgitter. Es blieb durch einen Feststellmechanismus offen stehen. Blitzschnell zog Lucy sich hoch, kroch in den Schacht und schloss die Gitterklappe von innen. *Klick* machte es. Wieso …? Aber das würde sie nachher untersuchen. Jetzt war sie erst mal sicher in ihrem Versteck. Der Nachtwächter würde sich nicht die ganze Nacht duellieren. Hoffentlich!

Nach einer gefühlten Ewigkeit legte der Mann endlich die Pistole zurück und fummelte an einem Taster an der Wand herum. Wahrscheinlich stellte er den Laseralarm für den Bereich wieder an, den er zuvor für sein Duell ausgeschaltet hatte. So, raus hier und die Sache beenden! Lucy drückte gegen das Gitter des Lüftungsschachts. Aber … es ließ sich nicht mehr öffnen! Nein! Das komische Klicken vorhin – die Klappe war elektronisch gesichert! Lucy rüttelte leise an der Klappe. Verdammt! Die Klappe bewegte sich nicht! Was sollte sie denn jetzt machen? Mist! Toni – sie brauchte seine Hilfe. Lucy holte ihr Handy raus. Oh, Toni hatte ihr vor einer Minute eine Nachricht geschickt.

Savanna hat sich am Stacheldraht den Knöchel aufgeschürft. Sie hat Angst, eine Blutvergiftung zu bekommen. Ich bring sie schnell nach Hause. Toni

Was? Savanna bekam doch keine Blutvergiftung!

Lucy schrieb zurück.

Kehr sofort um! Ich sitz im Lüftungsschacht fest. Du musst die Klappe öffnen! Komm rein! Seil hängt noch. LL

Oje! Ob Toni das machen würde? Und ob er das schaffte? Über die Mauer, die Feuerleiter hoch, am Seil runterlassen? Hoffentlich gab es noch Hunde-Eis!

Lucy starrte auf ihr Handy und wartete auf eine Nachricht wie *Okay, ich komm jetzt rein! Toni.*

Aber Toni antwortete nicht. So ein verdammter Doppelmist!

Niedergeschlagen wollte Lucy das Handy gerade in den Rucksack stecken, als es ihr aus der Hand rutschte. *Klong!* Schon sah Lucy durch das Gitter das tanzende Licht der Taschenlampe des Nachtwächters zurückkommen. Oje! Er hatte es gehört. *Pling.* Die Ausstellung war plötzlich taghell erleuchtet. O nein, wenn er das Seil fand, würde er überall nachsehen, auch im Schacht. War jetzt alles aus? Ihr Freund kümmerte sich lieber um eine blöde Texanerin, und wenn sie hier festsaß und nicht die Bombe aus der Villa schaffen konnte, flog bald ihr Zuhause in die Luft!

KAPITEL 15

Die Flucht

Mist! Auch wenn Toni die Nachricht inzwischen gelesen hatte, jetzt käme er nicht mehr rein! Denn die ganze Ausstellung war hell erleuchtet, das sah Toni ja durch die Dachkuppeln. Jetzt musste sie sich selbst helfen! Wenn sie jetzt nicht handelte, hatte der Nachtwächter sie gleich. Und wenn er sie nicht im Schacht fand, fand er doch mit Sicherheit das Seil! Und dann würde er die gesamte Ausstellung mit mindestens zehn Beamten durchkämmen, bis sie den Eindringling hatten. Und dann … Lucy wollte sich gar nicht vorstellen, was dann passierte. Sie würden wissen wollen, wo sie wohnte, wer ihre Eltern waren.

Sie hatte keine Wahl. Entschlossen zog Lucy Al Capone und das präparierte Mäuseseil mit der kleinen Tuchschaukel aus dem Rucksack. Sie setzte ihn in das Tuch, streichelte ihm sanft über den Rücken (das tat sie immer, bevor ein Befehl kam) und flüsterte: »An den Mann!«

Als der Nachtwächter in einer Nische verschwand, schob sie das Tuch mit Al Capone durch ein Gitterloch der Lüftungsklappe und ließ es langsam am Seil hinunter. Als es auf dem Boden aufsetzte, fiel das Tuch auseinander, und Lucy sah, wie Al Capone herausschlüpfte. Fiepend lief er los, direkt auf den Nachtwächter zu. Lucy zog das Tuch schnell wieder hoch und hielt den Atem an.

»Ach so, du warst das«, hörte Lucy den Nachtwächter sagen. »Wie bist du kleine Maus denn hier reingekommen?« Juchhu! Es hatte funktioniert! Lucy atmete erleichtert aus. *Klick*, schon war alles wieder dämmrig. Puh! Das war noch mal gut gegangen! Aber … O nein! Der nahm sich schon wieder eine Pistole. Was für ein Knallkopf!

Al Capone kam zur Klappe zurück. Lucy ließ das Seil mit dem Tuch wieder runter, und die kleine Maus kroch hinein. Schnell zog Lucy es hoch und setzte Al Capone in den Rucksack zurück. Dann kroch sie so leise wie möglich in Richtung Präsidium.

Zweimal machte der Schacht eine Kurve, dabei ging es leicht abwärts, und dann endete er vor einer Klappe. Lucy versuchte zu erkennen, wo genau sie gelandet war. Aber sie blickte nur auf eine dreckige Wand, sonst sah sie nichts. Sie lauschte. Alles still. Vorsichtig drückte sie gegen die Klappe. Und … *klack*, sprang sie nach außen auf. Lucy seufzte erleichtert. Gleich war sie hier raus!

Sie schob sich bäuchlings aus dem Schacht, der nur etwa einen halben Meter über dem Boden lag. Sie rappelte sich auf und schaute sich um. Huch! Sie war im

Zellentrakt gelandet! Ein Gefangener mit Rauschebart und verfilzten langen Haaren starrte sie aus der mittleren Zelle an, als sähe er ein Gespenst. Lucy huschte zu ihm an die Gitterstäbe. »Hey, Gauner. Ich bin eine Kollegin. Wenn ich dich hier rausholen soll, musst du leise sein, ja?«

Der Mann nickte. In diesem Moment hörte Lucy Schritte. Schnell schlüpfte sie in eine leerstehende Zelle und kletterte an den Gitterstäben hoch. Sie zog die zwei Supersauger aus dem Rucksack und klebte sie weit auseinander an die Decke. Die Füße an die Gitterstäbe gestemmt und je eine Hand an einem Supersauger klebte Lucy oben an der Decke wie ein Gecko. Keine Sekunde zu früh! Die Schritte kamen näher. Eine Polizistin mit einer Kiste auf dem Arm trat in den Zellentrakt. Oje, sie kam geradewegs in die Zelle, in der Lucy an der Decke klebte! Genau unter ihr bückte sich die Frau ächzend und stellte die Kiste auf dem Boden ab. Bitte, bitte, lass sie nicht nach oben sehen! Bitte, lass den Häftling den Mund halten!

Lucy hatte Glück. Die Polizistin schlurfte davon, ohne nach oben zu schauen, und der Häftling in der Zelle blieb stumm.

Lucy kletterte an den Gitterstäben runter und schlich dann aus dem Zellentrakt. Rechts ging es zu den Büros, geradeaus ins Foyer. Eine Box mit einem Mikrophon hing hier an der Wand. Eine Anlage für Durchsagen! Ha, da kam ihr eine coole Idee! Lucy holte Hip und Hop aus dem Rucksack (die beiden Tanzmäuse waren die besten beim Alarmbefehl), strich ihnen über den Rücken und flüsterte: »Alarm.«

Hoffentlich ging es nicht schief wie auf Rattos Yacht, als Al Capone aus dem Lagerraum gelaufen war! Die Mäuse trippelten sofort los zur nächsten Ecke. Sobald sich jemand näherte, würden sie laut piepsen. Lucy zog währenddessen den kleinen Stimmverzerrer aus dem Rucksack und sprach leise eine Mitteilung hinein. Dann griff sie nach dem Mikrophon der Wandbox und spielte die Durchsage mit dem Stimmverzerrer ab.

Achtung, Achtung! Im Namen von Polizeipräsident Sergeant Raw MacMiller wird aus dringendem Anlass sofort eine Uniformkontrolle aller Polizisten und Wachleute durchgeführt. Bitte sofort im Hof versammeln. Ich wiederhole: Aus dringendem Anlass wird jetzt eine Uniformkontrolle aller Polizisten und Wachleute durchgeführt. Bitte umgehend im Hof versammeln. Danke.

Schnell sammelte Lucy Hip und Hop an der Ecke ein, huschte zurück in den Zellentrakt und kauerte sich hinter die Kiste, die die Polizistin vorhin hier abgestellt hatte. Ganz nah hörte sie Stimmen. Bestimmt liefen die Beamten gerade aus dem Bürotrakt zum Foyer. Alle, die heute Nacht Dienst hatten, würden dem Befehl des Sergeants garantiert sofort nachkommen. Mehrmals schlug die schwere Eingangstür zu. Als Lucy nichts mehr hörte, zählte sie noch einmal bis hundert. Wer jetzt nicht mehr kam, war bestimmt an seinem Arbeitsplatz eingeschlafen. Los! Sie schlich ins Foyer, huschte an der Statue des Sergeants und seines Dackels ohne Halsband vorbei in Richtung Küchentrakt und Kantine. Dort gab es bestimmt einen Nebeneingang.

Bingo! Da war er! Sie schob die Chipkarte des Wärters in den Schlitz der Tür. *Klick*, machte die Tür und sprang auf.

Kühle Nachtluft wehte Lucy entgegen, und erleichtert spähte sie hinaus. Vorne im Hof stellten die Beamten sich auf, Lucy hörte, wie einer mit lautem Befehlston Namen brüllte. Die Hunde lagen an der Kette.

Lucy zurrte Bauch- und Brustgurt ihres Rucksacks noch mal fest, dann nahm sie Anlauf und sprang mit zwei Flickflacks über ein an der Mauer geparktes Polizeiauto und mit einem letzten waghalsigen Sprung auf die Mauer. Hatte sie jemand bemerkt? Schnell stieg sie über den Stacheldraht und sprang auf der anderen Seite von der Mauer auf den Gehweg. Und siehe da – genau in diesem Moment kam Toni auf Rondine angerast! Lucy überlegte nicht lange. Toni hatte noch nicht ganz gehalten, da riss sie den Deckel der Transportbox *Fresh and cool like you* auf und sprang hinein. Gut, dass sie so klein und schmal war!

Toni gab Gas. Rondine schwankte bedenklich durch das Gewicht in der Transportbox. »Das tut mir so leid, weißt du, ich hab deine Nachricht gerade erst gelesen und …«

»Da rein!«, rief Lucy. »Gib Gas, die merken bestimmt

gleich, dass was nicht stimmt!« Toni bog so schnell in die dunkle Gasse ab, dass Lucy fast aus dem Korb geflogen wäre. Er fuhr von einer Gasse in die nächste. Schließlich wurde er etwas langsamer. Niemand schien ihnen zu folgen, zum Glück! Lucy atmete durch. Geschafft! Jetzt hatte sie den Anzug, und Savanna konnte verschwinden. Aber … Moment mal! Savanna hatte sich feige aus dem Staub gemacht! Ganz anders, als sie es mit ihr besprochen hatte! Sie hatte es gar nicht verdient, dass sie den Anzug bekam! Ohne selbst zu helfen!

Toni fuhr zur Eisdiele. Sie stellten Rondine hinter dem Haus ab und flitzten in sein Zimmer hoch. Dort hockten sie sich ans Fenster und beobachteten die Straße. Aber niemand war zu sehen.

»Sag mal, was hast du dir eigentlich dabei gedacht?«, fragte Lucy, ohne die Straße aus den Augen zu lassen. »Blutvergiftung! Dass ich nicht lache!«

»Savanna hat furchtbar gejammert, wie weh die Wunde tut. Und sie hatte schon mal eine Blutvergiftung!«

»Ja, aber … heute hatte sie doch noch keine! Toni! Überleg doch mal!«, schimpfte Lucy. »Du hast dich um den Finger wickeln lassen! Nur weil Savanna die Sache zu heikel war! Die hatte keinen Bock darauf, was zu riskieren!«

Toni schaute zerknirscht auf seine Hände. »Ich wollte ja schnell zurückkommen«, murmelte er. »Ich würde dich doch nicht im Stich lassen.« Er schaute Lucy an.

»Ich … na ja … ich hab das Handy halt nicht gehört, als ich gefahren bin.«

»Tolle Aktion«, knurrte Lucy. »Beinahe wäre ich im Gefängnis gelandet.«

»Lucy?«, fragte Toni leise.

»Ja?«, fragte Lucy.

»Glaubst du wirklich, dass Savanna nur so getan hat?«

»Und ob ich das glaube! Sie hat feige ihren Hintern retten wollen, und deshalb kriegt sie auch den Anzug nicht!« Lucy stand auf. Das war ihr jetzt sonnenklar. »Und noch was: Irgendwas kommt mir an dem Anzug bekannt vor. Solange ich nicht weiß, was das ist, musst du ihn hier gut verstecken. Okay?«

Toni nickte kleinlaut. Zaghaft fragte er: »Und? Bist du … sauer?«

Lucy schüttelte den Kopf. »Nö. Ich hätte dich da gar nicht reinziehen sollen. Du hast einfach noch nicht viel Erfahrung mit solchen Aktionen.« Sie klopfte Toni auf die Schulter. »Du brauchst mich nicht zurückfahren. Ich jogge – falls jemand Rondine gesehen hat. Versteck den Anzug gut!«

Toni nickte. »Klar, ich weiß auch schon, wo.«

Er begleitete Lucy die Außentreppe hinunter. Lucy spürte, dass er ihr noch nachsah, während sie todmüde die Straße hochtrabte.

Sie war schon fast oben und überlegte gerade, ob es nicht besser wäre, den Umweg durch den Park zu nehmen, als sie die schwarze Limousine sah, die etwa hundertfünfzig Meter von der Villa entfernt auf dem Seitenstreifen parkte. O nein, Nopes Leute! Schnell hockte Lucy sich hinter einen Wagen. Sie musste unauffällig in die Villa kommen, damit sie dachten, Lucy wäre die ganze Nacht zu Hause gewesen. Nicht dass sie eine Verbindung zu ihr und dem Einbruch ins Polizeipräsidium herstellen konnten. Lucy lief geduckt die Straße wieder ein Stück runter und dann nach links zwischen zwei Häusern durch. Von hinten kam sie an die hohe Mauer, die ihren Garten umgab. Das sollte sie nur im äußersten Notfall machen. Aber das hier war ein Notfall!

Vierzehnter Stein von der Ecke rechts, zehnte Reihe von unten. Lucy zählte die Mauersteine. Sie fand den richtigen Stein mit dem winzigen Knopf in der Fuge, von Efeuranken bedeckt. Sie drückte ihn und schaltete damit für zehn Sekunden die Garten-Alarmanlage aus, die auf der Mauer verlief. Der Longfinger-Notfall-Fluchtweg in die Villa, wenn sie aus irgendwelchen Gründen nicht den Tunnel benutzen konnten. Dann holte sie das Seil und den Haken aus dem dichten Ginsterbusch, warf es oben an die Mauer, bis der Haken hielt, und kletterte an dem Seil hoch. Und hopp, in den dunklen Garten runter. Lucy drückte wieder einen kleinen Knopf in einer Fuge auf der Innenseite der Mauer und stellte so den Alarm wieder an. Dann schlich sie zu dem kleinen runden Wildbienenhaus an der efeuberankten Rückwand der Villa und kam sich dabei wie eine Einbrecherin vor. Hinter dem Bienenhaus lag der Knopf, der den Alarm der Villa ausstellte. So, jetzt hatte sie genau zwanzig Sekunden! Wie der Blitz kletterte sie an dem Seil hoch, das hinter den Efeuranken hing und bis zum Abstellraum oben im Turm hochführte. Das kleine Fenster dort ließ sich aufdrücken, solange der Alarm ausgeschaltet war. Lucy schnaufte! Zwanzig Sekunden waren echt nicht viel für diese Höhe! Kaum war sie durch das kleine Fenster geklettert und drückte es wieder zu, machte es auch schon *Klick,* und Lucy wusste, dass der Alarm wieder an war.

Puh, geschafft! Lucy warf einen grimmigen Blick auf die geschlossene Tür des Turmzimmers. Savanna schnarchte bestimmt in der Koje vor sich hin. Die würde sie sich morgen vorknöpfen. Sie schlich die Treppe runter, um sich in der Küche noch ein Glas Wasser zu holen. Sie fand einen Zettel auf dem Küchentisch.

Wo bleibst du mit dem Anzug? Savanna hat gewartet! Sie nimmt jetzt den Zug morgen Mittag. Mum

Anzug? Nö! Wenn die wüssten! Müde stieg Lucy die steile Treppe zu ihrem Zimmer hoch und ließ sich aufs Bett fallen. Nur eine Minute verschnaufen. Gleich würde sie sich ausziehen und die Zähne putzen. Wenigstens einmal drüber. Und morgen würde sie Savanna was erzählen! Ob sie am Ende ohne Anzug fuhr? Ihre Eltern würden das natürlich nicht verstehen. Und sie würde ein letztes Mal nach der Bombe suchen. Und wenn sie die dann nicht fand, würde sie zu Dyna-Mike fahren. Ob sie es schaffte, ihm unbemerkt was zu klauen?

Kapitel 16

Endlich!

»Guten Morgen!« Ihr Vater sah von seiner Zeitung auf, als Lucy verschlafen in die Küche kam. Ihre Eltern und Savanna frühstückten schon. Der Tisch sah nach einem richtigen Sonntagmorgenfrühstück aus. Oder Abschiedsfrühstück? Es gab gekochte Eier, frische Brötchen in dem geblümten Brotkörbchen, das ihre Mutter so mochte, Käse und Wurst auf Tellern, frischen Kräuterquark, Müsli und Joghurt.

»Gibt's heute eine Zeitung? Ich dachte, es ist Sonntag«, murmelte Lucy.

»Obacht!«, schrie die Krähe. »Vertraue niemandem, der auf einer Bank sitzt und Zeitung liest. Punkt 15 im Kodex.«

»Das ist die Sonntagszeitung, Lucy. Du kriegst die Augen ja kaum auf, so verschlafen bist du!«

»Augen! Ein Longfinger sieht einem anderen Longfinger immer in die Augen. Punkt 33 im Kodex.«

»Was ist denn mit der Krähe los? Die ist ja völlig übermotiviert heute«, stöhnte Lucy. So müde war sie lange nicht mehr gewesen.

»Genau der richtige Tag, um mit ihr den Punkt 4 zu üben, Lucy. Oder hast du das vergessen?«

»Muss denn immer ich alles machen?«, brummte Lucy. Das hatte sie total vergessen!

»Apropos *alles machen*«, sagte ihre Mutter und lächelte. »Savanna hat uns schon ausführlich von eurem Beutezug erzählt. Tolle Aktion! Wie deine Cousine die Hunde mit dem Hunde-Eis abgelenkt hat! Super Idee!«

Was, Savanna hatte sich mit ihren Lorbeeren geschmückt? Das war *ihr* Plan gewesen! Lucy blitzte Savanna an.

»Aber«, ihre Mutter runzelte die Stirn, »wo ist der Anzug denn nun? Hol ihn mal! Savanna hat gestern noch lange auf dich gewartet.«

»Ich hab ihn nicht«, knurrte Lucy.

»Waaaas?«, riefen ihre Eltern und Savanna gleichzeitig.

»Du … du hast ihn nicht?« Savanna starrte Lucy mit offenem Mund an.

»Genau«, sagte Lucy ganz ruhig, und sie genoss es ein bisschen. »Es ist etwas schiefgegangen.« Sie schaute ihre Eltern an. »Hat Savanna das auch schon erzählt? Wenn meine …«, Lucy malte Gänsefüßchen in die Luft, »*so erwachsene* Großcousine nicht Angst vor einer imaginären Blutvergiftung gehabt hätte, dann hätte ich den Anzug jetzt!«

»Blutvergiftung?«, fragte ihre Mutter verwirrt.

»Imaginär?« Lucys Vater runzelte die Stirn.

»Ich kann kaum laufen, so weh tut mein Knöchel«, rief Savanna.

»Total übertrieben!«, sagte Lucy zu ihren Eltern. »Gemäß Punkt 32 im Kodex hätte sie mir auch helfen müssen! Genauso wie ihr von mir auch verlangt habt, dass ich Savanna helfe!«

»Punkt 32!«, schrie Miss McPie. »Ein Longfinger gewährt einem Longfinger stets Unterschlupf und Hilfe.«

»Und den Kodex kennt sie auch nicht richtig! Sie hat gesagt, dass es Punkt 31 ist, dabei ist es Punkt *32*, nicht wahr?« Jetzt mussten ihre Eltern ihr ja wohl recht geben. Der Kodex war ihnen schließlich megawichtig!

»Aber … Lucy-Schatz, nicht jeder kann sich alles so gut merken«, wandte ihre Mutter ein. »Denk an Tante Bubblebee, die kann sich nicht einen einzigen Punkt merken.«

»Bubblebee ist ein schlechtes Beispiel!«, rief Lucy. Niemand in der Familie war so vergesslich, chaotisch und verwirrt wie Tante Bubblebee. Das konnten sie doch nicht vergleichen!

Ihr Vater legte seine Hand auf Lucys. »Ich bin sicher, Lucy hat ihre Gründe. Lucy, Savanna will den 12-Uhr-Zug nehmen, wir wollen doch, dass sie ihn kriegt …«

Aber Lucy lief schon aus der Küche. Sie nahm vier Stufen auf einmal nach oben. Warum musste ihre Mutter Savanna immer verteidigen? Nur weil sie der Gast war! Ihr Handy plingte. Vor ihrer Zimmertür zog Lucy es aus der Hosentasche. Fujii!

Vorsicht! Ratto ist gestern aus dem Gefängnis ausgebrochen! C.F.

Was? Lucy wurde schwindelig. Ausgebrochen? Wie hatte er das denn ohne die Maske geschafft? In ihrem Kopf drehte sich alles. Ratto war frei! Was passierte jetzt mit der Bombe?

Lucy warf sich auf ihr Bett. Sie musste sich zusammenreißen. Ihr fiel doch immer was ein!

Zehn Minuten später hörte sie eine Autotür und lief zum Fenster. Ihre Eltern und Savanna stiegen gerade in den Lieferwagen. Wo fuhren die denn zusammen hin? An einem Sonntagmorgen! Brachten die Savanna schon zum Bahnhof? Ohne den Anzug? Lucy flitzte die Treppe runter. In der Küche lag ein Zettel auf dem Küchentisch.

Wir sind mit Savanna zum Abschied noch ein Eis essen gefahren. Sieh zu, dass du den Anzug hast, wenn wir zurück sind! Das Taxi ist bestellt und wird Savanna um 11.30 Uhr zum Bahnhof bringen. Wir sind dann leider schon bei Fairclufter. Ich verlass mich auf dich! Mum

Nicht *Kuss Mum*? Und sie hatte noch nie so viel auf einen Küchentischzettel geschrieben. Sie war sauer wegen des Anzugs, so viel war sicher. Lucy seufzte. Wenn sie den Anzug gleich von Toni holte, würde Savanna wenigstens abreisen! Aber … was für ein Witz! Genau da saßen ihre Eltern jetzt mit Savanna! Okay … dann suchte sie erst noch mal die blöde Bombe! Denn das Turmzimmer hatte sie als einziges noch nicht durchsucht, weil da ja ständig ihre Großcousine gewesen war! Und ein kleiner Streich zum Abschied konnte auch nicht schaden … Wenn ihre Eltern aus der Eisdiele zurück waren, konnte sie hinfahren und den blöden Anzug holen. Und dann ab mit Savanna ins Taxi zum Bahnhof! Und danach zu dem fiesen Dyna-Mike … Los, an die Arbeit!

Lucy sprintete die Treppe zum Turmzimmer hoch und schloss leise die Tür hinter sich. Systematisch begann sie zu suchen. In der Koje, unter der Matratze, im Schrank, hinter den Bildern. Wieder plingte ihr Handy.

Mir kannst du nichts vormachen. Du hast den Anzug und wirst ihn Savanna geben. Mum

Ups. Manchmal hatte Lucy das Gefühl, ihre Mutter dachte genauso wie sie. Und kam deshalb natürlich auf die gleichen Ideen. Lucy seufzte und setzte sich aufs Bett. Tja, sah so aus, als müsse sie Savanna den Anzug wirklich geben. Obwohl ihre Großcousine sie gestern Abend im Stich gelassen hatte … und obwohl sie der Anzug an irgendwas erinnerte. Und obwohl Savanna so komisch war … ja, was war eigentlich so komisch an ihr? Ihr Blick fiel auf Savannas Koffer. Nur mal kurz reinschauen. Die Bombe würde zwar nicht im Koffer sein, aber … mal sehen, was ihre tolle Großcousine noch so dabeihatte. Was? Lucy zog mit spitzen Fingern eine Unterhose aus dem Koffer. Das war doch eine Jungenunterhose! Sie wühlte im Koffer herum und fand drei weitere. Jungenunterwäsche? Merkwürdig! Erst der Rasierer, jetzt die Unterhosen! Ihre Großcousine war ziemlich seltsam! Was Toni wohl dazu sagen würde? Wenn sie schon hier rumschnüffelte, konnte sie auch noch einen Blick in den Rucksack werfen. Ob da auch Jungskram drin war? Lucy zog eine Mappe heraus. Was hatte Savanna denn da Wichtiges drin? Oh, das waren … was? Internetausdrucke über die Beutezüge von Savannas Onkel in Texas? Lucy schaute sich die ausgedruckten Seiten genau an. Hm, es waren auch Fotos von Onkel Jeffrey in verschiedenen Fluchtwagen auf den Ausdrucken. Warum hatte Savanna die Fotos denn dabei, wenn sie die dann nicht zeigte? Und der Anzug? Lucy hielt die Seiten ganz nah an ihre Augen, aber … nein, Onkel Jeffrey trug normale Klamotten. Mal eine braune Stoffhose, auf diesem Foto hier eine Jeans. Und da einen grauen Anzug, Jackett und Hose. Auf keinem Foto trug er den Anzug! Aber Savanna hatte behauptet, dass er bei seinen Beutezügen immer den Anzug getragen hatte! Hm, was für einen Anzug hatte sie eigentlich für Savanna geklaut? Es musste ein besonderer Anzug sein. Auf jeden Fall nicht Jeffreys! Lucy hatte den Stoff noch genau vor Augen, er war so leicht gewesen und dieses Gewebe mit feinsten Streifen durch … Plötzlich fiel es Lucy ein! Sie stieß einen Pfiff aus. Die Maske! Er bestand aus dem gleichen Gewebe wie die Maske! Die Farbe war nicht gleich, aber … dieser Anzug … war der zweite Teil des *TransLife*! Lucy musste sich aufs Bett setzen. Teil eines *gefährlichen Projektes*, Fujiis Worte. Ganz schön schlau eigentlich, den Anzug im Polizeimuseum zu verstecken, in einer Ausstellung, die gut gesichert war und viel besucht wurde! Aber … in ihrem Kopf überschlugen sich die Gedanken, so dass ihr ganz schwindelig wurde! Wusste Savanna das etwa? Kannte sie Dr. Kyrkas Erfindung – und hatte sie vielleicht sogar auch die Maske? Oder … Nein! War sie etwa gar nicht Savanna, sondern jemand anderes, der sich mit der Maske als Savanna ausgab? Lucy schlug sich die Hand vor den Mund vor Schreck! Sie atmete einmal tief durch. Nein, das hätten ihre Eltern doch gemerkt! Jetzt ging wirklich die Phantasie mit ihr durch! Kein Wunder, sie war ja auch ganz durcheinander wegen der Bombe.

»Ganz ruhig jetzt, Lucy«, beruhigte sie sich. Erst das Turmzimmer nach der Bombe absuchen. Dann den Anzug holen. Dann Savanna loswerden. Lucy sah sich um. Wo hatte sie noch nicht gesucht? Sie tastete das Mosaik im Boden ab. Aber da ließ sich nichts herausnehmen oder öffnen. Als Lucy hochschaute, fiel ihr Blick auf die alte Standuhr. Aber das wäre echt zu einfach … Lucy öffnete die große Klappe. Da war nichts. Außer … hm, Savanna hatte die getöpferte Vase und das Nachtöpfchen, das eigentlich ein Milchkännchen sein sollte, in die Standuhr gestellt? Warum denn das? Sie hatte die Sachen doch unbedingt mit nach Hause nehmen wollen! Lucy schloss die Tür. Sie wollte auch gerne mal wieder was mit ihrer Mutter machen. Nicht gerade töpfern. Aber ihre Mutter war ja ganz wild aufs Töpfern … und seit sie die neue Töpferscheibe hatte … Huch! Die neue Töpferscheibe! Hatte die nicht neulich erst jemand gebracht? Lucy wirbelte herum und flitzte die Treppe runter. Im Laufen tippte sie eine Nachricht an ihre Mutter.

Wer hat dir die Töpferscheibe gebracht???

Ihre Mutter antwortete sofort.

Suchst du noch immer dein Portemonnaie? Ein Mann von *Be Creative*. Der Laden ist sauber. Mum

Ja, der Laden selbst vielleicht! Aber der Lieferant? Lucy tippte schnell in ihr Handy:

Wie sah er aus?

Ihre Mutter antwortete.

Groß und bullig mit Glubschaugen. Den kannte ich aus dem Laden, glaub ich. Aber nicht jemanden verdächtigen, wenn du es selbst verbummelt hast! Mum

Glubschaugen? Froschauge! Lucy merkte, wie sie eine Gänsehaut bekam. Schon wieder! Das durfte doch nicht wahr sein!

Lucy stürzte in den Wintergarten. Die neue Töpferscheibe! Von wegen ein Mann von *Be Creative*!

Und ausgerechnet darum hatte Lucy einen Bogen gemacht! Wegen der blöden Vase. Sie untersuchte die Töpferscheibe und fand ein Motorfach. Vorsichtig öffnete sie es und sah hinein. Und da ... war sie! Direkt neben dem Motor. Ein kleines silbernes Stück Rohr, mit gelben Drähten umwickelt und einem schwarzen eckigen Kästchen obendrauf, aus dem Drähte rauskamen und an die gelben angeschlossen waren. Eine Rohrbombe! Lucy stand wie erstarrt vor dem offenen Motorfach der

Töpferscheibe. Ihre Mutter hatte hier getöpfert! Nicht auszudenken, wenn die Bombe hochgegangen wäre! Was sollte sie bloß tun? Lucy gab sich einen Ruck. Sie musste vorsichtig einen Blick auf das kleine Display auf dem Kästchen werfen. Rühr dich! Tu was!, hämmerte es in ihrem Kopf. Aber ihr Körper spielte nicht mit. Er bewegte sich keinen Millimeter. Was sollte sie mit der Bombe machen, damit sie nicht in der Villa explodierte? Rausschaffen? Zu gefährlich! Entschärfen? Sie hatte mal an einem Bomben-Entschärfungskurs teilgenommen: *Bomben – besser unscharf als scharf!* Da hatten sie auch über Rohrbomben gesprochen, die mit einem Sender gekoppelt waren. Aber ob sie das schaffte? Oje – wenn nicht, flog alles in die Luft!

Kapitel 17
Lucys Plan

Ihr Handy plingte. Das riss Lucy endlich aus ihrer Starre. Es war Toni.

Deine Eltern und Savanna sind hier in der Eisdiele! Savanna hat nach dem Anzug gefragt, aber ich habe so getan, als wüsste ich von nichts! Toni

Gut gemacht, Toni. Mit zitternden Fingern schrieb Lucy ihm zurück.

Gut! Halt sie noch auf. LL

Ihre Beine spielten wieder mit. Ein Glück, dass Toni gerade jetzt geschrieben hatte! Lucy sah sich die Bombe genauer an. An den gelben Drähten, die aus einer Seite aus dem Rohr ragten, war ein Schalter zwischengeschaltet. Wow! Das musste eine dieser Spezialbomben sein, die sich entschärfen und mit dem Schalter wieder scharf schalten ließen. Das Display des Kästchens auf der Bombe zeigte 00:00:00 xm, also war keine bestimmte Uhrzeit eingestellt, dafür blinkte ein Funkuhrzeichen. Wie sie gedacht hatte. Ratto hatte einen Sender, mit dem er die Bombe auslösen konnte. Hm, wenn Lucy nicht alles täuschte, musste sie nur die Funkverbindung unterbrechen und die Zeit auf null stehen lassen. Oder etwa nicht? Lucy zögerte. Hoffentlich war es so einfach. Eigentlich sah es ganz danach aus. Es war keine dieser Bomben, an die man nicht herankam und für die man einen Super-Bomben-Spezialisten brauchte. Sollte sie wirklich …? Sie dachte an das Paket, an die Stichflamme, die ihr die Stirn angekokelt hatte. Ratto war alles zuzutrauen. Und das hier würde keine kleine Stichflamme geben. Das hier würde einen *Wuuumms* geben und die halbe Villa wegsprengen. Lucys Hand zitterte, als sie sich dem externen Schalter näherte. Sie streckte den Zeigefinger aus. Ja oder nein? Zum Glück waren ihre Eltern nicht in der Villa. Aber sie, sie würde mit hochgehen. Und Cash, der schlafend auf seiner Decke lag. Und die Mäuse. Oje, oje!

Lucy brach der Schweiß aus. Sie zog den Finger zurück, nahm ihr Handy und schickte Toni eine Nachricht.

Ich bin froh, dass ich dich zum Freund hatte! Bitte sag meinen Eltern, dass es mir leidtut und ich alles versucht habe, das zu verhindern. Und dass ich sie ganz doll lieb hatte. LL

Lucy schüttelte den Kopf. Lieb *hatte*? So ein Quatsch, es würde schon nichts passieren! Sie wollte die gesendete Nachricht gerade wieder löschen, da plingte ihr Handy.

Spinnst du? Komm sofort in die Eisdiele! Toni

Er machte sich Sorgen!

»Genug, Lucy«, sagte sie laut. »Du bist eine Longfinger, schon vergessen? Mach es doch einfach! Was sagt der Kodex? *Entscheide schnell! Hast du dich entschieden, ist der Fisch schon halb geputzt!*«

Lucy drückte auf den Schalter und hielt die Luft an. Es machte … *Klick.* Kein lautes *Wummsss,* das sie und das Dach des Wintergartens in den Himmel katapultierte. Sie lebte noch! Die Villa stand noch! Nichts war passiert! Lucy atmete erleichtert aus und wischte sich den Schweiß von der Stirn. Puh! Sie merkte, wie alles verschwamm vor ihren Augen, weil sie voller Tränen standen. Lucy wischte sich die Augen trocken und trat einen Schritt näher an die Bombe heran. Das Funkzeichen des Displays war erloschen, und dafür blinkte ein rotes *Off.* Juchhu! Sie hatte es geschafft! Die Zeit stand noch immer auf null. Doch das würde sich bald ändern! Lucy hatte nämlich eine Idee.

Völlig aufgekratzt und erleichtert flitzte Lucy fünf Minuten später mit der Bombe im Rucksack zur Eisdiele runter. Ha! Jetzt brauchte sie nicht mehr zu Dyna-Mike! Auf halber Strecke kam ihr der Lieferwagen entgegen. Ihre Eltern und Savanna. Lucy winkte und fuhr noch schneller.

»Toni!«, rief sie, als sie die Tür aufdrückte und beinahe mit Phil und Molly zusammenknallte, die aus der Eisdiele kamen.

»Hi!«, rief Phil fröhlich. Molly knuffte Lucy auf den Oberarm. »Check!«

Lucy murmelte: »Selber Check!« Sie verdrehte die Augen.

»Toni!«, rief Lucy noch mal laut und stürmte zur Theke.

Toni sah erstaunt auf und kam um die Theke herum. »Lucy! Da bist du ja! Was hast du mit dieser komischen Nachricht gemeint? Ich hab mir …«

»Ja, ja, schon gut. Du brauchst dir keine Sorgen mehr zu machen. Alles paletti! Ich hab's geschafft!«

»Was?«, fragte Toni verwirrt.

Lucy sah sich um, ob jemand zuhörte. Sie war viel zu laut gewesen gerade. »Pass auf«, flüsterte sie und zog Toni näher zu sich, »ich habe die Bombe in der Villa gefunden! Und entschärft!«

»Wie? Was?« Toni wurde blass. »Bo … Bombe? In der … Villa?«

»Ja«, sagte Lucy ungeduldig. »Ratto hatte in der Villa eine Bombe versteckt. Damit ich ihm die Maske bringe.«

»O nein!«, rief Toni und schlug sich die Hand vor den Mund. »Himmel!«

»Beruhig dich mal! Ist alles entschärft. Ich hab sie hier im Rucksack.«

Toni wich zurück. »Du hast … was?«

Lucy nahm den Rucksack ab.

»Nicht!«, schrie Toni. Er hechtete hinter die Theke und duckte sich.

Lucy verdrehte die Augen und ging um die Theke herum. Toni kauerte auf dem Boden, die Arme schützend über dem Kopf.

»Hier, du Angsthase.« Lucy hielt Toni den geöffneten Rucksack hin. »Siehst du das *Off* auf dem Display?«

»Will ich gar nicht sehen. Mir ist schlecht … und schwindelig. Lucy, ich glaub, ich … ich kipp um.« Toni kippte zur Seite. Lucy hielt ihn fest.

»Reiß dich zusammen, Toni.

»Ich kann es gar nicht glauben!«, jammerte er. »In was für einer Gefahr du geschwebt hast!« Er schniefte. »Und die ganze Zeit über hast du nichts gesagt, und du … willst immer alles alleine lösen, und … du … Mann, du hast Nerven!«

»Alleine? Ich hab dich mit zum Leuchtturm genommen. Und zum Einbruch ins Museum! Aber das ist halt alles nichts für dich«, grinste Lucy. »Sieh dich doch mal an!«

Toni schniefte wieder. »Du musst die Bombe zu Fujii bringen. Da ist sie in sicheren Händen. Zur Polizei kannst du ja nicht.« Er seufzte tief.

Lucy schüttelte den Kopf. »Ich habe eine viel bessere Idee.« Sie beugte sich zu Toni runter und flüsterte ihm etwas ins Ohr. Toni riss die Augen auf. »O Mann, aber glaubst du nicht, dass Ratto …«

»Nein«, sagte Lucy und stand auf. »Damit werde ich Ratto ein für alle Mal zeigen, dass *ich* die Schlauere bin.« Sie grinste. »Und gleichzeitig werde ich meine Verfolger los.«

»Au Backe«, sagte Toni und zog sich an der Theke hoch.

»Halt dich bereit. In zwei Stunden, um Punkt drei, bist du im Hafen, da, wo die *Black Swan* vor Anker liegt. Du wartest mit Rondine in sicherer Entfernung bei der ersten Werft. Auf mein Zeichen – ich hebe den Arm hoch, so«, Lucy hob den Arm, »fährst du zu mir, und ich spring auf. Und dann Vollgas nach Hause! Okay?«

»Gut, aber wenn …«, begann Toni.

»*Aber* gibt's nicht. Und da ist noch was. Was mit dem Anzug.«

»Noch was?«

Lucy zuckte mit den Schultern. »Vielleicht genauso schlimm.«

»Oha«, sagte Toni.

»Stell dir vor, Savannas Onkel Jeffrey trug auf seinen Raubzügen gar keinen Anzug.«

»Was?«

»Im Ernst. Savanna hat Internetausdrucke in ihrem Rucksack dabei. Onkel Jeffrey in verschiedenen Fluchtwagen. Teilweise von Überwachungskameras aufgenommen. Und auf keinem einzigen Foto trägt er einen solchen Anzug, immer nur normale Klamotten! Savanna hat gelogen.«

»Oh«, sagte Toni.

»Ich frage mich allerdings«, Lucy zog nachdenklich die Stirn kraus, »warum sie diese Ausdrucke überhaupt hat? Ist doch merkwürdig.«

»Vielleicht ist sie ein großer Fan …«

»Toni! Wann lernst du endlich, logisch zu denken!«

»Tut mir leid, ich …«

»Ist jetzt auch egal. Darum kümmern wir uns später. Nach unserer Aktion im Hafen.«

»Ähm, … unserer?«, fragte Toni und zog ein ängstliches Gesicht.

»Du brauchst mich doch nur aufzupicken und deiner Rondine Feuer unterm Hintern zu machen. Aber sei pünktlich!«

»Aye, aye, Sir«, sagte Toni und legte die Hand an den Kopf.

Lucy flitzte zurück zur Villa und direkt in ihr Zimmer. Jetzt durfte ihr niemand dazwischenfunken! Als Erstes teilte sie der Polizei per Telefon mit (natürlich mit Nummernunterdrückung), dass der entflohene Gangsterboss um drei Uhr am Hafen sein würde und dass er Komplizen aus den Reihen des Geheimdienstes hatte, die ebenfalls dort anzutreffen wären. Dann schrieb sie Fujii eine Nachricht.

Sorgen Sie dafür, dass Nope erfährt, dass um Punkt 3 die Maske am Hafen vor der Black Swan übergeben wird. LL

Lucy grinste. Auf Fujii konnte sie sich verlassen, so viel war klar.

Dann schrieb sie an Scirpone. Er würde die Nachricht sofort an Ratto weiterleiten.

Ihr braucht die Bombe nicht zu zünden! Ratto bekommt die Maske. Punkt 3 am Hafen vor der Black Swan. LL

Ratto würde persönlich kommen, ganz sicher. Er hasste Lucy. Ihretwegen war er im Knast gelandet. Er würde es sich nicht nehmen lassen, sie demütig um Gnade winseln zu sehen wegen der Bombe.

So, und jetzt das Wichtigste. Lucy zog die Rohrbombe vorsichtig aus dem Rucksack und legte sie vor sich auf den Schreibtisch. An der Seite gab es Miniknöpfchen wie beim Wecker. Und genauso stellte man dort die Zeit ein.

Aus time 00:00:00 xm machte Lucy time 3:00:00 pm.

Jetzt noch von *off* auf *on*. Die Bombe begann wieder zu ticken. Sie hatte es geschafft!

Zufrieden lehnte Lucy sich auf ihrem Schreibtischstuhl zurück. Sie würde vorher noch gut zu Mittag essen, gefrühstückt hatte sie ja nicht. Dann nahm sie sich das Handy noch mal.

Lad bitte Rondines Akku auf und pump die Reifen nach! LL

Toni schrieb sofort zurück.

Wir werden fliegen! Toni

Lucy grinste. Das war ihr Toni! Um halb zwei würde sie sich auf den Weg machen. Dann hatte sie eineinhalb Stunden bis zur vermeintlichen Übergabe, das würde reichen!

Kapitel 18

Die Explosion

Um zehn vor drei stand Lucy am Hafen und hielt Ausschau nach Ratto. Und nach Nope und seinen Helfern. Hinter ihr lag die *Black Swan* vor Anker. Das Meer glitzerte türkisblau in der hellen Nachmittagssonne. Es hatte alles geklappt! Der fiese Gangsterboss konnte kommen.

Lucy blinzelte, weil die Sonne so grell war. Aha, Toni war da. Er stand neben seiner Rondine am ersten Werftgebäude eng an die Mauer gedrückt. Konnte er sich nicht in den Eingang stellen? Lucy versuchte, ihm ein Zeichen zu machen, aber Toni blieb stehen. Er trug seine Sonnenbrille und hatte sich einen Hut aufgesetzt. Lucy hätte ihn aber mit jeder Tarnung erkannt. Toni Sonnenschein trat hibbelig von einem Bein auf das andere und schaute sich ständig um. O nein! Jetzt winkte er ihr zu! Lucy reagierte nicht und sah schnell in eine andere Richtung.

Fünf vor drei. Lucy sah eine schwarze Limousine vorfahren. Sie hielt direkt am Pier. Dahinter lag die *Black Swan.* Der Fahrer stieg aus. Es war … Scirpone! Er öffnete die Seitentür hinter der Fahrertür. Ja! Das war er! Lucy lief es eiskalt den Rücken herunter. Ratto trug einen Anzug, einen Hut, den er tief ins Gesicht gezogen hatte, und eine große Sonnenbrille. Der große, schwarze Schnauzbart war mit Sicherheit angeklebt! Er hatte sich ganz gut getarnt, aber Lucy würde ihn trotzdem immer erkennen! Die schiefe Haltung, als bestünde er aus zwei verschiedenen Hälften, der ovale Kopf. Den konnte selbst der Hut nicht verbergen. Lucy blieb, wo sie war. Sollte er doch kommen!

Und das taten die Gangster auch. Flankiert von Scirpone an der rechten und Froschauge an seiner linken Seite, kam Ratto auf sie zu. Im gleichen Moment sah Lucy im Augenwinkel, wie der schwarze Motorroller mit Nopes Leuten vorfuhr. Er hielt direkt neben der Limousine. Der Mann hatte ein Funkgerät, in das er hineinsprach. Ratto stand jetzt mit Scirpone und Froschauge vor Lucy. Drohend wie eine Klapperschlange streckte der Gangsterboss den Kopf vor. Scirpone schlug fies grinsend eine Seite seines Mantels auf. Die Pistole darunter war genau auf Lucy gerichtet.

»Her mit der Maske«, sagte Scirpone, und seine leise Stimme sorgte dafür, dass Lucy Gänsehaut bekam. »Und zwar sofort.« Er grinste fies. »Oder wir nehmen dich mit. Der Boss hat seine Piranhas heute noch nicht gefüttert.«

In einigem Abstand zu Rattos Limousine hielt ein weiterer Wagen. Der Motorroller fuhr an dessen Beifahrerseite. Nope war also auch da. Es konnte losgehen. Ein Blick auf die Uhr sagte Lucy, dass sie nur noch eine Minute hatte. Keine Zeit, große Reden zu schwingen.

»He, Ratto!«, rief Lucy mit fester Stimme. »Eine Longfinger lässt sich nicht erpressen! Du wirst die Maske niemals bekommen!« Sie nahm all ihren Mut zusammen und spuckte in hohem Bogen vor Rattos Schuhe. »Außerdem … sie ist jetzt in sicheren Händen!«

Ratto lief rot an vor Wut. »Du miese Kröte«, zischte er heiser.

Scirpone machte einen Schritt auf Lucy zu, aber Ratto stoppte ihn. »Nein«, knurrte er und lachte. Es klang irre. »Lass sie. Sie wird jetzt alles verlieren. Ihre Eltern und ihr Zuhause.« Er hob die rechte Hand, in der er den Sender hielt. Den Sender für die Bombe. »Es ist mir ein Vergnügen, Miss Longfinger«, sagte er hasserfüllt, und sein Gesicht verzerrte sich zu einer Fratze. »Machen wir uns einen schönen Countdown!« Nach einem kurzen Blick auf den Sender begann er, die Sekunden runter zu zählen. »Fünf, vier, drei, zwei, eins, null!«

Ein ohrenbetäubender Knall erschütterte das Hafenbecken. Ratto, Scirpone und Froschauge rissen die Köpfe zum Wasser herum, und auch Lucy sah zu, wie die schwarzen Einzelteile der Yacht hoch in die Luft flogen, begleitet von einer riesigen Flamme. Die Teile krachten brennend ins Meer, und der Himmel darüber färbte sich schwarz. Man hörte Schreie, und Leute rannten weg. Polizeisirenen ertönten. In diesem Moment versank die Ratto-Gallionsfigur. Lucy grinste. Ha, das ist dein Untergang, Ratto! Es war wirklich eine großartige Idee gewesen, die Bombe auf seiner Yacht zu deponieren! Auge um Auge, Zahn um Zahn, Bombe um Bombe.

Sie hob die Hand als Zeichen für Toni, aber er kam schon angerast. Gleichzeitig preschten von zwei Seiten vier Polizeiautos auf den Hafenpier. Lucy sprang mit einem Satz in den Lastenkorb, und Toni flitzte zwischen zwei Polizeiautos hindurch und gab Vollgas. Er machte einen rasanten Schlenker, damit sie besser sehen konnten, wie die Polizei den tobenden Ratto festnahm.

»Jippih!«, jubelte Lucy. Der Gangsterboss hatte keine Chance gehabt zu fliehen. Drei weitere Beamte hielten Nope und seine zwei Helfer in Schach. Nope gestikulierte wild und hielt seinen Ausweis hoch. Scirpone allerdings verschwand gerade durch das Tor zum Werftgebäude, und Froschauge sprang doch tatsächlich ins Hafenbecken! Mist, die beiden würden entkommen!

»Vollgas!«, rief sie Toni zu, und Rondine schoss los.

Es hatte geklappt! Die Polizisten hatten wirklich gedacht, Nope und seine beiden Helfer würden zu Ratto gehören! Was für eine Blamage für den Geheimdienst! Seine Beförderung konnte Nope sich abschminken.

»Jetzt fehlt nur noch Savanna!«, rief Lucy. »Schnell, Toni, zur Villa!«

Kapitel 19

Parkour im Tunnel

Toni hielt direkt vor der Villa. Lucy sprang aus dem Lastenkorb und schloss die Haustür auf. Nanu, keiner da?

»Komm«, sagte Lucy und lief in die Küche. Toni folgte ihr so dicht, dass er Lucy auf die Ferse trat.

»Autsch!«, sagte Lucy. »Meine Ferse!«

»Obacht!«, kreischte die Krähe auf ihrer Stange. »Ein Longfinger schaut lieber dreimal auf die Fersen eines Fremden als einmal auf sein Messer. Punkt 17 im Kodex!«

»Hallo Miss McPie«, rief Toni.

»Ruhe!«, rief Lucy.

Da, auf dem Küchentisch lag ein Zettel ihrer Mutter. Hastig pflückte Lucy ihn vom Tisch.

Sind bei F. Kann bis morgen früh dauern. Mach dir keine Sorgen, und pass auf dich auf! Wir haben uns schon von Savanna verabschiedet. Hast du ihr den Anzug gegeben? Kuss Mum

Den Anzug geben! Von wegen! Erst mal sehen, was ihre feine Großcousine dazu zu sagen hatte, was für einen Anzug Lucy für sie geklaut hatte! Ob sie wusste, dass er ein Teil des *TransLife* war? Und … hatte sie was mit der Bombe zu tun? Arbeitete sie am Ende für Ratto? Plötzlich hörten sie die Toilettenspülung. Lucy zeigte nach oben. »Sie ist da! Komm, die knöpfen wir uns vor!«

»Ja, aber …«, begann Toni.

»Toni!«, ermahnte Lucy ihn. »Du findest es doch auch komisch, dass der Anzug, den ich geklaut habe, gar kein Anzug von ihrem Onkel Jeffrey ist, oder?«

»Ja, aber …«

»Und dass er genau aus dem gleichen Stoff ist wie die Maske?«

»Ja, aber sie ist doch …«

»Dann komm endlich!« Lucy nahm drei Stufen auf einmal die Treppe hoch. Toni keuchte hinter ihr her.

»Du solltest echt mal mehr Sport machen!« Lucy wartete, bis Toni auch oben war.

»Achtung, jetzt!« Lucy riss die Tür zum Turmzimmer auf. Savanna stand am Fenster und wirbelte herum. »Was platzt du hier so rein, Lucy!«, rief sie. »Schon mal was von Anklopfen gehört?« Sie stapfte ärgerlich auf Lucy zu.

»Ich dachte, dein Knöchel tut so weh«, sagte Lucy und stemmte die Hände in die Hüften.

»Geht schon wieder«, erwiderte Savanna langsam, und Lucy hatte das Gefühl, dass sie sich gerade sehr zusammenreißen musste. »Ich warte auf den Anzug. Deine Mutter hat gesagt, du gibst ihn mir, wenn du nach Hause kommst.«

»Gar nichts geb ich dir!«, rief Lucy. »Erst mal erklärst

du mir, warum du gelogen hast! Der Anzug gehört nicht deinem Onkel Jeffrey! Das ist ein ganz anderer Anzug, und du wusstest das!«

Savanna trat dicht an Lucy heran. Ihr Gesichtszüge wurden härter. »Sieh mal an! Wusste ich's doch: Du hast was geahnt.«

»Ha!«, rief Lucy. »Dann hast du auch die Maske, gib's zu!«

Savanna lachte und warf ihre Lockenmähne zurück. Das Lachen hörte sich rauer an als sonst und eine Spur fieser. Sie ging an Lucy vorbei zu Toni. Lief sie nicht auch anders als vorher? Dann hatte sie auf einmal den scharfen Dolch aus der Erinnerungskiste in der Hand und schnappte sich Toni!

»Lucy! Hilfe!«, schrie Toni.

»Gib mir sofort den Anzug, oder dein nerviger Freund hier erlebt die nächste halbe Stunde nicht mehr!«, rief Savanna mit einer Stimme, die gar nicht mehr nach Savanna klang. War ihre Großcousine etwa doch jemand, der sich mit der Maske verwandelt hatte? Nein, das war unmöglich!

»Kann ich nicht«, schnauzte Lucy sie an. »Der Anzug ist in der Eisdiele, und draußen wimmelt es gerade von Polizisten. Da ist doch diese Demo wegen dem Klimawandel«, log sie. »Die kommen gleich an der Villa vorbei!«

»Klappe!«, schrie Savanna, aber sie sah irritiert aus. »Wir holen den Anzug! Los, durch die Tunnel, hier gibt es doch bestimmt einen Zugang!« Savanna wusste von den Tunneln! Hatte Lucy sich etwa mal verplappert? Oder ihre Eltern? Aber … gar nicht schlecht!

»Okay, du hast gewonnen …«, sagte Lucy, doch innerlich war sie erleichtert. Durch die Tunnel, das war gut. Da hatte sie eine realistische Chance!

»Lucy!«, jammerte Toni.

»Ich hab's dir gesagt«, schimpfte Lucy. »So nett ist sie nicht!«

»Halt endlich die Klappe!«, schrie Savanna. Sie drückte Toni den Dolch fester an den Hals. »Vorgehen, Longfinger!«

Savanna hielt Toni fest umklammert. Er wimmerte leise vor sich hin. Lucy lief ins Wohnzimmer und drückte den Knopf hinter der Steckdose. Das Klavier rollte zur Seite, und die Falltür sprang auf.

»Runter, los«, befahl Savanna. Sie sprach jetzt mit einer noch tieferen Stimme als vorher. War sie vielleicht gar kein Mädchen? Moment – die Jungenunterhosen! In Lucys Kopf arbeitete es fieberhaft, während sie gehorchte und die Treppe in den dunklen Tunnel hinabstieg. Sie brauchte einen Plan! Am Regal, in dem die Konservendosen für den Notfall lagerten, nahm sie die Taschenlampe heraus und knipste sie an. So ein Mist! Wer auch immer diese Savanna war, sie war nicht Savanna Longfinger! Und sah jetzt den Zugang in die Tunnel!

Lucy konnte nicht einschätzen, wozu die falsche Savanna in der Lage war. Die Morellis in der Eisdiele,

Tonis kleine Schwester! Sie durfte auf keinen Fall zulassen, dass sie denen was antat! Sie musste sie in den Tunneln überwältigen!

Savanna – oder wer auch immer – riss Lucy die Taschenlampe aus der Hand. »Ich leuchte. Und immer brav vorgehen und keinen Unfug, sonst hast du einen Freund weniger. Und du hast doch so für ihn gekämpft!« Sie lachte fies. Lucy ballte die Hände zu Fäusten. Das hatte sie also auch mitbekommen?

Als sie im Tunnel waren, der zur Eisdiele führte, hatte Lucy eine Idee, wann sie es wagen konnte anzugreifen. Noch zwei Kurven, ein Abzweig, und dann kam die Stelle. Nichts anmerken lassen! Ganz ruhig weitergehen. Innerlich aber bereitete Lucy sich vor. Sie konzentrierte sich, sagte sich, dass sie das schaffen würde. Sie musste an sich glauben! Und eine gehörige Portion Glück haben. Sie hatte nur eine Chance. Danach war es vorbei.

Toni hörte nicht auf zu wimmern, und das bestärkte Lucy. Sie hatte ihn in die Sache reingezogen, sie würde ihn da auch heil wieder rausholen. Hinter dem Abzweig! Sie ballte die Hände zu Fäusten. Da! Die schräge Tunnelwand, an der sie immer entlangsprintete! Drei, zwei, eins, jetzt!

Wie ein Hundertmeterläufer bei einem Startschuss sprintete Lucy los. Von null auf hundert. Die schräge Wand hoch, Wende, rum. Die falsche Savanna brüllte, Toni kreischte! Schon sprang Lucy sie an und riss sie mit sich zu Boden. Sie bekam den Dolch zu fassen. Die

Taschenlampe lag jetzt am Boden, leuchtete aber noch. Im Augenwinkel nahm Lucy wahr, dass Toni blutend am Tunnelrand lag und sich stöhnend an den Hals griff. Nein! Voller Wut riss Lucy an dem Dolch, und schon hatte sie ihn. Blitzschnell drehte sie sich um ihre eigene Achse, weg von ihrer falschen Großcousine, die sich aufrappelte und auf Lucy stürzen wollte. Lucy sprang rückwärts die schräge Wand hoch. Sie sah Toni von der unechten Savanna wegrobben.

»Toni! Hinter mich!«, schrie Lucy und streckte drohend die Hand mit dem Dolch aus. »Keinen Schritt näher!«

Toni krabbelte auf allen vieren die schräge Wand hoch.

Die falsche Savanna grinste fies. »Glaubst du wirklich, ich lass mich von dir aufhalten?« Sie kam drohend auf Lucy zu. Wer war sie?

»Ich schlitz dich auf, glaub mir«, brüllte Lucy und fuchtelte drohend mit dem Dolch. Toni kauerte sich oben an die Tunnelwand. Jetzt oder nie!, dachte Lucy.

Sie drückte sich ab und flog auf die falsche Savanna zu, den Dolch ausgestreckt in der Hand. Sie sah, wie die ihre Augen aufriss. In der nächsten Sekunde hatte Lucy ihr die Maske vom Gesicht gezogen. Toni schrie auf.

Wer zum Teufel …? Lucy fiel auf die demaskierte Savanna, konnte aber wieder auf die Füße springen und machte einen Satz zur Seite, weg von ihr. Gleichzeitig drehte sie sich zu ihr um. Nein! Deshalb hatte Toni geschrien! Da stand Crick! Der Student, der in der Eisdiele jobbte! Deshalb der Rasierapparat, die Jungenunterwäsche! Wie blind waren sie gewesen!

Lucy hatte eine Sekunde zu lange gezögert. Crick stürmte brüllend auf sie zu. Er hatte etwas in der Hand, eine kleine Flasche. In sein Bein, sie musste mit dem Dolch in sein Bein stechen! Lucys Hand zitterte. Crick war jetzt bei ihr! Los, Lucy, zustechen! Crick riss die Flasche hoch. Lucys Hand schnellte vor. Sie griff in Cricks Tasche. *Pfff!*, hörte sie. Sprühnebel spritzte ihr ins Gesicht. Toni hinter ihr schrie auf. Ihre Augen! Sie konnte nichts mehr sehen! Es brannte wie Feuer! Tränen schossen ihr in die Augen. Sie taumelte. Crick musste ihr Tränengas in die Augen gesprüht haben! Hatte er ihr etwa das von Fujii aus dem Rucksack geklaut? Mist, Mist, Mist! Die Maske wurde ihr aus der Hand gerissen. Lucy hörte Crick neben sich die Tunnelwand hochlaufen. Im nächsten Moment kreischte Toni los. »Hilfe, meine Augen! Lucy!«

Schritte, auf sie zu! Lucy hob abwehrend die Hände. Sie bekam einen heftigen Stoß in die Seite und verlor das Gleichgewicht. Sie taumelte, spürte die schräge Tunnelwand noch unter ihren Füßen und schlug im nächsten Moment auf den Boden auf. Tränen liefen ihr die Wangen hinunter, sie schmeckte sie salzig im Mund. Schritte entfernten sich.

»Nein!«, schrie Lucy wütend. »Er flieht!«

Toni jammerte laut. »Das tut so weh!«

»Toni!«, rief Lucy. »Ganz ruhig. Das geht gleich weg. Bleib einfach sitzen und beiß die Zähne zusammen!«

Sie versuchte, sich zu orientieren. Sie konnte nicht hinterherlaufen, blind wie sie war! Es musste doch jetzt bald aufhören! Verdammt, das waren Schmerzen, als ob sich ihre Augen gerade auflösten. Und wenn sie weiter hier sitzen blieb, war Crick weg! Lucy rappelte sich auf und tastete blind durch die Luft. Wo war die richtige Richtung? Sie fühlte die Schräge unter ihren Schuhen, also da runter. Dann nach … links. Also halbe Drehung nach links. Mit ausgestreckten Armen lief Lucy los. Hinterher! Autsch – sie war gegen die Tunnelwand gerannt. Es hatte keinen Zweck! Solange sie nichts sah, konnte sie ihm nicht folgen. Aber Crick würde geradewegs in die Eisdiele laufen und sich den Anzug holen!

»Toni!«, rief sie. »Sag jetzt nicht, wo der Anzug ist, hörst du? Sag mir nur, dass du ihn gut versteckt hast!«

Toni kicherte kurz auf. Es klang, als wäre er kurz vorm Durchdrehen.

»Todsicheres Versteck«, kiekste er. Aber dann schrie er: »Nein! Meine Eltern in der Eisdiele! Gina!« Er stöhnte. »Wenn er ihnen was antut …«

Lucy ließ sich auf den Boden sinken. »Ganz ruhig, Toni. Crick kann sich doch denken, dass sie von nichts wissen. Er wird ihnen erst mal nichts antun, glaub mir.« Hoffentlich, dachte sie und schickte kleine Stoßgebete los.

Der Kodex sagte es in Punkt 27: *Vertraue keinem, der sich als Cousin ausgibt!* Das galt wohl auch für Cousinen.

KAPITEL 20

Dr. Kyrkas Sohn

Lucy hörte Toni leise singen. Ob er sich damit beruhigen wollte? Sie legte den Kopf an die kalte Tunnelwand. In der Hand fühlte sie den Dolch, den sie noch immer umklammerte. Jetzt erst merkte sie, dass sie auch in der anderen Hand etwas festhielt. Sie legte den Dolch ab und betastete mit beiden Händen, was sie Crick aus der Tasche gezogen hatte. Sein Portemonnaie.

Sie hatte es sich geholt, als sie Crick ins Bein stechen wollte. Ihre Hand war automatisch vorgeschnellt und hatte ihm das Portemonnaie aus der Tasche gezogen. Sie hatte Crick nicht verletzen können. War sie deshalb ein schlechter Gangster? Nein, sie war eine echte Longfinger!

»Lucy!«, rief Toni. »Meine Augen brennen nicht mehr so doll! Und deine?«

»Bei mir wird's auch besser!« Tatsächlich ließ das Brennen nach. Lucy holte ihr Handy aus der Jackentasche und schaltete die Taschenlampe ein. Sie konnte wieder was sehen. Lucy zog Cricks Ausweis aus dem Portemonnaie … und erstarrte. Christopher Rick Kyrka!

»Toni! Crick ist mit Kyrka verwandt! Er ist bestimmt sein Sohn!«

»Kyrka?«, fragte Toni.

»Mann, Toni! Der Wissenschaftler, der den *TransLife* erfunden hat!«

»Nein!«

»Doch! Crick ist Kyrkas Sohn! Krass! Dann hat Kyrka seine Erfindung vor seinem eigenen Sohn versteckt!«

»Kein Wunder, der ist ja auch echt irre! Uns die ganze Zeit vorzuspielen, er sei Savanna! Aber weißt du, er kann ganz schön gut schauspielern, ich hab …«

»Toni! Das ist doch jetzt völlig schnuppe!« Lucy sprang auf und lief zu ihm rüber. »Wir müssen sofort in die Eisdiele! Der Anzug!«

Toni rappelte sich auf.

»Und es gibt noch ein Problem!«, rief Lucy beim Loslaufen. »Was hat er mit der echten Savanna gemacht?«

»Komm!«, rief Lucy. »Crick muss unser Gespräch in der Eisdiele belauscht haben und sich die Sache mit dem Anzug ausgedacht haben! Deshalb die ganzen Internetausdrucke! Er hat sich einen echten Onkel von Savanna in Texas rausgesucht, den wir auch kennen, und ihm angedichtet, dass er bei seinen Raubzügen immer einen Anzug getragen hat. Kein Wunder, dass wir noch nichts von diesem Anzug gehört hatten!«

»Und dann hat er Savanna abgefangen!«, rief Toni.

»Bingo. Und irgendwohin gebracht, wo sie wahrscheinlich noch immer ist.«

»Und dann hat er sich mit der Maske in Savanna verwandelt! Und Klamotten von ihr angezogen! Was für ein krasser Plan!«

»Deshalb hatte er auch so große Füße und konnte nicht klauen und nicht klettern! Dieser Mistkerl!« Lucy blieb abrupt stehen. »Toni! Es ist noch viel schlimmer!«

»Wie … warum?«

»Er hat uns schon viel früher belauscht! Vielleicht hat er sogar nur bei euch in der Eisdiele gejobbt, um uns auszuhorchen! Er wusste, dass ich die Maske für Fujii zurückklauen sollte, und hat nur auf eine Gelegenheit gewartet, sich den zweiten Teil zu holen. Und er hat sich einen Plan ausgedacht, wie er mit meiner Hilfe an den Anzug kommt! Wetten, er hat herausgefunden, dass der Anzug als Ausstellungsdekoration getarnt im Polizeimuseum versteckt ist?«

»Und er wusste, dass er da nur mit der Hilfe einer Meisterdiebin rankommt! Oje! Und die ganze Zeit hab ich nichts geahnt und mit ihm gearbeitet, und stell dir vor, in was für einer Gefahr ich und auch meine Eltern und Gina … O nein!« Er wurde leichenblass.

Lucy zog Toni mit sich. »Wir müssen in die Eisdiele!«

»Wenn er Gina was antut …«, stöhnte Toni.

»Stopp!«, rief Lucy. Sie blieb wieder stehen. »Ich sag Fujii Bescheid. Er muss in die Eisdiele kommen!«

Sie tippte schnell eine Nachricht in ihr Handy.

Kommen Sie in die Eisdiele! Schnell! Crick Kyrka hat die Maske und will den Anzug! LL

Fujii antwortete nicht.

»Los, Toni! Vielleicht macht Fujii sich einfach sofort auf den Weg!«

Sie liefen durch die Tunnel, so schnell sie konnten. Toni japste nach Luft.

»Du musst unbedingt mehr Sport machen!«, rief Lucy. Sie selbst war gar nicht außer Atem.

»Ich … mach … Sport!«, keuchte Toni. »Ich fahr Rad … und tanze … manchmal … vorm Spiegel …«

»Du fährst E-Bike, nicht Rad!«, rief Lucy.

Inzwischen hatten sie den Tunnelausgang in der Tiefgarage der Bank erreicht. Toni staunte, als sie sich durch den Schacht zwängten. Die Treppe zur Bank hoch, vorne aus dem Eingang raus. Es war noch ein ganzes Stück bis zur Eisdiele. Sie flitzten los.

»Schneller, Toni«, spornte Lucy Toni an.

Endlich sahen sie das Eisschild der Morellis. Lucy preschte vor und stieß die Tür auf. Mehrere Tische waren besetzt. Crick war nicht zu sehen.

Jetzt erst bemerkte Lucy Mr. Morelli, der steif vor der Theke stand. Er war ziemlich blass um die Nase. Lucy stürzte auf ihn zu. »War jemand hier? War … Crick hier?

»Es ist was ganz Schlimmes passiert!«, sagte Mr. Morelli langsam. Er zeigte hinter die Theke.

»Nein!«, rief Lucy. »Was hat er …«

Toni drängte sich an Lucy vorbei. »Was hat er getan? Wo ist Gina? Ich bring ihn um!«, schrie er.

Abreise

»Aber Toni, was redest du denn da?«, fragte Mr. Morelli.

»Wo ist er?«, schrie Toni. Mittlerweile schauten alle zu ihnen rüber.

»Psst«, machte Lucy. Sie packte Mr. Morelli am Arm und zog ihn hinter die Theke. »Also, was ist passiert?«, fragte sie leise.

»Die Kühlung ist ausgefallen«, sagte Mr. Morelli tonlos. »Und ausgerechnet jetzt, wo fast alle …«

»Mensch, du hast vielleicht Probleme!«, rief Toni und schlug sich erleichtert die Hand an die Brust.

»Dann war Crick also nicht hier?«, hakte Lucy nach. Auch ihr fiel ein Stein vom Herzen.

»Hä?«, machte Mr. Morelli. »Doch, also … der Student war hier.«

»Und?«, schrien Lucy und Toni gleichzeitig.

»Nichts und.« Mr. Morelli schüttelte den Kopf. »Was habt ihr denn nur?«

»Was hat er gemacht?«, rief Toni.

»Gemacht?«, fragte sein Vater. »Eigentlich nichts. Er kam hinter die Theke. Ich hab ihn gefragt, ob er wieder arbeiten will. Er hat sich ja schon die ganze Woche nicht blicken lassen.«

»Und?«, rief Lucy.

»Er war komisch.« Mr. Morelli zuckte mit den Schultern. »So gehetzt irgendwie. Und dann kamen Sherlock und Watson und wollten zwei Eis und …«

»*Sherlock … Holmes*?«, rief Lucy. Oje, hatte Crick Mr. Morelli etwa eine Eiskelle über den Kopf gezogen? Er war offensichtlich verwirrt!

»Zwei Polizisten«, sagte Toni schnell. »Freunde von meinem Dad. Er nennt sie so.«

»Ach, so.« Lucy nickte. »Und dann?«

»Ja, da ist er Hals über Kopf raus. Und ich habe gemerkt, dass die Kühlung ausgefallen ist. Schau doch mal, Toni«, jammerte Mr. Morelli, »alles schon halb flüssig.«

Lucy und Toni sahen sich an.

»Ein Glück!«, seufzte Toni.

»Ein Glück?«, fragte Mr. Morelli verwirrt.

»Toni, schau nach, ob der Anzug noch da ist!«

»Aye, aye, Sir«, sagte Toni und grinste. »Ist er bestimmt.« Er zwinkerte Lucy zu. O Mann! Wenn sie nervös war, machte sie Tonis Zwinkern wahnsinnig!

Toni flitzte hinter die Theke und duckte sich. Man hörte ein Scheppern. Dann tauchte Tonis Kopf wieder auf. »Ist noch da«, rief er.

»Dann lass ihn da«, sagte Lucy. Sie wandte sich an Mr. Morelli. »Und ein kleiner asiatischer Mann?«, fragte Lucy. »War der auch hier?«

Mr. Morelli schüttelte den Kopf. »Nein, aber kann mir mal einer sagen, was …«

»Später!«, rief Lucy. Sie war schon wieder an der Tür. Aber … Crick konnte überallhin sein. Fujii war ihm sicher schon auf den Fersen. Bestimmt hatte der Agent vor der Eisdiele gewartet, um kein Aufsehen zu erregen. So war es hoffentlich gewesen!

»Toni!«, rief Lucy. »Komm jetzt.« Sie stieß die Tür auf. »Wir müssen Savanna finden!«

»Toni!« Mr. Morelli kam hinter ihnen her zur Tür. »Wo wollt ihr denn hin? Und wie soll ich alleine …?« Die Tür fiel vor seiner Nase zu. Toni riss sie wieder auf. »Die Kühlung geht wieder!«, rief er, drehte um und flitzte hinter Lucy her.

»Stell dir vor, Crick hat geahnt, dass der Anzug irgendwo hinter der Theke sein muss!«, keuchte er. »Er hat auch versucht, die Klappe an der Kühlung zu öffnen, aber die klemmt! Die geht nur mit einem Trick auf. Aber er hat da rumgefummelt und dabei die Kühlung ausgestellt. Was für ein Glück, dass die Polizisten-Freunde meines Vaters in die Eisdiele gekommen sind!«

»Stimmt«, sagte Lucy. »Crick hat bestimmt gedacht, sie sind wegen ihm gekommen.« Sie lief schneller. »Also, wo würdest du Savanna verstecken, wenn du Crick wärst?«

»Keine Ahnung«, stöhnte Toni. »Lauf doch nicht so schnell, wir müssen doch erst überlegen!«

»Wir laufen zu mir und holen Rondine. Mein Rad ist

noch am Hafen. Aber da ist bestimmt noch alles abgesperrt wegen der Explosion«, sagte Lucy. »Also, wo ist Savanna?«

»Ich … würde sie irgendwo … verstecken, wo niemand … wohnt und sie keiner … hören kann«, keuchte Toni.

»Genau!«, Lucy lief noch schneller. »Und wo steht nur ein Haus und niemand könnte Savanna hören?«

»Das kann überall sein!«, rief Toni.

»Ja, aber überleg doch mal! Crick ist Dr. Kyrkas Sohn. Kyrka ist tot. Und wir wissen nur von einer Adresse, die mit den beiden zusammenhängt.«

»Du meinst … den Leuchtturm!«, keuchte Toni und wischte sich den Schweiß von der Stirn.

»Genau!«, rief Lucy. »Niemand kommt dorthin. Und niemand kann Savanna hören! Und da war ein Raum, der abgeschlossen war, und ich hab ein Geräusch gehört! Und … Crick wusste bestimmt vom Labor seines Vaters! Er war da! Das Passwort, das ich im Papierkorb gefunden und in den Rechner eingetippt habe! Jetzt macht das alles einen Sinn, Toni! Es war eine Kombination von Buchstaben und Zahlen, aber was mit C und r und k, wie es in Christopher Rick Kyrka vorkommt! Und mehrere Kombinationen waren durchgestrichen, Crick hat sie alle ausprobiert. Ich glaube, er ist ziemlich schlau!«

»Ja, aber …« Toni blieb stehen. »Was ist, wenn Crick dort auf uns wartet? Nein, da geh ich nicht hin!«

»Jetzt komm schon!«, schimpfte Lucy. Sie lief zurück und zog Toni am Ärmel mit sich. »Crick wird sich erst mal verstecken.«

»Und warum bist du dir so sicher, dass er sich nicht gerade im Leuchtturm versteckt?«, fragte Toni, setzte sich aber in Bewegung.

»Weil er doch damit rechnen muss, dass er dort als Erstes gesucht wird. Pass auf, ich schreib Fujii, dass wir im Leuchtturm sind. Der jagt Crick bestimmt gerade und kommt dann nach. Dir wird nichts passieren.«

Sie tippte schnell eine Nachricht an Fujii.

Kommen Sie zum Leuchtturm auf Heaven Island. LL

Hm, komisch. Fujii hatte sich immer noch nicht auf ihre letzte Nachricht gemeldet. Hoffentlich war er mit Crick beschäftigt.

Toni stöhnte: »O Mann, du bist wirklich mutig. Und hartnäckig. Ich hab nie eine Wahl.«

»Natürlich nicht. Dafür hast du eine beste Freundin!«, sagte Lucy und grinste. Sie lief schneller.

Rondine stand noch vor der Villa. Lucy sprang in den Lastenkorb.

»Gut, dass du so klein bist«, sagte Toni.

»So klein bin ich gar nicht«, knurrte Lucy. »Und ich hab eine Menge Muskeln.«

»Das stimmt«, meinte Toni und grinste. »Du bist fitter als ein Profiboxer.«

Eine Viertelstunde später ruderten Lucy und Toni dem Leuchtturm entgegen. Um sie herum flogen fünf Möwen, die kreischten, als ob sie sagen wollten: *Zurück, zurück! Ihr dürft hier nicht hin!*

Sie zogen das Boot zwischen den zwei großen Felsen ans Ufer auf den feinen Sand. Lucy schaute sich um. Kein anderes Boot zu sehen. Heaven Island wirkte freundlich, nicht so unheimlich wie in der Nacht, als sie ins Labor eingebrochen waren.

»Stell dir vor, das wäre unsere Insel«, schwärmte Toni. »Wir könnten hier Urlaub machen. Wir könnten …«

»Das wär cool, aber wir haben jetzt echt andere Sorgen«, sagte Lucy. Auch wenn sie nicht glaubte, dass Crick hier war, sicher war sie natürlich nicht. Sie ging voran, den schmalen sandigen Pfad hoch, der zwischen den Felsen zum Leuchtturm führte. Toni folgte ihr.

»Lass uns erst auf der anderen Seite nachsehen, ob da ein Boot liegt«, flüsterte Lucy und lief am Leuchtturm vorbei. Sie stieg auf einen der glatten, runden Felsen und spähte in alle Richtungen. »Crick kann nicht hier sein, schließlich kann er nicht fliegen«, sagte sie dann und sprang vom Felsen herunter. Sie zog den Schlüssel aus der Tasche, den sie mitgenommen hatte, als sie hier eingestiegen waren, und schloss die schwere Tür auf. Es war dämmrig im Turm. Und still wie in einem Grab. Sofort fiel Lucy die Krähe ein, wie sie den Kodexpunkt falsch rezitierte. *Obacht! Freunde der Familie müssen im Grab schweigen.* Oje, das hatte sie ja auch noch vor sich.

Schnell schob Lucy den Gedanken zur Seite und winkte Toni, ihr zu folgen. Sie stiegen die Wendeltreppe hoch. Plötzlich machte es *Klack*. Toni hielt Lucy an der Schulter fest und zischte: »Hast du das gehört?«

»Das kam von oben«, sagte Lucy.

»Lucy, lass uns abhauen!« Toni zupfte Lucy am Ärmel. »Bitte!«

»Quatsch! Komm, schnell! Fujii kommt bestimmt auch gleich!«

Drei Wendeltreppenrunden später standen sie vor der Eisentür, die verschlossen war.

Klack, klack, klack. Klaaack, klaaaack, klaaack. Klack, klack, klack.

»Das sind doch …!«

»Morsezeichen! Dreimal kurz, dreimal lang, dreimal kurz. SOS, eindeutig!« Lucy drückte die Klinke herunter. Die Tür war noch immer verschlossen. »Hallo?«, rief sie gedämpft. »Ist da wer? Savanna?«

»Ja?«, hörten sie eine dünne Stimme hinter der Tür. Es war eindeutig die Stimme eines Mädchens, keine tiefe, wie die falsche Savanna sie gehabt hatte. Lucy zog ihre Dietriche aus der Tasche. Das Schloss war ein ganz normales altes Bartschloss, und der dritte Dietrich passte. Als Lucy die Tür aufdrückte, wisperte Toni: »Sei vorsichtig.«

Savanna – die echte Savanna! – saß auf dem Bett, der typischen Koje eines Leuchtturms.

»Wahnsinn«, wisperte Toni, und Lucy wusste sofort,

was er meinte. Crick hatte mit der Maske wirklich wie sie ausgesehen! Savannas Füße waren mit einem dicken Strick gefesselt. Ihre Hände aber waren frei und hielten zwei Holzstücke. Sie starrte Lucy und Toni mit weit aufgerissenen Augen an. »Ich … bin gehüpft …«, stammelte sie und zeigte auf einen Korb mit Brennholz. Lucy nickte. Savanna hatte sich die Holzstücke, mit denen sie die Morsezeichen geklopft hatte, aus dem Korb geholt.

»Ganz ruhig, Savanna«, sagte Lucy und näherte sich langsam ihrer Großcousine. Sie schien etwas benommen zu sein. Lucy setzte sich neben sie und legte ihr beruhigend eine Hand auf den Arm. »Alles ist gut. Wir sind hier, um dich zu befreien. Wie geht es dir?«

»Jetzt … ganz gut. Ich … ich weiß nicht, warum ich hier bin. Was … ist passiert?«

»Lucy, sieh mal«, sagte Toni. »Hier liegt eine Spritze.« Lucy nickte. Crick hatte Savanna vermutlich ein Beruhigungsmittel gespritzt. Was der alles draufhatte! Und auf dem Boden standen ein leerer Teller und eine Flasche Wasser. Wenigstens hatte er ihr etwas zu essen gegeben!

»Du wolltest uns besuchen. In Mable Beach, in der Villa Longfinger. Du bist mit dem Zug gekommen, weißt du das noch?«

»Ah … ja«, nickte Savanna langsam.

»Du wolltest einen Anzug abholen.« Mal testen.

Savanna schüttelte den Kopf. »Nein, … keinen Anzug«, sagte sie. »Eine … Kiste, glaube ich. Ja … eine ganze Kiste.« Savannas Gesicht hellte sich auf. Sie schien immer mehr zu sich zu kommen. »Ich glaub, jetzt weiß … ich es wieder. Ich wollte die … Kiste für unser Museum in … Texas.« Sie schaute Lucy jetzt klarer an. »Und wer seid ihr?«

»Ich bin deine Cousine Lucy Longfinger. Meine Eltern und ich haben dich in der Villa erwartet. Das hier ist mein Freud Toni.«

»Hm.« Savanna blinzelte. »Ich bin … aus dem Zug ausgestiegen«, sagte sie langsam, als ob ihre Erinnerung zurückkehrte. »Ich habe ein Taxi genommen. Und dann …« Sie zuckte mit den Schultern.

»Der Taxifahrer!«, rief Toni. »War er jung?«

»Toni!«, mahnte Lucy ihn. »Pass auf, Savanna, das ist geheim. Wir dürfen dir nur einen Teil verraten. Also, deine Entführung mit dem Taxi war Teil einer Mutprobe unter jungen Gaunern. So was gibt es bei euch doch sicher auch, bei uns in Mable Beach machen wir immer …«

»Nein, so was kenn ich nicht.« Savanna schüttelte den Kopf.

»Nicht?« Lucy riss fragend die Augen auf. »Tja, andere Staaten, andere Sitten. Unser Gangsterkumpel wollte dich eine Stunde später ja auch wieder freilassen. Aber … leider ist er, kurz nachdem er dich hierher gebracht hat, vom Skateboard gefallen und hatte eine Gehirnerschütterung mit Blackout … Wir wussten bis eben nicht, wo du bist! Aber du darfst meinen Eltern und auch deinen nichts verraten, hörst du? Gar nichts!

Sonst kriege ich einen Riesenärger! Aber so richtig! Hausarrest bis Weihnachten. Und keine Geschenke.«

»Oh«, murmelte Savanna. »Aber ich kann doch nichts dafür, dass …«

»Dafür bekommst du auch den größten Eisbecher bei *Morelli*!«, rief Toni mit glänzenden Augen. »Das ist unsere Eisdiele, und zwar die beste in ganz Mable Beach! Und ich verspreche dir, dass ich selbst …«

»Mach mal halblang, Toni«, bremste Lucy ihn. »Aber echt, Savanna, das *Morelli*-Eis ist wirklich das beste! Und …«

»Nein.« Savanna schüttelte den Kopf. »Ich glaube, ich möchte nach dem Schrecken lieber sofort nach Hause.«

»Das verstehe ich«, sagte Lucy.

»Aber du könntest doch auch noch …«, begann Toni.

Savanna stand auf, verlor mit den zusammengebundenen Füßen aber das Gleichgewicht und plumpste zurück auf das Bett. »Moment. Was für ein Wochentag ist heute?«

»Ähm, … Sonntag«, murmelte Lucy. Oje, jetzt wurde Savanna bewusst, wie lange alles gedauert hatte.

»Sonntag?«, rief Savanna. »Der letzte Ferientag?« Ihr hübsches Gesicht verfinsterte sich. »Ich will sofort zum Bahnhof!«

»Klar«, sagte Lucy. »Das verstehe ich. Wir holen schnell deinen Koffer. Und die Kiste natürlich. Und dann ab zum Bahnhof.«

»Kann mir endlich mal einer die Fesseln von den Füßen machen?« Savanna stöhnte. »Und ich hab einen Bärenhunger.«

Lucy zog ihr Messer aus dem Rucksack und schnitt Savannas Fußfesseln durch. »Komm«, rief sie dann und zog Savanna hoch. »Wir kaufen dir am Bahnhof was. Alles, was du willst!«

Als sie das Ruderboot festgeknotet hatten und wieder vor Rondine standen, schaute Toni Lucy fragend an.

»Du fährst nach Hause, und ich bestell uns ein Taxi«, bestimmte Lucy. »Das brauchen wir sowieso gleich für den Riesenkoffer und die Kiste.« Ups, ihre Eltern hatten ja schon für heute Mittag ein Taxi zur Villa bestellt! Der Fahrer war bestimmt nicht erfreut gewesen, dass er umsonst gekommen war.

Toni zog eine Schnute. »Ich will aber mit zum Bahnhof.«

»Ne, lass mal.« Lucy tätschelte ihm die Schulter und wählte die Nummer des Taxirufs.

»Hast du Geld dabei?«, fragte Toni. Lucy nickte.

Neun Minuten später hielt der Fahrer vor der Villa. Zum Glück waren ihre Eltern bis morgen früh bei der Fairclufter-Aktion!

»Wow!«, staunte Savanna und verrenkte sich fast den Kopf. »Das Zimmer mit dem Erker ist deins, oder?«

»Nö«, sagte Lucy. »Das sechseckige Turmzimmer da oben.«

»Ich fass es nicht!«, rief Savanna. »Das ist echt ein ganz schöner Mist, dass ich die ganze Zeit im Leuchtturm eingesperrt war, statt hier mit euch zu wohnen!«

»Ja, tut mir auch echt leid«, sagte Lucy. Dann beugte sie sich zu dem Fahrer nach vorne. »Zwei Minuten, ich hol nur eben das Gepäck.«

»Soll ich helfen?«, brummte er.

»Auf keinen Fall!«, rief Lucy schnell. »Sie bleiben sitzen.«

Als sie fünf Minuten später mit dem großen Koffer, dem Rucksack und der Erinnerungskiste vor dem Taxi stand, war sie nass geschwitzt. Sie hatte erst die Kiste und den Rucksack runtergeschleppt und dann den Koffer. Der war ihr aber leider aus der Hand gerutscht und die Treppe runtergepurzelt. Er hatte sich mehrmals überschlagen und war aufgesprungen. In Windeseile hatte Lucy alles wieder in den Koffer gestopft – und Cricks Unterhosen dabei schnell aussortiert. Savanna würde bestimmt trotzdem noch genug Jungssachen in ihrem Kram finden! Hoffentlich hielt sie dicht …

»Wenn Sie Gas geben, bekommt sie noch den Fünf-Uhr-Zug«, rief Lucy, als das Taxi anfuhr.

Eine Stunde später ließ Lucy sich auf einen Stuhl in der Küche plumpsen. Sie hatte Savanna zum Zug gebracht und vorher noch den halben Bahnhofskiosk für sie leergekauft.

Jetzt wich alle Energie plötzlich aus ihr. Erst mal verschnaufen. Dann etwas essen. Das waren anstrengende Ferien gewesen. Puh!

Lucy schüttete sich Cornflakes in eine Schüssel. Wann ihre Eltern wohl zurückkommen würden? Eine Weile saß Lucy vor ihren Cornflakes, ohne dass sie essen konnte. Die Krähe. Sie musste den Punkt noch mal üben.

»Hör zu, Miss McPie«, sagte sie möglichst freundlich. »Du wirst es jetzt genau so sagen, wie ich es sage.« Die Krähe legte den Kopf schief.

»Punkt 4. Freunde außerhalb der Familie müssen schweigen wie ein Grab!«

»Punkt 4. Freunde außerhalb der ... Familie müssen schreien wie im Grab!«, krähte Miss McPie.

»Gar nicht schlecht«, sagte Lucy und nickte anerkennend. Die Krähe schien es langsam zu begreifen. Dafür bekam sie ein paar Cornflakes.

Während Lucy auch endlich aß, überlegte sie. Tausend Fragen waren offen. Was war mit Crick? Hatte Fujii ihn gefasst? Oder lief er da draußen frei herum? Und der Anzug lag noch immer in der Kühlung unter Morellis Eistheke. Da konnte er nicht bleiben. Viel zu gefährlich für die Morellis! Und warum meldete sich Fujii nicht bei ihr?

Fujii hatte immer geantwortet!

»Lucy!«, hörte sie ihre Mutter aus dem Flur. »Wir sind wieder da!«

Sie hatte die Haustür gar nicht gehört. Schön, dass ihre Eltern wieder da waren! Ihre Mutter kam rein und setzte sich neben Lucy.

»Puh, das war eine Aktion«, sagte sie. »Ich bin froh, dass wir heil wieder da sind. Zuhause ist doch der schönste Ort der Welt, nicht wahr?«

Der schönste Ort der Welt! Fujiis Worte. Stopp! Sie hatte noch was Wichtiges zu tun! Das hatte sie bei dem ganzen Hickhack um Savanna und die Bombe ganz vergessen! Aber jetzt konnte sie es nachholen! Der alte Agent hatte es verdient, dass sein *schönster Ort der Welt* erhalten blieb!

»Tut mir leid, Mum, aber ich muss dringend noch mal los!«

»Warte, Lucy! Ist Savanna gut weggekommen? Hast du ihr den Anzug noch gegeben?«

»Ja, ja, hat alles geklappt«, rief Lucy. Für die Lüge mit dem Anzug kreuzte sie schnell zwei Finger hinter ihrem Rücken. Dann flitzte sie raus und sprang aufs Rad.

KAPITEL 22

Eine schlimme Nachricht

Am Montag in der ersten Pause flitzte Lucy zum blauen Kiosk. Wild winkend kam Toni angerannt. Er sah aufgelöst aus, und seine Augen waren rot. Hatte er etwa … geweint?

»Lucy«, keuchte er. »Es … tut mir so leid!« Er zog sie mit sich vom Kiosk weg.

»Was?«, fragte Lucy, und ihr Magen wurde ein harter Klumpen. War was mit seinen Eltern? Aber … er hatte gesagt, es tut *ihm* leid! O nein, bitte nicht …!

Toni zog den *Mable Beach Daily Report* aus der Schultertasche. Wortlos hielt er Lucy die Zeitung hin. Lucy nahm sie mit zitternden Händen entgegen. Toni zeigte mit dem Finger auf den Bericht.

Schlimmer Fund nach Explosion im Hafen

Rettungsring treibt im Wasser

Mable Beach. Nach der Explosion einer Yacht im Hafen von Mable Beach hat die Wasserpolizei einen Rettungsring mit Kleidungsstücken aus dem Meer gefischt. Die Polizei nimmt an, dass sich eine Person während der Explosion auf der Yacht aufgehalten hat und ins Wasser gesprungen ist. Taucher haben die Unglücksstelle bereits abgesucht, aber niemanden gefunden. Die Kleidungsstücke gehören nach ersten Ermittlungen einem pensionierten Postbeamten aus Mable Beach. Gefunden wurden ein Paar Herrenturnschuhe und ein Anglerausweis. Eine Vermisstenmeldung ist bisher nicht eingegangen. Die Polizei bittet um Hinweise.

Darunter war ein Foto des Anglerausweises … Das war Fujii! O nein! War Fujii auf der Yacht gewesen? Und war er von Bord gesprungen und … ertrunken? Lucy wurde schwindelig. Sie hielt sich an Toni fest. Das war allein ihre Schuld! Sie hatte die Bombe auf die Yacht gebracht. Ihr Magen fühlte sich an wie ein einziger riesiger Betonklumpen. Das würde sie sich nie verzeihen!

Toni legte einen Arm um sie. In Lucys Kopf drehte sich alles. Deshalb hatte Fujii nicht antworten können. Und jetzt konnte sie ihm gar nicht mehr …

»Lucy? Das ist nicht deine Schuld«, versuchte Toni sie zu trösten. »Und noch ist es auch nicht sicher, dass das Fujii …«

»Doch«, schluchzte Lucy. »Es ist meine Schuld. Ich hab mal wieder einen Alleingang gemacht, ich hätte ihn einweihen müssen. Dann wäre das nicht passiert.« Wie sollte sie sich das jemals verzeihen?

In den verbleibenden drei Schulstunden saß Lucy völlig geistesabwesend auf ihrem Stuhl. Mehrmals wurde sie von einem Lehrer drangenommen und wusste nicht einmal, wovon er geredet oder was er sie gefragt hatte. Sie schob ihr Rad den ganzen Weg nach Hause und brauchte ewig lange, ohne überhaupt zu merken, dass sie lief statt fuhr.

Am späten Nachmittag saß Lucy vor den Hausaufgaben und starrte ins Leere. Sie hatte gedacht, die Arbeit würde sie ablenken, aber … sie konnte sich noch immer nicht konzentrieren. Sie würde morgen einfach zu Hause bleiben. Da klopfte es wild an ihrer Zimmertür.

»Herein«, sagte sie, und schon steckte Toni seinen Lockenkopf ins Zimmer. »Dein Vater hat mir die Haustür geöffnet«, sagte er und ließ sich auf den kleinen Hocker neben Lucys großem Schreibtischstuhl plumpsen. »Er hat sogar *Hallo* gesagt, stell dir vor.« Toni grinste. »Aber er hat unten an der Treppe gewartet, bis ich in deinem Zimmer war.«

Lucy musste grinsen, obwohl ihr eigentlich nicht nach Grinsen zumute war. Wann würde sich ihr Vater daran gewöhnen, dass Toni Sonnenschein ein Freund war? Dass der Punkt im Kodex schon seit drei Monaten geändert war?

»Ich hab dir was mitgebracht«, sagte Toni. Er zog etwas aus dem Rucksack. Es war ein Stück schwarzer Stoff mit feinen silbernen Streifen darin.

»Der Anzug«, sagte Lucy und seufzte. Den hatte sie auch noch an der Backe. Wenn Fujii noch wäre …

Toni nickte. »Was hast du mit ihm vor?«

»Tja.« Lucy sah Toni lange an. »Ich habe überlegt, ihn dem Geheimdienst zu übergeben.«

Toni nickte. »Gut. Allein schon weil Crick bestimmt versuchen wird …«

»Mach ich aber nicht«, sagte Lucy entschlossen. In diesem Moment wurde ihr auch klar, warum. »Ich werde ihn gut in der Villa verstecken. Das war Fujiis Aufgabe, und das werde ich jetzt für ihn übernehmen.«

Toni stand der Mund offen. »Ähm … das finde ich ja gut, aber … es ist gefährlich für euch. Wenn Crick …«

Lucy nickte. »Trotzdem. Ich werde eine falsche Fährte legen, damit es so aussieht, als hätte ich den Anzug dem Geheimdienst übergeben.«

Lucy stand auf und ging zum Fenster. »… er hat mir vertraut, obwohl ich ein Gaunermädchen bin.«

Toni stand schon neben ihr. »Ich vertrau dir auch, obwohl du ein Gaunermädchen bist, schon vergessen?«

Lucy boxte ihn in die Seite. »Bei dir ist es doch was anderes. Du bist ein Freund.«

»Wie auch immer.« Toni grinste von einem Ohr zum anderen. »Ich muss jetzt los.« Er stöhnte. »Wir haben eine Menge Hausaufgaben auf.«

»Wir auch«, sagte Lucy. »Wer schneller fertig ist! Und danach gehen wir joggen. Viermal den Rundweg im Park. Wir müssen dich fit machen!«

Als Toni gegangen war, schnappte Lucy sich den Anzug und schlich ins Wohnzimmer. Sie hörte ihre Eltern in der Küche. Schnell warf sie den Anzug in das als LCD-Bildschirm getarnte Loch in der Wand. Morgen würde sie den Anzug in die Geheimgänge bringen. Das war sie Fujii schuldig. Aber … sie hatte dabei ein mulmiges Gefühl im Bauch. Irgendwo da draußen lief der wahnsinnige Crick herum auf der Jagd nach dem ganzen *TransLife*! Und er hatte die Maske, das durfte sie niemals vergessen. Crick konnte jeder sein. Und jeder konnte Crick sein!

Kapitel 23
Der zweite Antrag

»Willkommen in deinem neuen Zuhause, Lucy Longfinger«, sagte Lucy feierlich und strich noch einmal über den türkisfarbenen Rahmen mit dem neuen Kodex. Wer brauchte schon die alte Version? Niemand! Sie lag im Mülleimer und der alte goldene Rahmen in der Kiste für den nächsten Flohmarkt, direkt neben dem Rasierapparat von Crick.

Sie sah sich um. Ihr großer Schreibtisch aus schwerer Eiche stand zwischen den Turmfenstern. In der gemütlichen Koje hatte sie das Bett mit ihrer Lieblingsbettwäsche bezogen und alle ihre Klamotten in den großen Einbauschrank geräumt. Lucy drehte eine Runde durch ihr neues Zimmer. Sie strich über die alte Standuhr, sie schaute hinter die Trennwand. Heute Abend würde sie ihr erstes Bad nehmen! Mit ganz viel duftendem Schaum! Lucy drehte den Wasserhahn am Waschbecken an und wieder aus. Aber trotz allem: Richtige Freude über ihr neues Zimmer wollte sich nicht einstellen. Als Lucy an eines der vielen kleinen Turmfenster trat und hinüber ins St.-Vincent-Viertel mit der kleinen Kirche sah, wurde sie wieder traurig. Dort lag das Postamt, in dem Fujii ihr die Geheimdienst-Ausrüstung übergeben hatte. Fujii! Die schlimme Nachricht von seinem Tod lag Lucy wie ein Betonklotz im Magen. Nie wieder würde sie den kleinen drahtigen Agenten sehen, nie wieder mit ihm zusammenarbeiten, nie wieder den prüfenden Blick aus seinen kleinen, stechenden Augen sehen, ihm nie wieder seine tollen Agentensachen klauen. Lucy seufzte laut. Sie ging zur Koje und ließ sich hineinfallen. Sie nahm ihr Handy. Was für Nachrichten sie sich geschickt hatten. Und was für Kennwörter Fujii sich für die Treffpunkte ausgedacht hatte! Lucy scrollte langsam alle Nachrichten von Fujii runter. Sie lächelte.

Morgen 18 Uhr, Café im Pickford Park. Kennwort:
Einhundert Sushistäbchenhalter, C. F.

Treffen täglich 18 Uhr, Ort per SMS, Kennwort wechselt.
C. F.

18 Uhr Postamt an der Lilian Street, Kennwort:
Neunundachtzig Korinthenkackerfüße, C. F.

So ging Lucy alle Nachrichten durch, die sie von dem Agenten bekommen hatte. Dann setzte sie sich an ihren Schreibtisch und schrieb zur Aufheiterung alle Kennwörter aus den Nachrichten untereinander auf:

Einhundert Sushistäbchenhalter
Neunundachtzig Korinthenkackerfüße
Schnittlauchwurstpelle die Siebte
Jungblutbrunnenstraße

Kalifornien im Dünnbrettbohrerkomplott
Neunzig Maulhelden helfen 4002 Weicheiern.

Es half, sie musste lachen. Einmal hatte sie Fujii auch ein Kennwort geschickt, als sie zum Fluss gefahren war, und das war auch lustig gewesen!

Plötzlich kam ihr ein Gedanke. Kein Wunder, dass die falsche Savanna den Kodex nicht gut gekannt hatte! Crick war schließlich kein Longfinger! Und was er so wissen musste für das Zusammenleben hier in der Villa, hatte er von dem vergilbten Kodex im goldenen Rahmen oben im Turmzimmer gehabt. Schlauer Crick! Aber … Moment! Punkt 32! Der Punkt, der ihr das Savanna-Übel überhaupt erst eingebrockt hatte!

Ein Longfinger gewährt einem Longfinger stets Unterschlupf und Hilfe.

Der konnte doch wohl nicht so bleiben! Er musste dringend geändert werden! Zum Beispiel in: *Ein Longfinger gewährt einem Longfinger Unterschlupf und Hilfe – wenn es wirklich nötig ist.* Denn auch wenn es für die Familie ist: Jeden Mist musste man nun wirklich nicht machen!

Eine halbe Stunde und eine heftige Diskussion später saß Lucy wieder an ihrem Schreibtisch. Sie schrieb den Brief zur Antragsänderung. Zum Glück hatte Lucy ihren Vater sofort auf ihrer Seite gehabt. Ihm war die falsche Savanna auch auf die Nerven gegangen. Und es war ja auch keine so gravierende Änderung wie die letzte. Nur das *stets* wurde ersetzt durch *wenn es wirklich nötig ist.* Lucy grinste. Ihr Vater hatte nur eine Bedingung gehabt: Die Krähe sollte erst mal den neuen Punkt 4 können. Lucy hatte es drauf ankommen lassen. Und siehe da! Die Krähe hatte es laut und deutlich gesagt: Punkt 4. Freunde außerhalb der Familie müssen schweigen wie ein Grab!

So, fertig! Lucy unterschrieb noch. Mit dem Brief, einem Briefumschlag und ihrer Lederjacke in der Hand flitzte sie runter in die Küche. Ihre Mutter stand am Herd und bereitete einen Auflauf vor. Lucy schnüffelte in die Luft. Es roch verdächtig nach Fisch.

»Nein!«, rief sie. »Sag nicht, dass es so was wie Austern gibt.«

Ihre Mutter lächelte sie an. »Viel besser. Algenauflauf.«

»Igitt«, rief Lucy.

»Als Savanna da war, haben wir wenig Fisch gegessen«, sagte ihre Mutter. »Fisch ist so gesund, weil …«

»… er Omega-3-Fettsäuren enthält«, beendete Lucy den Satz ihrer Mutter. »Hier«, sie hielt ihr den Brief hin, »du musst da unterschreiben.«

Klar, gemäß Punkt 34 durfte sie die Änderung selbst beantragen. *Es ist jedem Longfinger ab 12 Jahren erlaubt, Änderungen des Kodex zu beantragen.* Aber war es nicht viel wirkungsvoller, wenn unter dem Brief drei Unterschriften standen statt nur einer?

Ihr Vater kam in die Küche. »Hm, was riecht hier so

gut?« Er setzte sich an den Küchentisch und schlug die Tageszeitung auf.

»Algenauflauf«, sagte Lucys Mutter.

Ihr Vater zog hinter ihrem Rücken eine Grimasse. »Hört mal!«, rief er dann und schlug mit der Hand auf die Zeitung. »Im Diamond-Creek-Sumpf wird doch nicht gebaut! Hier steht: *Zu der entscheidenden Frist am gestrigen Montag lagen plötzlich keinerlei Unterlagen mehr über das strittige Bauprojekt im Diamond-Creek-Sumpf im Bauamt vor. Gleichzeitig hatte der Bürgermeister eine Liste dort vorkommender bedrohter Tierarten auf dem Tisch, die bisher nicht veröffentlicht worden war. Die Bebauung wurde untersagt. Es wird ermittelt, ob das spurlose Verschwinden eines Mitarbeiters des Bauamtes und das Eingehen einer großzügigen Spende beim Naturschutzbund von Mable Beach mit dem Projektabbruch in Verbindung stehen.*«

Lucy klatschte in die Hände. »Super!« Sie sah zufrieden zu dem großen Reisighaufen, den sie im Garten aufgetürmt hatte. Überall schauten weiße bedruckte DIN-A4-Blätter heraus. Heute Abend würde es ein tolles Herbstfeuer geben!

Ihr Vater war ihrem Blick gefolgt. »Lucy, hast du uns was zu sagen?«, fragte er mit einem Kopfnicken in Richtung Garten.

»Nö«, schwindelte Lucy. »Aber hier«, sie schob ihrem Vater den Brief hin, »hier musst du noch unterschreiben. Und schön groß bitte.«

»Onkel Rupert dreht bestimmt durch«, brummte ihr Vater. Aber er unterschrieb. So. Drei große, fette Unterschriften. Das sah gut aus.

Lucy faltete den Brief und schob ihn in den Umschlag. »Ich bring den noch schnell zur Post!«, rief sie und zog sich schon ihre Lederjacke an. »Das schaff ich locker bis zum Abendessen!« Und wenn nicht, war es auch nicht schlimm! Algenauflauf! Igittigittigitt!

Lucy ertappte sich dabei, wie sie den Schalterbeamten anstarrte. Aber es war natürlich nicht Fujii.

»Kann ich irgendwie helfen, junge Dame?«, fragte der Postbeamte.

»Ähm ... ein Brief«, sagte Lucy und schob den Brief über die Theke. Als Fujii ihr hier als Postbeamter verkleidet das Paket mit ihrer Agentenausstattung gegeben hatte, hatte sie ihm seine Chipkarte für die Geheimdienstzentrale geklaut. Und seine Röntgenbrille im Krankenhaus, als er sich als Arzt verkleidet hatte. Lucy grinste. Die hatte sie ihm ein zweites Mal geklaut, am Fluss unten. Plötzlich hatte sie eine Idee, wie sie sich von Fujii verabschieden konnte. An der Röntgenbrille hatte er gehangen! Sie würde sie ihm zurückgeben und damit *Leb wohl, Fujii* sagen.

Kapitel 24

Auf Wiedersehen!

Lucy hatte sich geweigert, den Algenauflauf zu probieren, und stattdessen ein Käsebrot gegessen. Nun schnappte sie sich ihr Rad und fuhr zum Hafen runter. Mit Toni hatte sie ausgemacht, dass er um neun da war für ihr kleines Feuerchen. Das schaffte sie locker.

Noch immer trieben Reste der explodierten Yacht auf dem Wasser. Die Stelle war weiträumig durch Bojen und rot-weißes Band abgesperrt. Lucy sprang in ein Ruderboot, knotete es los und ruderte bis an das Absperrband heran. Dann ließ sie die Ruder los. Sie zog Fujiis Röntgenbrille aus der Tasche und betrachtete sie noch mal von allen Seiten. Sie seufzte. Diese Brille war der Wahnsinn! Wie sie damit den Flyer in Torres' Jackentasche gesehen hatte. Und die Pistole in Massos Tasche. Lucy hielt die Röntgenbrille über den Rand des Ruderbootes, murmelte »Machen Sie es gut, Captain Fujii« und ließ die Brille ins Meer gleiten. Sie ging sofort unter. Was hatte sie erwartet? Dass die Superbrille auch noch schwimmen konnte? Lucy musste über den Gedanken der schwimmenden Brille grinsen. Aber gleichzeitig merkte sie, wie ihr die Tränen in den Augen brannten.

»Reiß dich zusammen«, ermahnte sie sich. Aber warum? Warum sollte sie sich immer zusammenreißen? Sie lehnte sich zurück und ließ sich einfach treiben. Die Tränen liefen ihr die Wangen herunter, und Lucy wischte sie nicht weg. Plötzlich plingte ihr Handy. Sie setzte sich aufrecht hin und seufzte. Eine Nachricht von Toni bestimmt.

Mach dir keine Sorgen. Manchmal ist eine Täuschung notwendig, damit wichtige Agentenarbeit im Verborgenen stattfinden kann.

Das war nicht Toni! Das war … Fujii!

Pass gut auf dich auf. Der *TransLife* ist eine geniale, aber hochgefährliche Erfindung. Machtgierige Menschen werden vor nichts zurückschrecken, um ihn an sich zu bringen! C. F.

Lucy antwortete mit zitternden Fingern.

Das habe ich bereits herausgefunden! Wir müssen uns unbedingt treffen! Ich habe was für Sie! Es gibt da nur ein winzig kleines Problem: Ich habe gerade Ihre Röntgenbrille im Meer versenkt. Ein Versehen! LL

Lucy steckte das Handy weg und ruderte zurück, so schnell sie konnte.

Zwei Wochen später

Lucy saß am Schreibtisch und warf immer mal wieder einen Blick auf ihr nagelneues Surfskateboard, das sie sich vor ein paar Tagen besorgt hatte. Ihr Bauch fühlte sich angenehm voll an nach den drei Tellern Spaghetti Bolognese und dem Mango-Chili-Eisbecher. Aber das Schönste war nicht das Essen selbst gewesen, sondern das Kochen vorher. Gestern schon hatte Lucy alles eingekauft und ihre Mutter per SMS zu einer kleinen Kochsession in die Küche eingeladen. Bei lauter Musik hatten sie gekocht, nur sie beide, und dabei laut mitgesungen. Das war garantiert schöner gewesen als zu töpfern! Und die Überraschung war das Eis, das Lucy gestern extra von Toni geholt und im Gefrierfach aufbewahrt hatte. Sie hatte es mit Schokoherzen dekoriert, und ihr Vater hatte sich sogar eine Träne aus dem Augenwinkel gewischt, als Lucy die Eisbecher auf den Tisch gestellt hatte. Jetzt programmierte Lucy gerade die Überwachungskamera mit Alarm, die sie im Geheimgang hinter ihrem Wandschrank installieren wollte. Sie musste auf der Hut sein, denn der wahnsinnige Crick konnte jederzeit versuchen, in die Villa einzudringen. Zwar hatte Lucy Fujii den Anzug übergeben, doch vielleicht dachte Crick, der Anzug sei in der Villa. Schließlich ging Crick ja davon aus, dass Fujii tot war! Aber Fujii war nicht tot, und er würde nicht ruhen, bis er Crick erwischt hatte! Lucy war noch immer heilfroh, dass der alte Agent seinen Tod nur vorgetäuscht hatte! Das war jetzt ihr Geheimnis! Es wussten nur sie und Fujii. Na ja, ... und Toni. Aber das durfte Fujii nicht wissen. Und sie musste auf der Hut vor Ratto sein. Sie durfte sich nicht in Sicherheit wiegen, nur weil er im Gefängnis saß. Er konnte jederzeit wieder ausbrechen oder seine Handlanger schicken. Wie Froschauge mit der Bombe in der Töpferscheibe. Es klopfte an der Tür. »Ja«, rief Lucy.

Ihr Vater trat ins Zimmer und sah sich um. »Weißt du eigentlich, dass du das coolste Zimmer aller Zeiten hast?«

»Ich weiß. Hast du schon mal gesagt.« Lucy grinste. Aber wenn ihr Vater bis ins Turmzimmer hochkam, musste es was Wichtiges geben.

»Was ist los?«, fragte sie und stand vom Schreibtischstuhl auf.

»Onkel Rupert hat mich angerufen«, sagte ihr Vater.

»Und?« Lucy schluckte. Wenn der alte Rupert schon anrief, gab es bestimmt Probleme mit der Kodexänderung!

Lucys Vater lachte. »Du glaubst nicht, was er gesagt hat!«

»Sag schon!«

»Tja, du sollst dich noch ein wenig gedulden, der alte Paul ist krank, und das Gremium kann gerade nicht tagen. Aber stell dir vor, er sieht das genauso wie du! Unlängst hatte er nämlich Besuch von seiner Tante Elisabeth, und die alte Schrulle – das hat er wörtlich so gesagt – hat verlangt, dass Rupert ihr hilft, die blauen Samtpantoffel der Lady Gilmore aus Worcestershire zu stehlen! Der alte Rupert mit seiner Gicht! Elisabeth hat einen Pantoffeltick, das ist in der Familie lange bekannt, sie hat mittlerweile über sechshundert Pantoffel berühmter Leute gestohlen. Ihr Mann ist wegen ihrem Tick schon längst über alle Berge. Ihr ganzes Haus ist voller Hausschuhe!«

»Ach du meine Güte«, rief Lucy. »Es gibt noch verrücktere Longfinger-Tanten als Bubblebee?«

»Allerdings. Auf jeden Fall«, fuhr ihr Vater fort, »sagt der alte Rupert, dass er dem Gremium den Punkt 32 genauso vorschlagen wird, wie du ihn formuliert hast.«

»Wow! Dann ist ja alles gut!«, rief Lucy.

»Fast alles.« Ihr Vater grinste so breit wie ein Frosch. »Du musst der Krähe den neuen Punkt beibringen.«

»O nein!«, rief Lucy. »Diesmal mach ich aber keine Versprechen, bis wann ich das schaffe, okay?«

Ihr Vater lächelte. »Ach, übrigens«, sagte er dann. »Viele Grüße aus Texas. Deine Tante ist überglücklich über die Sachen aus der Erinnerungskiste. Ich soll dich schön grüßen. Aber …«, er sah Lucy nachdenklich an,

»sie hat überhaupt nichts von dem Anzug gesagt. Ich hab dann natürlich auch nichts gesagt, man rühmt sich ja nicht mit seinen Taten und …«

»Genau!«, rief Lucy. »Nur Angeber machen so was. Und das sind wir ja nicht, oder?« Sie nahm ihren Vater an den Schultern und schob ihn aus ihrem Turmzimmer. »Sei mir nicht böse, aber ich hab noch eine Menge vor heute.«

Sie wollte die Kamera noch einbauen, die Codes der Geheimfächer ändern und einen neuen Container für die Fairclufter-Bilder mieten. Den Mäusekäfig saubermachen und mit Cash Gassi gehen. Und dann kam auch schon Toni! Er hatte ein neues Detektivspiel, und das wollten sie spielen. Lucy schüttelte den Kopf und lächelte. Toni wollte immer der Gangster sein! Und um fünf Uhr waren sie und Toni ins Café im Pickford Park eingeladen. Lucy kannte nämlich die Bedienung, die ihnen heute eine Tasse heiße Schokolade spendieren wollte. Sie war klein, nicht mehr die Jüngste, trug eine Schürze, ein breites Haarband und hatte rot geschminkte Lippen.

Longfinger-Kodex

August 1434

Präambel: Solange es diesen Kodex gibt, wird es die Longfingers geben!

1. Ein Longfinger* krümmt niemandem ein Haar!
2. Ein Longfinger nimmt es nur von den Reichen und nicht mehr als nötig.
3. Mach es wie die Schabe: Ergreife immer die Flucht!
4. ~~Keine~~ Freunde außerhalb der Familie **müssen schweigen wie ein Grab**.
5. Ein Tier, das einmal zur Familie gehört, wird nicht abgegeben.
6. Ein Longfinger arbeitet nur für einen Longfinger.
7. Die Techniken und Fähigkeiten der Familie Longfinger werden von Generation zu Generation weitergegeben.
8. Ein Longfinger muss lügen, dass sich die Balken biegen. Nur nicht innerhalb der Familie!

* Longfinger bezeichnet den Familiennamen, nicht den Dieb.

9. Ein Longfinger erpresst nicht und lässt sich nicht erpressen. Erpressen ist was für Feiglinge!
10. Die Polizei* ist nicht dein Freund und Helfer, und du bist nicht der Freund und Helfer der Polizei.
11. Ein Longfinger entschuldigt sich nicht, außer bei seiner Familie.
12. Lass niemanden rein, der nicht Longfinger heißt oder sich für einen Longfinger das Ohr abschneiden ließe.
13. Ein Longfinger zwitschert nicht, schließlich ist er kein Vogel.
14. Das Haus eines Longfingers ist bis auf den letzten Schweißtropfen zu verteidigen, vorausgesetzt, Punkt 1 wird eingehalten.
15. Vertraue niemandem, der auf einer Bank sitzt und Zeitung liest.
16. Kenne deinen Feind besser, als er dich kennt.
17. Ein Longfinger schaut lieber dreimal auf die Fersen eines Fremden als einmal auf sein Messer.
18. Entscheide schnell! Hast du dich entschieden, ist der Fisch schon halb geputzt!
19. Verschiebe nicht auf morgen, was du heute kannst besorgen.

* Der Begriff Polizei steht hier stellvertretend für alle Verbrechen bekämpfenden Organisationen.

20. Ein Longfinger trägt die Fingernägel stets ganz kurz.
21. Lass einem Vogel seine Mauser, dann lässt er dir deine Flausen im Kopf.
22. Ein Longfinger benutzt niemals ein Klo ohne Fenster!
23. Ein Longfinger lauscht an der Wand!
24. Ein Schwein darf niemals durch die Beine flitzen. Das bringt Unglück.
25. Ein Longfinger schiebt seine Taten nicht einem anderen Longfinger in die Schuhe.
26. Ein Longfinger flucht nicht.
27. Vertraue keinem, der sich als Cousin ausgibt!
28. Wer gegen den Kodex verstößt, kommt in den Kerker!
29. Ein Longfinger rächt sich immer, nur nicht an seiner Familie.
30. Dieser Punkt ist abhandengekommen. Vermutlich wurde er geklaut.
31. Der Longfinger-Kodex ist nur für einen Longfinger bestimmt. Es ist stets Sorge zu tragen, dass er an einem sicheren Ort verwahrt und niemals geklaut wird.
32. Ein Longfinger gewährt einem Longfinger stets Unterschlupf und Hilfe.
33. Ein Longfinger sieht einem anderen Longfinger immer in die Augen.

34. Es ist jedem Longfinger ab 12 Jahren erlaubt, Änderungen des Kodex zu beantragen.*

35. Das letzte Wort hat stets das Longfinger-Gremium, das aus den drei ältesten lebenden Mitgliedern der Longfinger-Familie besteht.

Verfassung und Niederschrift des Longfinger-Kodex durch Leo Aldwyn Longfinger, London 1434:

Leo A. Longfinger 9. April 1434

Ergänzung und Übersetzung veralteter Wörter durch Betty Hole Longfinger, San Francisco 1878:

20. Februar 1878 B. H. Longfinger

Änderung von Punkt 4 durch Lucy Longfinger, Mable Beach 2019

Lucy Longfinger, 17. 8. 2019

Gerichtsstand des Gremiums: San Francisco, Kalifornien

* Es müssen Gründe nachweisbar sein, die das Leben eines Longfingers nach einem Punkt im Kodex unerträglich machen. Was unerträglich heißt, beurteilt das Longfinger-Gremium.

Hat dir Lucy Longfingers Abenteuer gefallen?
Dann halte Ausschau nach dem dritten Band
mit dem Titel Tödliche Täuschung –
ab Frühjahr 2022 in deiner Buchhandlung

Hier kannst du schon einmal reinlesen …

Lucy allein zu Haus

Lucy schnappte sich ihr Surfskateboard und lief aus der Villa, Toni hinter ihr her. »Das Teil ist so cool«, schwärmte er. »Das hätte ich auch gerne!«

Auf der Straße stellte Lucy einen Fuß auf das Board und grinste ihn an. »Hör mal, ich hab tolle Neuigkeiten!«

»Echt? Was denn?« Tonis dunkle Augen blitzten erwartungsvoll.

»Ab morgen hab ich sturmfreie Bude! Eine Woche lang! Meine Eltern fahren auf einen Tauchlehrgang.«

»Was? Ist ja toll!«, rief Toni. »Und das sagst du mir jetzt erst? Was wir alles machen können! Wir …«

»Meinem Vater ist es vorhin erst wieder eingefallen. Und meine Mutter findet es blöd, dass ich dann ganz alleine bin.« Lucy zuckte mit den Schultern. »Aber ich nicht!« Sie hielt beide Daumen nach oben, nahm Schwung und sauste los. Toni lief hinter ihr her. »Mensch, Lucy! Dann kann ich bei dir übernachten!«, rief er aufgeregt.

»Klar! Wir machen ultralange Filmnächte«, sagte Lucy.

»Mit zwei Tonnen Weingummis … und Chips natürlich … und ich will mit in die Geheimgänge!«, rief Toni.

»Wir frühstücken ewig lange und holen uns jeden Tag Mango-mit-Chili-Eis in die Villa!«

»Und surfen im Gangster-Web!«, schwärmte Toni. »Und wir spielen mit Cash! He, warte doch mal, ich kann nicht mehr.«

Lucy fuhr eine enge Kurve und bremste dann ab. »Wir besprechen später, was wir alles machen.« Sie schob Toni das Board hin. »Jetzt übst du erst mal. Pass auf, du musst einfach locker in den Knien stehen und das Brett mit den Füßen …«

Toni setzte einen Fuß drauf. Das Board schoss nach vorne, und Toni flog nach hinten. Er ruderte wild mit den Armen, knallte aber trotzdem auf den Po. »Aua! Das ist ja total schwer«, jammerte er und blieb auf der Straße sitzen. »Wie soll man denn da drauf bleiben?«

»Sag mal, du kannst doch Skateboard fahren! Mit einem normalen, mein ich.« Lucy fing ihr Board ein.

»Doch, ja … also, … ich fahr ja lieber Rad …«

Lucy lachte. »Du fährst E-Bike, nicht Rad.« Bei ihr war es kein Problem gewesen. Aufs Board und los. Das kam bestimmt vom Parkour, sie hatte eine ganz andere Körperspannung als Toni.

Lucy machte es ihm noch mal vor. »Zuerst den Fuß richtig aufsetzen, hierhin, fast in die Mitte, du darfst ihn nicht so weit nach vorne setzen, so …« Dann nahm sie mit dem anderen Fuß mehrmals Schwung und zog ihn nach. »Und jetzt sofort Kurven fahren … so«, rief sie und kippte das Board durch Gewichtsverlagerung zur Seite. Nach ein paar Schwüngen hielt sie vor der Villa an und sah sich um. Toni saß immer noch auf der Straße.

»Komm, holen wir uns erst mal eine Limo!« Lucy sprang zur Haustür hoch. Es war schön, wenn ein Freund hier bei ihr war. Wie toll würde das erst sein, wenn sie sturmfreie Bude hatten!

Mit zwei Flaschen Zitronenlimo setzten sie sich auf die Stufen und schlürften laut durch die Strohhalme. »Wer lauter ist«, sagte Toni.

»Du gewinnst eh«, sagte Lucy. »Komm«, sie stellte ihre Flasche ab. »Ich halt dich mal fest, dann klappt's bestimmt.«

Da steckte ihr Vater den Kopf aus der Haustür. »Lucy, kommst du noch mal?«

»Klar!«, sagte Lucy. »Kann Toni mitkommen?«

»Meinetwegen«, brummte Lucys Vater.

»Also, Lucy«, sagte ihr Vater in der Küche. »Deine Mutter und ich haben uns was überlegt.« Oje. Lucys Bauch fing an zu grummeln.

»Und du«, er zeigte mit dem Finger auf Toni, »du weißt ja: Freunde außerhalb der Familie …«

»Freunde außerhalb der Familie müssen schweigen wie ein Grab. Punkt 4 im Kodex«, krähte Miss McPie auf ihrer Stange.

»So ist es«, sagte Lucys Vater zufrieden. Lucy sah, wie Toni schluckte.

Ihre Mutter legte ihr eine Hand auf den Arm. »Schatz, wir möchten nicht, dass du alleine in der Villa bist. Und deshalb …«

Toni rief: »Ich kann doch in der Villa …« Lucy trat ihm schnell auf den Fuß.

»Aua!«, rief Toni.

»Ratto kann jederzeit seine Handlanger schicken, Lucy«, sagte ihr Vater. »Auch wenn er im Gefängnis sitzt.«

Lucy seufzte. Wer wusste das besser als sie?

»Und deshalb wird Tante Bubblebee auf dich aufpassen«, erklärte Lucys Mutter.

»Tante Bubblebee?«, rief Lucy. »Aufpassen? Die Chaos-Tante?«

Ihre Mutter lächelte. »Keine Sorge, sie passt besser auf dich auf, als du dir vorstellen kannst. So brauchst du keine Angst zu haben und bist auch nicht so alleine.«

»Aber so alleine ist Lucy doch …«, begann Toni wieder, aber Lucy winkte schnell ab.

»Ich kann gut auf mich selbst aufpassen, ehrlich. Ich schwöre es euch, ich werde wirklich …«

»Ja, aber was, wenn Rattos Leute dich im Tunnel fangen?«

»Ich geh einfach nicht in die Tunnel«, sagte Lucy.

Ihre Mutter runzelte die Stirn. »Ja, aber was, wenn sie dich in ein Auto ziehen? Und wir sind nicht da, um dich zu retten?«

»Dann … rette ich mich selbst«, sagte Lucy.

»Quatsch«, sagte ihr Vater in einem Ton, der keine Widerrede zuließ. »Bubblebee kommt und damit basta.«

Erscheint bei FISCHER KJB

Hedderichstr. 114, D-60596 Frankfurt am Main
ISBN 978-3-7373-4282-7